三島由紀夫と橋川文三

宮嶋繁明
Miyajima Shigeaki

弦書房

三島由紀夫と橋川文三◉目次

装丁　毛利一枝

ひとの世の旅路のなかば、ふと気がつくと、私はますぐな道を見失い、暗い森に迷いこんでいた。

ああ、その森のすごさ、こごしさ、荒涼ぶりを、語ることはげに難い。思いかえすだけでも、その時の恐ろしさがもどってくる！

その経験の苦しさは、死にもおさおさ劣らぬが、そこで巡りあったよきことを語るために、私は述べよう、そこで見たほかのことどもをも。

どうしてそこへ迷いこんだか、はきとはわからぬ。ただ眠くて眠くてどうにもならなかった、まことの道を踏み外したあの時は。（略）

なおも遁走を続けながら、私の心意は、生きてなに人も通りぬけた例の無いある隘路を、恐る恐るふりかえり看た。


（「神曲　地獄篇　第一歌」ダンテ　寿岳文章訳）

一、三島由紀夫に見る橋川文三の影響

――「英霊の声」以後

己が造るまでは、世界もなかったのだ。
月は己が海から引き出して来た。
月のみちかけは己が始めた。
…………
ある夜己がさしまねいたので、あらゆる星が
一時に、輝き始めた。一体あなた方に、
世俗の狭隘な思想の一切の束縛を
脱させて上げたのも、私でなくて誰です。
…………
（「ファウスト」ゲーテ）

1

「――だれも気がついてくれなかったのだよ、ぼくのしようとしたことを」[1]

三島由紀夫は、『鏡子の家』を書いた後、三島にしては珍しく、このような愚痴を言ったというエピソードを、村松剛は、『三島由紀夫の世界』で披瀝している。

それから八年後の、自決三年前にも、大島渚との対談の中で、「『鏡子の家』でね、僕そんな事いうと恥だけど、あれで皆に非常に解ってほしかったんですよ。（略）僕が赤ん坊捨てようとしているのに、誰もふり向きもしなかった。（略）それから狂っちゃったんでしょうね、きっと」（「映画芸術」六八年一月号）と、語っている。

しかし、「だれも気がつかず」、「ふり向きもしなかった」わけではなかった。まなじりを決してみれば、ただ一人、「気がついて」、「ふり向き」、「解って」くれた人がいた。

それが橋川文三であった。刊行から二カ月後の「東京新聞」に掲載した、精緻なエッセイ「若い世代と戦後精神」[2]の中で、『鏡子の家』を俎上に載せ、三島に共感を示したのである。（奥野健男も想起されるが、三島が、「君が最初に賞めると、ほかの批評家が賞めなくなる。今後最初にあんまり賞めないで欲しい」[3]と言ったというから除外する。）

一九五九年、三島由紀夫は、九百五十枚におよぶ、結婚後初めての長篇小説『鏡子の家』を上梓した。この『鏡子の家』は、三島にとって小説家としてのターニングポイントとなるものであったと同時に、三島と橋川を繋ぐ結節点となる極めて重大な大作であった。

「『金閣寺』で個人の小説を書いた。『鏡子の家』は時代の小説を書かうと思ふ」[4]と自ら解説した三島は、この作により、小説家としての最初で大きな挫折を味わうことになる。

「足かけ二年がかりの『鏡子の家』が大失敗といふ世評に決りましたので、いい加減イヤになりました。努力で仕事の値打は決るものではないが、努力が大きいと、それだけ失望も大きいので、あんまり大努力はせぬ方がよいかとも考へられます」[5]と、同年十二月十八日付けの川端康成宛ての手紙に書いている。

書き下ろしの「一作で何年か食いつなぎ次作に備えるという西欧型の文士生活を夢見」[6]て、小説家としての人生設計を目論み、畢生の大作をと、渾身の力を込めて取り組んだ結果が、「大失敗」という世評には、さすがの三島もこたえたようだ。奥野健男は、「売れ行きも香し《ママ》くなかった。」[7]としているが、猪瀬直樹は、機動力を駆使して綿密な取材をした佳作『ペルソナ[8] 三島由紀夫伝』で、『鏡子の家』は、昭和三十四年九月の発売以来一カ月で、十五万部も売れたと実数を挙げているから、少なくとも商業的には決して失敗作とは言えなかった。が、しかし、三島は、世評の冷淡な反応を、「大失敗」として、重く受け止めたようだ。実際、発表当時からの反響は、黙殺と言っていいほど乏しく、書評で採り上げられても、ほとんどが批判に終始した厳しいものだった。本は売れたようだから、経済的に「まいった」わけではない。もちろん、褒められれば嬉しいだろうが、

「まいった」のは、それだけでは無かった。誰も、「解ってくれなかった」という諦観と壮絶な孤独感に強く苛まれていたのである。それが、冒頭の悲鳴とも思える発言となって流露してきたのである。

三島が、その後「狂っちゃった」ほど解って欲しかったものとは、いったい何か。三島は、この小説で、「時代を書いた」と言う。それが一番書きたかったことだとすれば、どの様な時代を書き、時代の何を解って欲しかったのだろうか。

江藤淳は、評がほぼ出尽くした刊行から二年後、『鏡子の家』を、はっきりと「失敗作」と断言したうえで、三島が書いた「時代」について、こう書いている。

「小説とはいつも氏にとっては生きるための手段といったものではなかったであろうか。そして、氏が描こうとした時代とは、もののかたちもなければ色彩もないひとつの巨大な「空白」の時代、あたかも「鏡」に映じた碧《あお》い夏空のような時代ではなかったか。（略）このように考えれば、「鏡子の家」はいかにも燦然たる成功ではないか。すくなくとも三島氏自身と、氏と趣味を同じくする少数の人間――あの「椿事」の期待に生きる窓辺に立った人間たちにとっては。[9]」

（「三島由紀夫の家」）

戦後の、「空白」の時代、空疎な時代、三島が解って欲しかったのは、まさにこのことであった。江藤の言説に従うならば、三島と「趣味を同じくする少数の人間」に、他ならなかった橋川にとっては、確かに「燦然たる成功」作以外の何ものでもなかった。

だが、しかし、江藤は、ここで安易に「趣味を同じくする」と記しているが、それは彼らにとっては、決して「趣味」の問題ではなかった。少なくとも、三島や橋川にとっては、趣味という嗜好の問題ではなく、江藤の想像を遥かに超える、重要でヴィヴィッドな問題としてあったのである。極言するならば、戦後を如何にして生き得るかを問う大問題だったのである。

ただ一人、「気がついた」橋川は、三島が解って欲しかった「時代」、その共感した所以を、次のように述べている。

「（略）戦争も、その「廃墟」も消失し、不在化したこの平和の時期には、どこか「異常」でうろんなところがあるという感覚は、ぼくには痛切な共感をさそうのである。いつ、いかなる理由があってそれはそうなったのか（略）。

（略）つまり、そこでは「神話」と「秘蹟」の時代はおわり、時代へのメタヒストリックな共感は断たれ、あいまいで心を許せない日常性というあの反動過程が始まるのであり、三島のように「廃墟」のイメージを礼拝したものたちは「異端」として「孤立と禁欲」の境涯に追いやられるのである。「鏡子の家」の繁栄と没落の過程は、まさに戦後の終えん過程にかさなっており、その終えんのための鎮魂歌のような意味を、この作品は含んでいる。

元来、ぼくは、三島の作品の中に、文学を読むという関心はあまりなかった。この日本ロマン派の直系だか傍系だかの作家のなかに、ぼくはつねにあの血なまぐさい「戦争」のイメージと、その変質過程に生じるさまざまな精神的発光現象のごときものを感じとり、それを戦中＝戦後精神史のドキュメントとして記録することに関心をいだいてきた。」[10]

（「若い世代と戦後精神」傍点原文）

三島にとって、「解って」くれた橋川のこの評は、欣喜雀躍するほど嬉しかったようである。それは、これを読んだと思われる後に、「三島由紀夫自選集」（集英社、一九六四年七月刊）の解説を橋川に依頼したことにも表れている。当時、三島の周辺には、村松剛、奥野健男、磯田光一、澁澤龍彦など、より親密で、日常的な付き合いがあり、解説を書くには、三島の個人的なことにまで詳しい文芸評論家たちが、何人かいたはずである。それにもかかわらず、何故、あえて橋川に頼んだのであろうか。

その頃、橋川は、一九六〇年に、『日本浪曼派批判序説』（以下『序説』と略）を上梓していたものの、いわゆる文芸評論家として、文学を専らにしていたわけではなく、大学で近代日本政治思想史を講義する政治学者だった。当時は、必ずしも文学のエキスパートとは言えない橋川にあえて依頼したのは、三島が橋川の「若い世代と戦後精神」を読み、強く共振するものがあり、橋川に「趣味を同じくする少数の人間」を感じとり、ただ一人「気がついて」くれた人と確信したからに違いない。

この依頼により書かれたのが「夭折者の禁欲」（一九六四年三月五日稿）で、橋川が、「三島の依頼はほかならぬその精神史的背景を書け」[11]と記しているように、文学プロパーに終始せず、特異な戦争体験を通有したものならではの、内在的で、他の追随を許さない深い理解を示したのである。この小論で、橋川は、三島と共有したリアリスティックで、奇特な戦争体験、その骨子を、「死の共同体（トーデスゲマインシャフト）[12]」（マックス・ウェーバー）、「秘宴（オルギア）としての戦争[13]」として概説した。（詳細は第三章「秘宴」としての戦争と「死の共同体」を参照）

この小文に感銘した三島は、さらに二年後、『現代日本文学館』第42巻の「三島由紀夫集」に当時四十一歳に過ぎない自らの伝記の執筆を橋川に依頼した。こうして書かれたのが、橋川の「三島由紀夫伝」で、三島の伝記としては、先駆的なもので、その後、汗牛充棟の如く書かれる三島論に影響を与える、というよりは、橋川の作品がそれほど多くの読者を獲得したとは思えないから、後の三島論が主なモチーフとするエッセンスの多くを網羅したものとなっていた。例えば、祖父母、父母など特異な家庭環境、戦争期の恩寵、敗戦時の絶望と再出発、結婚を考えた女性、ロマンティシズム、早熟性、海のイメージ、拒まれているという悲劇的予感等々に、すでに触れている。

三島は、この伝記に対し、丁重な礼状を書いている。

「此度は見事な伝記をお書きいただき、心から感謝いたしてをります。むかし「鏡子の家」についてお書き下さつた時、自分は三島の文学自体には興味がなく、精神史的興味が主である、と述べられてゐたと記憶しますが、実はさういふアプローチのはうが、小生が文学に賭け、あるひは文学を利用してゐる（この二作用は同じことのやうに思はれます）態度の根底にあるものを、正確に見抜いてをられるといふ感を抱かされます。小生は長年文壇の「と見かう見」批評や、ダンディスム批評や、社会派批評や、精神分析批評や、さういふものにツバを吐きかけてやりたい思ひで一杯でした。此度の御文章によつて、真の知己の言を得たうれしさで一杯です。（略）

御高著「日本浪曼派批判序説」及び「歴史と体験」は再読、三読、いろ〳〵影響を受けました。天皇制の顕教密教の問題、神風連の思想の正統性の問題など、深い示唆を受けました。いつかそんなあれこれのことについて、御教示をいただきたいと思つてをります。[14]（略）」

（昭和四十一年五月二十九日付、傍点原文）

三島の橋川へのある種の思いと、三島の孤独感が、そこはかとなく伝わってくるような尺牘《せきとく》だが、これより二年前、橋川の著『歴史と体験』献呈に対する返信も橋川家に残されていた。

「（略）これほど心を湧き立たせる魔力的作用を持つた御本は、最近その例を見ず、昭和史の鮮血の跡に咲く花の如き、鮮烈なる印象を与へられます。みんながよけて通つてきた問題に深く突入されて来た叛骨に敬意を表します。これからじつくり一頁一頁味読いたす所存です。[15]（略）」

（昭和三十九年六月十五日付）

こうした時、「冗談やお愛想を言わない人」[16]（秋山駿）である三島が、『歴史と体験』を、「心を湧き立たせ」て、「じつくり一頁一頁味読」し、橋川の二著から「影響」や「示唆」を受け、「教示」して欲しかったものとは、いったい何だったのだろうか。

三島は、また、読むことの天才でもあった。

非凡な才能の持ち主ながら、日本文学の中にあっては、奇矯で特異な存在であったり、癖が強いため、巷間に埋もれていた、優れた才能を見出し、世に送り出すことに長けていた。『太陽の季節』の石原慎太郎の芥川賞を指示したのは三島だし、小説家としては、野坂昭如、深沢七郎、文芸評論家の秋山駿、詩人の高橋睦郎、歌人では、塚本邦雄、春日井建といった才能ある人々を発掘したのは、他ならぬ三島であった。[17]

また、林房雄論をはじめとした「作家論」は、批評作品としても一級品で、三島自身、「一に批評家、二に劇作家、三に小説家」[18]と、開高健に語ったというほど、優れた審美眼と鑑識力を保持していた。

この卓越した作品鑑賞力の持ち主の三島ならば、多少、難解晦渋な書物であったとしても、一読すれば、須臾《しゅゆ》にして、理解したであろうにもかかわらず、橋川の二著を、「再読、三読」したのは何故だろうか。それは、本人の言うように、それだけ、橋川の著から影響を受け、裨益すること多なるものがあったからに違いない。

ここで、わたしの、ひそかな「仮説」を開陳することが許されるなら、後期の三島、特に晩年は、文学的にも、思想的にも、また具体的な作品の上でも、橋川の影響を強く受けたのではないだろうか。三島の精神的遍歴の中に、「天皇」、「天皇制」、あるいは、右傾化といわれる特異な思想的傾向が、突如として顕著に見られるようになるのは、三島が前記の礼状でしたためている如く、橋川の著作を、「一頁一頁味読」することにより、強い「示唆」をうけ、「教示」され、「学習」した結果と、わたしは見たいのである。

赤坂憲雄は、『象徴天皇という物語』の中で、次のように述べている。

「三島にとって、そうした天皇像（「英霊の声」のような—引用者）がはたして戦前からの、いわば自明に受容されてきた既得のイメージであったのか、それとも、戦後のある時点にあらたに獲得されたイメージであったのか、わたしには判断がつかない。論証抜きでいっておけば、それはたぶん、なんらかの「学習」の過程をつうじて発見されたものだ。根拠はただ『英霊の声』の天皇イメージのうえに、たとえば和辻哲郎の一九四三（昭和十八）年の著作『尊王思想とその伝統』の影が感じられる」[19]

「なんらかの学習」の過程をつうじて発見されたものとする赤坂の考察を、わたしも首肯する。また、この文章の後ろの方で、三島の「文化防衛論」が、和辻の影響下に書かれたことを、優れた洞察力で論証している。[20]赤坂は、三島の「文化防衛論」が、和辻の影響を、「英霊の声」にまで敷衍して語るのは、些か忽卒だろうから、それは、あくまで「影」に過ぎなかったとするのが、無難に思える。

ここで、橋川の著作から「学習」したと見るのが、わたしの「仮説」である。

そもそも、三島の内部で天皇観が変化したのは、いったい何時からだろうか。

加藤典洋は、三島が『裸体と衣装』に書いた、天皇に触れた文章[21]を根拠として、「『憂国』の書かれる僅か二年前、彼の天皇観は、世の常識的な天皇敬慕者のそれと変らない、穏健なものだった[22]」と、『日本風景論』所収の「一九五九年の結婚」の中で、細部の着眼から得た卓見を述べている。

「憂国」の前年の『鏡子の家』には、男の主人公四人のうち、三島が「行動を描いた」と言い、「僕はその壁をぶち割ってやるんだ[23]」と語る拳闘家俊吉が登場するが、チンピラとの喧嘩で拳を潰された俊吉が、右翼団体に関わるようになるところは、後の三島が無意識のうちに、オーバーラップしているようにも見えるが、それは、あくまで祖型に過ぎなかった。

三島の作品の中に、死への衝迫が加速し、天皇への強い関心、右翼的、反動的と言われる要素が、朧気ながらでも、見え隠れするようになるのは、「憂国」あたりからとする言説[24]があり、それはあながち間違いではないにしても、この段階では、三島の天皇観に、明確と言えるほど大きな変化があるわけではない。

「憂国」が書かれるのは、橋川が『序説』を上梓したのと同じ六〇年の暮れ（発表は六一年一月号）のことで、三島が橋川への手紙で書いている『鏡子の家』に触れた「若い世代と戦後精神」は五九年の作である。三島は、橋川宛ての手紙の中で、「むかし『鏡子の家』について、お書きくださつた時」と書いているから、この小論を読んだことは明白である。同文は、六〇年刊行の『序説』に収録されたから、あるいは、その際に読んだのかもしれない。この時点から、三島は、橋川を刮目し、気にするようになったと思われる。「憂国」にも、二・二六事件の関連から、橋川の影響が見られないことはないのだが、濃厚に表れているわけではなく、また確証もない。

ドナルド・キーンは、かつて、三島に五・一五や二・二六事件を題材とした小説を書いたらどうかと進言したところ、満州事変を知らないからと断わられたというエピソードを、紹介している[25]し、井出孫六は、深沢七郎の「風流夢譚」に含まれた毒を消すため、三島は、「憂国」を、一気呵成に書き上げたとする注目すべき発言をしている[26]。

後に、明確に露出してくる天皇制という「岩盤」は、「憂国」においては、三島自身の言葉を借りて言えば、「黒い影はちらりと姿を現はし、又、定かならぬ形のままに消えて行つた。[27]」に過ぎなかったようでもある。

「憂国」から五年後、（「十日の菊」からは四年後）、三島に、明らかな天皇観の変遷が垣間見られる「英霊の声」が登場する。この五年の間に、三島に、いったい何があったのだろうか。この間の急激ともいえる精神史的基盤の明確な転換は、突如として生起したものではないとすれば、何に起因し、何処から獲得したものだろうか。それを、三島の著作から探してみると、あまりにも有名な次のパラグラフを引くに如くものはないだろう。

「昭和の歴史は敗戦によつて完全に前期後期に分けられたが、そこを連続して生きてきた私には、自分の連続性の根拠と、論理的一貫性の根拠を、どうしても探り出さなければならない欲求が生れてきてゐた。これは文士たると否とを問はず、生の自然な欲求と思はれる。そのとき、どうしても引つかかるのは、「象徴」としての天皇を規定した新憲法よりも、天皇御自身の、この「人間宣言」であり、この疑問はおのづから、二・二六事件まで、一すぢの影を投げ、影を辿つて「英霊の声」を書かずにはゐられない地点へ、私自身を追ひ込んだ。自ら「美学」と称するのも滑稽だが、私は私のエステティックを掘り下げるにつれ、その底に天皇制の岩盤がわだかまつてゐることを知らねばならなかつた。それをいつまでも回避してゐるわけには行かぬのである。」[28]

（「二・二六事件と私」）

これは、三島自身が、晩年の思想を端的に概説したもので、天皇の「人間宣言」が、二・二六事件への関心の契機となり、そして、それが如何に大きな課題としてあったかが忌憚なく、率直に述べられている。ただし、「天皇制の岩盤」を発見する突破口となる「人間宣言」に引っかかったのは、何時、何処で、誰から「学習」したかが明示されているわけではない。

2

『鏡子の家』から七年後の一九六六年、三島は、昭和天皇の人間化に対する呪詛に満ちた小説「英霊の声」を「文藝」[29]六月号に発表した。『二・二六事件』の編者河野司に、二・二六事件や天皇についての話を聞いた翌月、母親の回想によると、徹夜して一気に、憑かれたように書き上げた[30]ということが、それは、まるで北一輝が、『日本改造法案大綱』を、断食して、約二カ月で書き上げたことを思わせるものだった。

　自決二年前の六八年、秋山駿との対談「私の文学を語る」で、「英霊の声」が、三島にとって、如何にエポック・メイキングとなる作品であったかを、こう語っている。

　「僕はあれで救はれたのですよ。（略）なにをしても無駄みたいで、なにか、「英霊の声」を書いた時から、生々してきちやつたのですよ[31]」

　三島が、「いつ死の決意をしたのか」という問いがある。この問いの解答を探索するヒントとなる発言を、同じ対談の中から発見することができる。

　「「英霊の声」を書いた時に、僕は、そんなことを言ふと——まだ先のことですからわかりませんが——なにか自分にも責任がとれるやうな気がしたのです。だからあんなこと書いたのです。そういふ見極めがつかなければあんなもの書けないですね[32]」

「責任をとる」というのを「自刃する」と解釈すれば、一九五九年の段階では、「Sterben（死—引用者）する覚悟はない[33]」（「十八歳と三十四歳の肖像画」）と答えていた三島が、この時から、死の覚悟ができたとする見方が可能になるのかもしれない。「死によってはじめて責任ある国家批判が可能[34]」（橋川、傍点原文）とする「国家」を「天皇」に置き換えて考えれば、すんなり理解できるだろう。

「英霊の声」を「憂国」、「十日の菊」と一緒に、二・二六事件三部作として一冊に纏めることで、カモフラージュして、三島は、天皇批判を薄めようとしたという犀利な考察を加藤典洋は、前掲の論文に書いている。[35]にもかかわらず、村松剛の『三島由紀夫の世界』によれば、実際には右翼からの脅しが幾つもあったという。[36]ことほど左様に、この小説には、昭和天皇に対する激しい怨念と、厳しい批判が包含されていたのである。そして、この時点から、三島における明確な天皇観の変遷が露顕したと同時に、このとき獲得した天皇観を基盤に、あのドラスティックな最期まで、「狂愚」とも思えるほどに、猪突猛進していくのである。

私見によれば、三島が、橋川の影響を最も強く受けた最初の小説は、この「英霊の声」だと思われる。わたしは、三島がこれを書いた日付けを確認していて気がついたのだが、注目すべきは、前掲の、「橋川の影響を受けた」とする、三島の橋川宛ての手紙が、六六年五月二十九日付けで、「英霊の声」の発表が、ちょうど同時期の「文藝」六月号だったことである。三島が、「再読、三読」ほどしたのは、橋川の著作の、どの部分に惹かれ、瞠目したのだろうか。

わたしは、それを六四年に刊行された橋川の著『歴史と体験』所収の、日本の右翼思想の「テロリズム信仰の底にある固有の霊魂観の政治的作用」を追究した秀作「テロリズム信仰の精神史」[37]と、神風連について触れた「失われた怒り」[38]に顕著に見ることができるように思う。とりわけ「テロリズム信仰の精神史」（六一年三〜四月）は、後の三島に決定的な、そしてある意味では、致命的《ヽヽヽ》ともいえる影響を与えたと、わたしには思われる。

この小論が書かれる前年の六〇年は、一方に、安保反対運動の高揚があり、それに対応するかのように、深沢七郎の「風流夢譚」が発端となって、発行元の中央公論社の社長宅で、殺傷事件が起きたり、大江健三郎の山口二矢をモデルとした小説「セブンティーン」が、右翼から告訴されたり、また三島が「憂国」を書いた年でもあった。このような緊迫した時代を背景にして、橋川が書いたこの論文は、依頼した「中央公論」の編集者中村智子が、「山口二矢の神社をつくろうとしている右翼はまったくナンセンス」という箇所につまずき、深夜にタクシーを飛ばして、書き直してもらったという、[39]いわく付きの作品である。もちろん橋川は、そうしたテロリズムを肯定したわけではなく、また全否定したわけでもない。そこには、橋川のアジテーターとしての姿は全くと言っていいほど見られず、むしろ、この論文が果たした役割は、テロリズムが内包した死生観を、日本国家神道と天皇信仰の観点から、史的に追究したもので、当時のテロリズムを支えた理論的な裏付けを解明しているように、思える。

三島が、橋川の著作を繰り返し読み、決定的で致命的な影響を受けた箇所とは、いったい何処か。わたしは、それを、三島が「英霊の声」を書くうえで、ライト・モチーフとする次の箇所に特定できると思う。

「天皇は、もっとも早くかれらを叛徒の名で呼び、ためらうことなくその鎮圧を命じた一人であった。それは敗戦時における天皇のイニシャティヴとならんで、日本現代史を理解する重要な鍵であるとさえ私は考える。[40]」
（「テロリズム信仰の精神史」『歴史と体験』）

ここで、橋川は、「日本現代史を理解する重要な鍵」として、二つを挙げている。

一つめの、「かれらを叛徒の名で呼び、ためらうことなくその鎮圧を命じた一人」とは、いうまでもなく、二・二六事件に遭遇した際の天皇であった。乾坤一擲の決起をした青年将校たちが、待っていたのは天皇自らが出陣して、指揮を執ることであったのだが、反対に、すぐさま逆賊、反乱軍と見做して、鎮圧に動いた。

もう一つ、「敗戦時における天皇のイニシャティヴ」というのは、ポツダム宣言受諾時の天皇の聖断ということも想起されるが、橋川が他でこのことを重要視した発言は一切していないし、この直ぐ後に、次のようなパラグラフがあることからすれば、別の解釈が妥当だろう。

「天皇は自ら人間を宣言し「朕と爾等国民との間の紐帯は、終始相互の信頼と敬愛とに依りて結ばれ、単なる神話と伝説とに依りて生ぜるものに非ず」という思想が公然と述べられた。そのことによって、天皇がもし肉体的に亡びるならば、それとともに自分も死のうと考えて天皇を見守っていた少なからぬ「臣民」たちも「人間」に立ちかえることができた。」（「同」）[41]

これから判断すれば、「天皇のイニシャティヴ」というのは、天皇の「人間宣言」の際、占領軍からの指令だけではなく、天皇本人の意志に基づいて「人間宣言」したことを指しているのは歴然としている。

そして、橋川の考える「日本現代史を理解する重要な鍵」は、そのまま三島における堅牢無比なる「パンドラの匣」を開ける「鍵」となった。この「鍵」によって、三島は禁断の「パンドラの匣」を開けてしまったのである。

三島が開けた「パンドラの匣」から飛び出したものは、いったい何か？

それは、「天皇」ないしは、「天皇制」と言えるものであった。飛び出した「天皇」、「天皇制」は、電光石火の如く三島の「エステティック」と反応した。換言するならば、橋川が提示した「私自身の教育のために役立ったノート」[42]は、三島の内部に胚胎した「天皇制という岩盤」を掘削するドリルの役割を担ったのである。

この「鍵」は、しかし、橋川が、慫慂《しょうよう》して、直接、三島に譲渡したわけではなかった。それは、三島が橋川の著作の中から、「一頁一頁味読」することで、探し出してきたと見るのが、至当だろう。そして、三島は、後に、「パンドラの匣」を開けてしまったことの代償を、あの慄然とした自刃という形で支払わなければならないことになる。

突如として、三島の精神的遍歴の中に、「天皇」が、重く、深い対象として登場する。

「パンドラの匣」から飛び出した「天皇」は、すぐさま「英霊の声」に現出したのである。天皇への呪詛に満ちたリフレイン「などてすめろぎは人間《ひと》となりたまひし」[43]は、橋川が前述した天皇の二度にわたる態度決定そのものに因由している。

「だが、昭和の歴史においてただ二度だけ、陛下は神であらせられるべきだつた。（略）一度は兄神たちの蹶起の時。一度はわれらの死のあと、国の敗れたあとの時である。

歴史に『もし』は愚かしい。しかし、もしこの二度のときに、陛下が決然と神にましましたら、あのやうな虚しい悲劇は防がれ、このやうな虚しい幸福は防がれたであらう。」[44]（「英霊の声」）

三島が、ここで語る「二度」のうち一度目は、二・二六事件の決起の際に、天皇の「朕みづから近衛師団をひきゐて鎮圧に当るであらう」[45]という態度決定を指したもので、二度目は、神風特攻隊の死者が、「われらは神界から逐一見守つてゐたが、この『人間宣言』には、明らかに天皇御自身の御意志が含まれてゐた」[46]と、天皇の「人間宣言」を呪ったものである。二・二六事件の時と、敗戦後の天皇の「人間宣言」の時、この二点を架橋する天皇の言動の観点は、三島と橋川で見事に照応している。

ただし、「英霊の声」の末尾に付された参考文献八冊の中に、橋川の文献が含まれているわけではないし、三島の著作（手紙を除く）の中から、橋川から影響を受けたとする記述は、管見の限りでは、見付けることはできない。だが、しかし、三島が「英霊の声」で、もっとも表現したかったこと、そのライト・モチーフは、明らかに、橋川の示唆を受けてのものだったと、わたしには思える。

ここに、三島の激しい天皇批判が、抱懐されているのは、疑いのないことであり、それは、取りも直さず、三島にとっては、戦後批判ということでもあった。

樋口覚が、天皇の「人間宣言」のもつ意味を、詔書まで戻って本格的に論究した『近代日本語表出論』所載の「一九四六年の国語問題」の中で、「人間宣言」を新聞で見たときの衝撃を、「最も深い次元で追求した」人を、橋川文三としている[47]のは、炯眼と言う他はない。樋口は、また周到にも、丸山眞男が「人間宣言」の五カ月後に書いた「超国家主義の論理と心理」では、この「人間宣言」には一顧だにしなかったことにも言及している[48]。

橋川は、天皇の「人間宣言」の持つ意味について、次のように記している。

「敗戦の後、もし天皇が自害されるようなことがあったら、自分もまた生きてはいないと思いつめていた日本人の数が少なくなかったことを私は記憶している。そしてそれらの日本人にとって、天皇の自殺ではなく、人間化ということが、いかに目くるめく衝撃であったかということも、私はかなり鮮かに追体験することができる。[49]」

「不死の神の死を告知したこの宣言が出発点となるとき、そこから縦横に想念の野火がひろがり、あの二・二六事件における天皇と青年将校という問題に致命的な延焼をひきおこすであろうことはほとんど必然的であった。[50]」

（「中間者の眼」）

橋川は、「英霊の声」を読んだ時、三島が自分の言説を、あたかも曲折するかの如く、敷衍したことを自覚しつつ、「現代史を解く鍵」を、二・二六事件と特攻隊の死者を結び付けて「英霊の声」としてしまった三島に、後に「文化防衛論」に触れて、橋川が与えた呼称「愚直[51]」さを見ていたのかもしれない。

それは、加藤典洋が、赤坂憲雄との対談「三百万の死者から二千万の死者へ」で、弔う立場に立てば、それぞれ固有の死者たちであるはずなのに「三島由紀夫は死者を二つ合わせて労働組合にしてしまっている[52]」として批判しているのと、呼応している。

橋川は、「中間者の眼」の中で、三島が「二・二六事件と私」で触れた二・二六事件についての文章には「留保なしに同感」だと言明しているが、「英霊の声」については、「一種の迫力を否定しようとは思わない」と言いつつも、「作品としては必ずしも成功作とは思われない」として、「あの時代のパトリオットは、いま、霊界において、決してこのような姿をしていないであろうというのは、ほとんど私の思想である[53]」と書いている。

パトリオットとして、ナショナリストとしないところには、ナショナリストという「政治的な用語を避ける意味[54]」と、パトリオットに「エスノセントリックな原始感情をその母胎としている[55]」ことを重視した、橋川の拘りが感じられる。

また、「私の思想」とまで矜持をもって語る橋川には、敗戦時、ほぼ同じ起点に立っていた三島と袂を分かち、「引き返し」て、到達した新たな地平がある。

そして、この分水嶺には、二人の戦後の生き方を左右した、明確な差異が秘匿されていたのである。（詳しくは第四章「前に進んだ」三島と「引き返した」橋川を参照）

それでは、具体的に、霊界において、どのような姿をしているのだろうか。

橋川は、「テロリズム信仰の精神史」の中で、明治国家の創設した「靖国」の体系は潰乱があり、戦争の過程、敗戦の事実性によって「自らの霊魂の回帰すべき場として、もはやただ固有の祖霊信仰しかもちえなかった[56]」と述べている。つまり、橋川は、ここで靖国信仰の変容、崩壊を語っており、英霊たちは、人間になった天皇への呪詛には向かわずに、「家」と「子孫」への「帰依と共生の念願」に向かったのである。

橋川が三島に与えた影響は、その後の作品にも表れるようになる。『英霊の声』が上梓された一九六六年の十月には、林房雄との対談『対話・日本人論』を発刊、翌六七年には『豊饒の海』の第二部「奔馬」の連載が二月から開始、三月には「『道義的革命』の論理」を書き、九月には『葉隠入門』を書き下ろし評論として刊行、十月には戯曲『朱雀家の滅亡』、六八年には橋川との論争となる「文化防衛論」を「中央公論」七月号に発表、この年の十月には「楯の会」を正式に結成している。

『文化防衛論』のあとがきに、三島は「英霊の声」を書いたのちに、「『道義的革命』の論理」、「文化防衛論」、「反革命宣言」など、「こうした種類の文章を書くことは私にとって予定されていた」[57]と記しているから、「英霊の声」を橋川の影響とする仮説が成立するならば、橋川の影響が、ここまで及んでいると見ることが可能となる。

林房雄との『対話・日本人論』に、橋川の影響が表れているのは、三島の次のような発言から明白である。まず、神風連については、「橋川文三が、神風連のことを書いているんですが、神風連が実にあの当時さえ滑稽視されて、新聞なんかでも漫画的な扱いを受けている。近代日本の思想の正統性をつきつめると、あそこに行っちゃう」[58]としているし、特攻隊における死の思想については、「橋川文三なども言っているけれども、戦争中の特攻隊の連中でも、それから戦没学徒の心情でも、死ななければ国家を批判できない、死ぬことによってはじめて国家を批判できる」[59]と、述べている。

これらの出典が、橋川の『歴史と体験』の「失われた怒り」と「敗戦と自刃」であるのは一目瞭然で、これ以外にも橋川の直截の影響と言っても過言ではない箇所が、随所に見られるのである。三島の神風連への関心は、一九六九年から遡ること数年に過ぎないことは、影山正治の『日本民族派の運動』の推薦の言葉に「私は必要あつて数年前から、神風連の研究をはじめ（略）」[60]としているところからも明瞭である。

松本健一は、「恋闕者の戦略」の中で、当初の三島の右翼への関心は林房雄の動向との関わりに過ぎなかったが、その後影山正治の著から影響を受け、『奔馬』は、その影山が関わった「神兵隊事件」をモデルにした、としている。[61]また、三島が影山と一九六六年頃に接近することで神風連に興味を抱き始めたとし、影山との関わりから「恋闕」の関心をめざめさせ、「葉隠」についての記憶をふかく呼び起こした、[62]とも書いている。

しかし、一九六四年刊の『歴史と体験』所載の「敗戦と自刃」の中で、橋川はすでに影山が主催した大東塾に触れているし、[63]「『葉隠』と『わだつみ』」では、「恋闕」という言辞こそ出てこないが、「主君に対するロヤルティと、念者に対する恋と、この二つの間に生じる価値的葛藤の意識が『葉隠』の思想のライト・モチーフだといってもいいくらい「忠誠」と「恋」に関する多くの思弁が述べられている[64]」と、委曲を尽くしているから、三島がこれらを読んだと思われる以上、むしろ影山の前に、橋川の影響を見るのが当を得ている。

また、三島が「国学でも宣長の幽顕思想は、幽界がそれぞれ所を得て分かれている。これは静態的ロジックで、行動の原理にはならない。篤胤に来ると、『玉襷』などそうだが、一貫ということになって、ここではじめて行動哲学になるのです[65]」と、発言している部分は、橋川の名辞こそ何処にも出てこないが、橋川が「テロリズム信仰の精神史」の中で論述している「国学的幽顕思想[66]」という理念とぴったり符合している。

三島が、前記の『対話・日本人論』の中で、「純日本人的なものの純粋実験だろうかと考えると、結局、神風連にいっちゃう。あすこにガンジーの糸車があって、かならず敗北するでしょう[67]」というパラグラフは、神風連について取材した際に、神風連研究家の荒木精之にも語った「三島氏は自分が神風連にひかれるに至った動機について、インドのガンジーの糸車に象徴される抵抗の精神が日本には何があるかと考えるうち、神風連に思い至ったといい、どうしても神風連をとりあげ、日本というものを見つめたい」[68]と、重なるものだった。

これは、橋川が、すでに『序説』で、保田與重郎が提起した問題として触れているし[69]、『歴史と体験』の中でも、「日本ロマン派の諸問題」で、保田與重郎を引き合いにして論じた「そこにいわれる「無抵抗主義」とは、いうまでもなくガンジーを指したもので、日本ロマン派の執拗な反近代主義の主張は、実はガンジーの精神にほかならなかったとも説かれる」[70]を典拠にしていると思われる。

「天皇制の顕教密教の問題」で示唆を受けたと、三島が橋川宛ての手紙の中に記しているのは、前掲の「テロリズム信仰の精神史」の中で、「久野収が書いたように、北の思想は「伊藤の作った憲法を読みぬき、読みやぶることによって」(『現代日本の思想』)その革命的性格を鮮明にしたものだが、磯部はその思想のもっとも忠実、熱烈な使徒であった」[71]と述べている部分だと思われる。よく知られているように、「天皇制の顕教密教」という語彙は、橋川のオリジナルの概念ではなく、『現代日本の思想』の中で、久野収(鶴見俊輔)が「顕教とは、天皇を無限の権威と権力を持つ絶対君主とみる解釈のシステム、密教とは、天皇の権威と権力を憲法その他によって限界づけられた制限君主とみる解釈のシステムである」[72]と規定したところだが、思想史に通暁しているわけではなかった三島には斬新に感じられたのかもしれない。

富岡幸一郎が「今日から見れば「文化防衛論」よりはるかに重要な、興味深い問題を示している」[73]と言うのに、わたしも同意する、「『道義的革命』の論理」は、二・二六事件論であると同時に、磯部一等主計論とも言えるもので、三島の天皇観が、より直截的に表れている。川端康成に褒められたのが嬉しくて、その手紙を家族に見せた[74]という、この論もまた、橋川の圧倒的な影響下に書かれた論文だと、わたしには思われる。

後に、美輪（丸山）明宏から、三島には、磯部の霊が憑いていると言われ、驚愕した[75]というほど、磯部に抱く強い関心のきっかけとなる、鬼気迫る磯部の日記の存在を知るのも、橋川の先の論文を経由してのものと思われ、橋川は、いわば水先案内人といった役割を果たしたと、言えそうだ。

三島は、この文の冒頭近くで、橋川の「テロリズム信仰の精神史」から、長い引用をしている。その一部を引くとこうである。

「二・二六のテロリズムは、ある意味では日本固有のテロリズムの伝統を集約し、その「神学」を限界にまで推し進め、その論理をほとんど教理問答《カテキズム》に近い形態にまで展開し、そのことによって、最後に「国体」という奇怪な絶対者の決定によって挫折したケースと見ることができる[76]」

そもそも二・二六事件を「神学」の問題として提起したの[77]と、磯部と天皇の関係を、ドストエフスキーの「大審問官」の問題としてアナロジーしたのは、橋川をもって嚆矢とする。この問題提起に対して、実際の神学者の大木英夫からは、「われわれ神学に従事する者にとって「神学」という語の乱用気味はいささか辟易させられる[78]」と揶揄されることになるが、その後、徐々に市民権を得つつあり、橋川は、あくまで比喩として用いたのだが、富岡幸一郎は、「ブルームハルトのような神学[79]」と、実態概念を与えて論じるまでに定着している。

この橋川の論文に対して、三島は、二・二六事件の分析としては、「比類のないすぐれた業績[80]」としながらも、「橋川氏自身のデエモンが乗りうつつたやうなこの文章からは、磯部一等主計のもう一つの側面が逸せられてゐる。これこそ今般発表された遺書の主調音である「癒やしがたい楽天主義[81]」だと主張し、基底部分では、橋川の論に全面的に依拠しながらも、三島のオリジナリティも提出している。また「橋川文三氏の言ふやうに、二・二六事件の思想的源流は、明治維新にではなく、神風連に求めるはうが論理的であるが、同時に、二・二六事件は、その内に、神風連にはない尖鋭な近代的性格をも包含してゐる[82]」とする部分にも、創見が見られる。

三島の、「国体思想がなぜこのやうな変革を激動せしめたかといふ経緯を、橋川氏は中世基督教の正統と異端を例にとつて巧みに分析したが、私は本来国体論には正統も異端もなく、国体思想そのものの裡にたえず変革を誘発する契機があつて、むしろ国体思想イコール変革の思想だといふ考え方をするのである[83]」という言説には、後の「文化防衛論」に繋がる、天皇に対する、一種アンヴィヴァレンツな感情を読み取ることができ、実存の天皇と、三島の頭脳の内部で構築された理想の天皇像が、分裂することなく語られているように見える。

そして、三島が、この論の中で、繰り返し語っているのは、「二・二六事件はもともと、希望による維新であり、期待による蹶起だつた。といふのは、義憤は経過しても絶望は経過しない革命であるといふ意味と共に、蹶起ののちも「大御心に待つ」ことに重きを置いた革命である[84]」という箇所である。つまり「待つこと[85]」に、二・二六事件の本質を見、当為（ゾルレン）の革命、すなわち道義的革命の性格を担っていた、とする点に、三島の卓抜な持論がある。

ただし、三島は、橋川の言う、磯部が「致命的な国体否定者に転化[86]」したかどうかは疑問だとしているが、もし、そうであるならば、磯部の遺書に見られるような「大魔王ルチフェルのごとき呪詛と反逆のパトス[87]」（橋川）を、そして、「英霊の声」で三島自身が追及した、天皇に対する怨念と呪詛の声を、どの様に説明するのかという疑問が残るのを如何ともし難いのである。

これまで見てきたように、三島は、橋川に啓発され、自己の「天皇制という岩盤」を掘り当てたのだが、橋川は、そこでは、本人の意に反し、まるで、三島の思想的な（政治的ではない）ブレーンのような立場にいる。「文化防衛論」を巡り、橋川を三島の論争相手とする人は多いが、三島の作品に、橋川の影響を見る人を、わたしは、寡聞にしてしらない。

人は、どうして三島の中に、橋川の影響を見ようとしないのだろうか？

それは、橋川に「戦中派イデオローグ[88]」（野口武彦）という側面が全く見られないからだと、わたしは思う。菅孝行は、「イデオローグとしてのあからさまな機能が全く見えない」が、「見えないだけで、そうでないということではない[89]」と述べているが、これほど錯誤と悪意に満ちた見方も少ないだろう。

橋川は、「読者に自分の見方をおしつけるところがなかった[90]」（鶴見俊輔）し、常に自分を律した姿勢を崩すことなく、「自分は何者か」という自問に対して、G・ソレルを引用して示したように、「私自身の教育のために役立ったノートを、若干の人々に提示する一人のautodidacte[91]（独学者―引用者）」と自己規定したスタンスを、呆れるほど頑なに堅持し固守した。

こうした橋川の自己抑制したスタンスは、政治的な「不決断主義[92]」（丸山眞男）として、非難の矢面に立たされることにもなり、結果的に軽んじて見られることにも繋がったのだが、実は、どうも後年の橋川は、丸山が指摘したような「政治的決断」はどうでもいいと、考えていたふしがある。大切なのは、思想的決断を促す勇気だと。

そして、橋川のこの徹底した自己抑制は、戦争体験から学習したものであるように、わたしには思える。

二、「文化防衛論」をめぐる応酬

——三島と橋川の意外な関係

「友よ」コロンブスは語った「身を委《ゆだ》ねるな、
もうどんな新しい逸楽にも」
彼はつねに彼蒼《かのそう》へ身をそびやかす――
最と《い》遠いものは彼を誘ってやまぬ！
「地の果てのものこそ私の大事。
ジェノア……その市《まち》は沈んだ。消えた。
無情であれ、心よ！手よ、放すな舵《かじ》を！
わが前には大洋《おおうみ》。――陸地は？――陸地は？――

われらは足を踏んばって立つ。
引き返すことは叶《かな》わぬ！
見よ、かなたよりわれらに会釈する
一つの死、一つの誉れ、一つの幸《さち》！」

（Der neue Columbus）

（「新しきコロンブス」ニイチェ　訳・三島由紀夫）

1

三島由紀夫（一九二五年生）と橋川文三（一九二二年生）、何とも蠱惑的にみえる二人の関係を最も深く知悉していたのは、わたしの知る限りでは辻井喬である。三島と深切な交誼のあった辻井は、『橋川文三著作集』の月報の中で、三島が橋川をどのように思っていたかを暗示する、興味深いエピソードを披露している。

「まだ三島由紀夫が元気だった頃、彼と橋川文三について話したことがあります。私は「日本浪曼派批判序説」「日本ナショナリズムの源流」などを引用して、歴史意識の所在、評論における文体の問題に言及したのでした。彼は一瞬厭な顔をし、すぐに「いや、彼は才能だ」と、自分に言い聞かせるように呟いたのを覚えています。[1]」（「心優しい孤立者」）

辻井は、三島が語ったことを、これ以上は書いていないので、三島が何を根拠にして「才能だ」と呟いたのか定かではない。辻井の言は、三島と橋川の間で、三島の「文化防衛論」を巡っての論争[2]があったことを知らずにいた頃の、何気ない、しかし、そうであるが故に、真情が流露したものだったのだが、三島は、即座に、これを否定している。このことから、三島が如何に橋川の才能を認めていたかの証左とするのは、忽卒だろうか。だが、少なくとも、「文化防衛論」を巡っての論争後でも、悪印象を抱いていなかったことは、確かなようである。

三島と橋川、生前の二人の関係は、実際、どのようなものだったのだろうか。

この二人は、面と向かって会うことは、生涯一度もなかった。

「橋川……会ったことは一度もないけど、ちょうど鶴見さんがおっしゃった程度の関係がありました。手紙が二、三通ほど、電話が一回だけ、それが六九年でしたかね。[3]」

（橋川と鶴見俊輔との対談「日本思想の回帰性」）

これは、三島没後の対談だから、二人が、終生会わなかったことは、この橋川発言から明白で、現実生活での接点は、極めて稀薄なものでしかなかった。手紙が二、三通というのは、猪瀬直樹が『ペルソナ　三島由紀夫伝』[4]で、その一部を最初に引用し、橋川家に残された手紙二通が、一九九八年末、橋川著『三島由紀夫論集成』[5]に収録された。「電話が一回」を、六九年としているから、三島の「文化防衛論」を巡っての応酬後と思われる。その内容について橋川は、「非常に簡単な事務的な通話」で、「三島の哄笑を聞く機会にはついに恵まれなかった」[6]（『新版　現代知識人の条件』あとがき）と回顧している。一九九九年逝去した橋川夫人の回想によると、雑誌「現代の眼」の企画した対談が、いったんは両者が応諾したものの、何らかの都合により流産に終ったことについてで、実現しなかったのは、自分の意志ではなかったことの確認と挨拶のようなものだったという。[7]

奥野健男は、『三島由紀夫伝説』の中で、「（三島は―引用者）二ヶ月に一回ぐらい一緒に食事をしたり、その際は桂芳久、ヴィリエルモ、澁澤龍彥、北杜夫、橋川文三、磯田光一、安部公房なども一緒したこともあった[8]」と、食事会のメンバーに橋川の名前を加えているが、これは奥野の記憶違いだろう。橋川は、こうした文壇的な付き合いとは一切無縁だったから、この会に、出席したとは、およそ考えられず、奥野発言には信憑性がない。

三島主催のパーティーに、橋川の友人井上光晴にも声がかかった際、橋川は、井上に、「行かない方がいい」と進言したものの、それでも出席した井上は、「後悔していた」との挿話を、わたしは、仄聞した憶えがあるから、橋川は、どうも三島とインティメートな付き合いを、意識的に回避していたようでもある。

三島と橋川は、直接の付き合いはなかったが、橋川は、三島を早くから注視し、気にかけていた。三島の名前を最初に知見した頃のことを、次のように述べている。

「伊東静雄の名前を初めて耳にしたのは、戦争中のこと、当時大学一年下にいた斎藤吉郎からであったように憶えている。（略）小高根二郎、三島由紀夫の名前を知ったのも同じ時だったと思うが、[9]……」

これは大学二年以上だから、一九四三、四年頃であろうか。

「ぼくははじめは三島にずいぶん、惚れたというんじゃなくて、やっとるなという感じだった[10]」

「ぼくなんかは三島のあり方に、ほとんど全面的に賛成というか……共感の感じで彼のことをずっと見守ってきたわけですよ[11]」（野口武彦との対談「同時代としての昭和」）

橋川は三島に触れた文章を幾つも書いている。そもそも、橋川の実質的な処女作『日本浪曼派批判序説』（一九六〇年刊）のサブタイトル「耽美的パトリオティズムの系譜」は、三島の『潮騒』に関して、米国の週刊誌に掲載された「臆面もない審美的愛国主義が表現されている」との紹介記事からヒントを得たと、告白している。[12]それ以降も、終始一貫、橋川は三島に刮目し、折りに触れ書きしるしたものは、枚挙に遑《いとま》がないが、主だったものは、上記の『三島由紀夫論集成』に纏められている。

三島と橋川の関係について、例えば次のような指摘がある。

古今東西の文学・哲学から思想まで、カテゴリーを越えて語れる柄谷行人は、「三島に一番敵対できたのは、橋川文三だね」[13]（『近代日本の批評Ⅱ、昭和篇〔下〕』）と端倪すべからざる発言をしている。これが、如何なる論拠に基づいたものかは、必ずしも明確ではないが、柄谷は続けて、「橋川は丸山とも違うことを考えていて、日本に超越性がないとか普遍性がないとかいうだけでなく、彼はそれをどうやったらつくれるかと考える。それを戦争の体験に求めようとした。今回の戦争の体験を超越化すればいいのだとね。（略）橋川はこれでもって、三島と対立したんですよね」[14]と述べている。

この柄谷発言を忖度すると、橋川が『序説』を書いた後、「歴史意識」の形成、確立という課題に取り組み、そこで「超越者としての戦争」[15]という理念を提出したから、それを指したものだろうか。また、「丸山とも違うことを考えていて」というのは、橋川は戦争体験に拘泥し、そこを起点に再出発を志向したのに対し、丸山眞男には戦争体験への固執という想念は驚くほどなかった。

さらに、近代日本政治思想史の研究においても、日本の超国家主義の捉え方で、丸山が「超国家主義の論理と心理」などを収載の『現代政治の思想と行動』で展開した言説に対し、橋川は、『近代日本政治思想の諸相』で、次のような独自で尖鋭な視座を開陳している。

「それは（丸山の分析は—引用者）いわば日本超国家主義をファシズム一般から区別する特質の分析であって、日本の超国家主義を日本の国家主義一般から区別する視点ではないといえよう。[16]（略）」

「あの太平洋戦争期に実在したものは、明治国家以降の支配原理としての「縦軸の無限性、云々」（丸山の指摘—引用者）ではなく、まさに超国家主義そのものであったのではないか、ということになるであろう。[17]」（以上傍点原文）

これは、丸山眞男に対する明確な反措定であった。そして、橋川は具体的な超国家主義者たちの個人研究に入っていき、主要な研究対象の一人となる北一輝研究は、「丸山の作業を受け継ぎ、「発展させたもの」が、「共通認識[18]」（後藤総一郎）とされるそうだが、わたしには、それは、「発展的継承」とは、対極に位置するものと思われ、丸山に親炙し、多くを学んだ点を鑑み、あえて「継承」と表現すれば、それは、「批判的継承」にほかならないというのが、わたしの認識である。

また、確かに吉本隆明が「丸山真男論」で展開した如き苛烈な丸山批判を、ことさら書くことはなかったが、如上の反措定は、抑制した筆致とはいえ、熾烈な丸山批判であり、橋川が研究対象とした人物、事柄を含めて橋川の著作総体が、れっきとした批判たりえているから、丸山を「思想的に批判するかわりに、人間的に竹内好の立場に近づくという方法をとった[19]」（松本健一）と、思想の問題を、人間関係や交際相手に解消したような物言いは、三人の関係を熟知しているはずの松本の言だけに如何なものだろうか。

橋川が、竹内に近づいたのは、紛れもない事実だが、それは、丸山を「思想的に批判するかわりに」近づいたのではなく、竹内の思想と行動に本質的なものがあると鋭敏な直観力で察知し、竹内に「冷眼熱腸[20]」の人を見たからに違いない。現今の多くの丸山批判が「個人に対する批判」の中、橋川の批判は、丸山の「理論や思想に対する批判」が包含されており、丸山が歯牙にもかけなかった朝日平吾、井上日召など大正・昭和初期のテロリストたちへの照射など、それまでの歴史家、思想史家が切り捨てていった非合理的な精神までをも、掘り起こし、解明していこうとする姿勢であった。「好んで、歴史上の矛盾にみちた人物たちを描くことが多かった[21]」（中村雄二郎）橋川を、譬えて言えば、思想史研究の王道を進んだ丸山に対し、裏街道を歩んだとでも言ったらいいだろうか。ただし、柄谷の言うような「戦争体験の超越化」というテーマで、三島と橋川が、直接論争したり対立した事実はない。

ところで、柄谷発言の後に、討議メンバーの一人である蓮實重彥は（他に浅田彰、三浦雅士の計四人）、三島が気にしていた人として、「いいだもも、橋川文三、寺田透[22]」の三人を挙げている。この三人が妥当かどうか、わたしは俄かには判断に窮する。橋川については、何故「気にしていた」か、何ら明示されておらず、「橋川文三は超越性に憑かれている[23]」と言うだけで、その仔細や根拠は一切述べていない。

また、いいだももを気にしていた理由として「東大法学部の同級生で三島よりよく出来た[24]」と語っているが、この事実関係について、当のいいだもも本人が、「三島さんと私とが戦争中の東大法学部の同級生であることはほんとうですが（略）私が日本銀行に入ったことがあるのは本当ですし、三島さんが一番か二番かの成績なのもたぶん本当なのでしょうが、私が一番ということは事実無根です。」[25]（『三島由紀夫』）と、あっさり否定しているから、この蓮實発言は、些か眉唾ものめいてくる。

されど、この橋川を「気にしていた」という判断、あるいは「敵対者」というイメージは、いったい、何処から醸成されたものだろうか。論証抜きの私見によれば、それは、三島の「文化防衛論」を巡る、橋川との論争に因由していると思われる。

「英霊の声」から二年後の昭和四十三年、「中央公論」七月号に、三島由紀夫は、問題作「文化防衛論」を発表。これに対し、二カ月後の同誌九月号に橋川は「美の論理と政治の論理」（副題は、三島由紀夫「文化防衛論」に触れて）を草して、三島の論に疑義を呈した。すると三島は、翌十月号の同誌に「橋川文三氏への公開状」を書き、橋川に応酬した。

ノーベル賞候補の天才作家が「文化防衛論」を世に問い、ごく一部でしか人口に膾炙《かいしゃ》することのなかった天皇「礼讃」を突如として標榜し始めたのだから、その反響と衝撃力は大きく、三島文学の心酔者や良き理解者たちをも周章狼狽させるに十分だった。

そもそも「向こうから書いて持ってこられたもの」[26]（橋川と松岡英夫との対談「三島由紀夫の死」）である三島の論文の掲載に関しては、「中央公論」編集部内部で、「思想の科学・天皇制特集号」を発売中止にしたことの反省の社告と同時に「天皇礼讃の論文を載せるのは適当ではない」と「カンカンガクガク」の議論があり、結局、次の号に「反論を予定する」ことで決着がつき、そこで白羽の矢が立ったのが橋川だったと[27]、当時編集部に在職した中村智子は、「思想の科学・橋川文三研究」

で、事の顚末を明かしている。だから、橋川は、三島の論への反論・批判を書くべく指名された人であり、この反論を、「「感想」を同じ掲載誌に寄せている」[28]（佐々木孝次）として、橋川の謙抑を額面通り甘受するには、あまりに「感想」の域を逸脱した辛辣な批判が開示されており、決して、「感想」の位相にとどまるものではなかった。

辻井は、前掲のエッセイで、三島の反論「橋川文三氏への公開状」を引き、「貴兄の文体の冴えや頭脳の犀利には、どこか、悪魔的なものがある。悪魔的というより、どこか、悪魔に身を売った趣があって、はなはだ失礼な比喩かもしれないが、もっとも誠実な二重スパイの論理というものは、こういうものではないかと思われることがある」[29]との箇所を後に読むことで、「改めて三島は早くから橋川文三を理解していた数少い一人だったという印象を強くしたのでした」[30]と、至当で機微に触れた指摘をしている。二人の良き理解者ならではの炯眼だが、「早くから理解していた」とは、何時からだろうか。それは、前章で縷説したように、三島の『鏡子の家』の反響が芳しくなく、失敗作として不評をかこっていた昭和三十四年、橋川が共感を示した秀逸な評「若い世代と戦後精神」[31]で救済し、三島がそれを読んだ時点から、橋川を深く「理解した」と言えるだろう。

「文化防衛論」を巡る論争の持った意義は、戦後史に残るほどドラスティックで、橋川の名をこの論争で記憶にとどめたとする人は決して少なくないはずである。

2

「橋川先生に出会わなかったら、たぶん僕は『ミカドの肖像』を書こうとはしなかっただろう[32]」と述懐している猪瀬直樹は、一九六〇年代の後半、信州大学の全共闘の議長として活躍、卒業後約二年、「道草」をくうかの如く、幾つかの職業を転々としながら、橋川を慕って明大大学院に入学、師事している。その動機を、後に、こう書いている。

「僕は橋川先生の著作のいくつかを読み返しはじめていた。天皇制についての左翼の議論に飽きたらなくなっていたからである。一九六八年に三島由紀夫との間で交わされた「中央公論」誌上での論争で、橋川文三の名前は心に刻まれていた。三島由紀夫を論破した政治思想史家なら、僕の抱えている混乱を整理してくれるのではないか[33]。」

（「橋川文三先生の思い出」『迷路の達人』）

猪瀬の「論破」という言辞は、全共闘運動特有の語彙を彷彿とさせ、些か懐かしさを感じるが、「中央公論」誌上での論争とは、「文化防衛論」を巡る上述の応酬を指している。

三島が、「政治的言語[34]」（『文化防衛論』あとがき）で書き、時代の趨勢に逆行するかの如く、天皇制の攻撃的な防衛を謳った「文化防衛論」は、その前年に書かれ、作品のレベルの高さでは凌駕している「『道義的革命』の論理」よりも、衝撃度では遥かに大きく、センセーショナルであった。

翌六九年の三島と東大全共闘との討論会での「天皇と諸君が一言言ってくれれば、私は喜んで諸君と手をつなぐ」[35]との発言や、民兵組織「楯の会」の結成などとともに、全共闘運動盛んなりし頃の学生層に限らず、七〇年安保を間近に控え猖獗《しょうけつ》をきわめた世相に、強いインパクトを与えたのである。

「文化防衛論」は、三島の該博な知性と教養の賜物で、単純に何らかの書物の影響として現出したのではなく、輻輳的に様々な文化論がアマルガムの如く混在して出来上がっていて、就中《なかんずく》、「英霊の声」以後、天皇（制）について孜孜《しし》として学んだ三島の豊かな学殖がアトランダムに提出されたから、その影響を特定したり、限定することは、掌《たなごころ》を返すようにはいかない。

三島が、筆を縦横無尽に走らせた「文化防衛論」のエッセンスを約言すれば、「文化の全体性」を天皇が代表し、そこに「究極の価値自体」を見るというもので、最も重要でユニークな主張のコンセプトは、近代以降、一度も「形姿を如実に示した」ことのない「文化概念としての天皇」であった。しかし、三島は、この概念を、アプリオリに提起したわけではない。同文の主要な理念の一つ「国民統合の象徴としての天皇」[36]には、赤坂憲雄らが指摘するように、和辻哲郎や津田左右吉の観点の影響が見られる。

また、三島が「文化概念としての天皇」に籠めようとした精髄は、「英霊の声」と同様、橋川の「テロリズム信仰の精神史」に相照応している箇所を見出すことができる。

　「日本の、とくにファシズム前期のテロリズムは、それによって究極的価値（＝国体）の「真姿顕現」を達成するという志向を広範に示していた[37]。」

これは、一度も真姿を示すことがなかった「文化概念としての天皇」に類比できる言説で、「国体」を「天皇」に置換すれば、「雑多な、広汎な、包括的な文化の全体性に、正に見合ふだけの唯一の価値自体として、われわれは天皇の真姿である文化概念としての天皇に到達しなければならない[38]」とする「文化防衛論」のライトモチーフと、ぴったり符合している。

橋川自身は、反論「美の論理と政治の論理」の中で、その先蹤を求めるとすれば、原型は三島の文学的故郷ともいうべき「日本ロマン派」にも、そして、明治国家体制と天皇の関係を論じていることから、「幕末維新期」に、もしくは「二・二六事件のみやび」ということを述べていることから「北一輝あたり」に推定したい[39]、としている。（北一輝と三島については野口武彦の佳作『北一輝と三島由紀夫』が深い考察を示しているのでここでは触れない）

「みやび」について、三島は同文の中で、「みやびの源流が天皇であるといふことは、美的価値の最高度を「みやび」に求める伝統を物語り[40]」と、「美的価値の最高度」を天皇に希求している。

橋川が『序説』で、三島を「真の耽美主義者[41]」と呼んだように、「美」は、三島の基本的な価値基準であった、と同時に、個別三島に限らず日本における、西欧の「神」に比肩しうる唯一の観念でもあった。

わたしは、先に「英霊の声」が橋川の圧倒的影響下に書かれたとする仮説を開陳したが、「文化防衛論」では、『序説』の「美意識と政治」を熟読玩味したのかもしれない。

「わが国の精神風土において、「美」がいかにも不思議な、むしろ越権的な役割をさえ果してきたことは、少しく日本の思想史の内面に眼をそそぐならば、誰しも明かにみてとることのできる事実である。日本人の生活と思想において、あたかも西欧社会における神の観念のように、普遍的に包括するものが「美」にほかならなかった……」[42]

（『序説』傍点原文）

この橋川の言説を敷衍すれば、三島には「美」と、「西欧社会における神」の観念とがパラレルで、「文化概念としての天皇」、「美の総攬者としての天皇」[43]（橋川の約言）は、そうしたコンテクストで読まれるべきである。

戦時中、三島は、「もはや文学的交際も身辺に絶え、できるだけ小さな、孤独な美的趣味に熱中してゐた」[44]（「私の遍歴時代」）が、敗戦を迎えると、「ロマネスクな美の世界の大崩壊」[45]（橋川「三島由紀夫伝」）となり、三島の「美意識」も変節を余儀なくされる。趣味的に美を弄《もてあそ》んでいた美の愛好者三島は、「真の耽美主義者」へと変容、転位する。

江藤淳は、そこに文体の変化を剔抉《てっけつ》し、神西清は、「戦争はたしかに、彼の美学の急速な確立をうながした。（略）美の信徒は、今やはっきりと美の行動者になったからである。」[46]（「ナルシシスムの運命」）と、三島にとって、「美」が如何に重要な理念として確立したかを記している。さらに「美の殉教者が一変して、美による殺戮者になったのだ。彼は美という兇器をふりかざして、あらゆる敵へ躍りかかって行った」[47]と、三島における美の変節を犀利に考察しているが、これは晩年の三島ではなく、戦後七年、当時二十七歳だった三島を俎上に載せての洞察で、驚嘆に値する。

三島は、二十四歳の時、自ら処女作と呼ぶ『仮面の告白』のエピグラフで、「美—美といふ奴は恐ろしい拍《おっ》かないもんだよ！つまり、杓子定規に決めることが出来ないから、それで恐ろしいのだ。（略）美の中では両方の岸が一つに出合つて、すべての矛盾が一緒に住んでゐるのだ。（略）理性の目で汚辱と見えるものが、感情の目には立派な美と見えるんだからなあ。一体悪行《ソドム》の中に美があるのかしらん?……」[48]（ドストエーフスキイ「カラマーゾフの兄弟」）を引いたが、ここに籠めようとした含意を、「美について」と題したエッセイで、「ドストエフスキーにあつては、美は人間存在の避くべからざる存在形式であり、存在形式それ自体が謎なのであり、これが彼の神学の酵母となつてゐる。（略）人間存在の内に行はれる神と悪魔との争ひをも美といふ存在形式で包括したからである。」[49]と説いている。三島は、「美」との格闘を経ることで、「美」の怖さを知り、「美」の矛盾を洞察し、神と悪魔をも包摂しうるパラドキシカルな「美」を獲得したのである。

潜在的であれ、趣味的な「美」の使徒であった三島の内部で、「美」が別の大きな価値基準を占めるようになるのは、戦後間もなくで、これほど「美」に拘泥せざるを得なかったのは、敗戦による価値の崩壊・転換の中、唯一残されたものが「美」にほかならなかったからである。また、それは時代による多少の変遷があり、幾許かの陰影と偏差を含みながらも古来不易で、戦時中も敗戦によっても普遍的でラディカルな価値を保持していたからであった。

橋川は、『序説』で保田與重郎を引き合いにして「人間にとってもっとも耐えがたい時代を生きるもののために、あたかも殉教者の力に類推しうるものとして、現実と歴史を成立せしめる根源的実在としての「美」を説いたわけである」[50]と解析したが、この「根源的実在としての「美」」を、三島は、一周遅れの戦後に、自家薬籠中のものとしたのである。

「橋川　…三島は自分の人生と自分の芸術というものがそもそも根源的に美の世界に属するものであって、…」

「…自分の持っている美の理念に従って世界が構成される、自分の持っている美の原理に従って政治が運営される、そういうことを一つの夢想として持っていたんじゃないか。非常な美的ナルシシズムですね。自分の美の原理に従わないような世界、そういう現実は認められない。[51]」

（『三島由紀夫の死』）

三島が、生涯一貫して美意識の虜になっていった理由として、白川正芳は、「マルクス主義の影響を受けなかったことが彼の美意識を傷つけていない[52]」（「デカダンスの論理」）点を挙げている。三島は、戦前、マルクス主義の洗礼を受け得なかった世代に属し、戦後も、座談会の帰りに、小田切秀雄が三島に「牧師が入信をすすめるやうな誠実さ[53]」（『私の遍歴時代』）で入党を勧めたという共産党を取り巻くアトモスフィアの中でも、一切関与することはなかった。丸山眞男が「キリスト教の伝統を持たなかったわが国では、思想というものがたんに書斎の精神的享受の対象ではなく、そこには人間の人格的責任が賭けられているということをやはり社会的規模に於て教えたのはマルクス主義であった。[54]」（傍点原文）と指摘するような、近代日本における「マルクス主義」と、西欧における「神」、三島における「美」は、まさに等価であると言ったら誇張に過ぎるだろうか。

「さまざまな変容のあひだにも、不変の金閣がちゃんと存在することを、私は知つてもゐたし、信じてもゐた。[55]」

（『金閣寺』）

三島「美学」のひとつの集大成は、代表作『金閣寺』で、自身「『金閣寺』では個人を描いた」と述べたが、この「個人」とは誰か。中村光夫の『金閣寺』評、「観念的私小説[56]」との規定を想起するまでもなく、三島という個人が描かれたのである。「終戦までの一年間が、私が金閣と最も親しみ、（略）その美に溺れた時期[57]」（同上）であった三島にとって、美の象徴である「金閣寺」の焼失は、戦争期の「美しい夭折」への憧憬の挫折を暗示していた。

「美しい「花」がある、「花」の美しさという様なものはない」[58]と述べたのは、小林秀雄だったろうか。「概念による欺瞞」を峻拒する小林らしい言説をパラフレーズすれば、三島が描いたのは、「個人」の美しさというようなものではなく、美にとりつかれた「個人」、畢竟、「美」についての三島自身の物語ではなかったか。『金閣寺』の末尾は、こう結ばれている。

「一ト仕事を終へて一服してゐる人がよくさう思ふやうに、生きようと私は思つた」[59]。

この結語を語る三島の脳裡には、「自死」をではなく「生」を選択した戦後の心理的葛藤が横たわっていたのは疑いのないことではないだろうか。

ところで、橋川は、三島が「再読、三読」したという『序説』の、「美意識と政治」で、「美」と「政治」が、如何に異質な概念かを、「美と政治とが全く異る価値領域に属することはことわるまでもないだろう。（略）美と政治とは、関係がないという意味でしか関わりをもたない二つのカテゴリイである」[60]と論述している。（そして「美」と「政治」の結合には、国学的自然を媒介とした、と説いている。）

三島が「英霊の声」を書く以前には、殆ど垣間見られなかった異質な概念である美と政治、美と天皇を結び付ける記述あるいは政治的言辞が露顕するのは、何時からだろうか。

「二・二六事件と私」で、先に引いた箇所を煩瑣を厭わず引くと、三島は、「自ら「美学」と称するのも滑稽だが、私は私のエステティックを掘り下げるにつれ、その底に天皇制の岩盤がわだかまつてゐる」[61]ことを知ったという。注目すべきは三島が、廉恥を含みながらも、自ら「美学」と称し、

「天皇制」との繋がりを、この時点から語り始めていることである。「人間宣言」を契機に、二・二六事件の影を辿り、「美学」（エステティック）を掘り下げ、天皇制の岩盤と遭遇することで、小説「英霊の声」を書かざるをえなくなり、それは翌年のエッセイ「『道義的革命』の論理」へと発展した。その延長線上で、「天皇制の岩盤」を掘削・研磨し、「玉」となして提出したのが、さらに翌年の「文化防衛論」であった。換言すれば、「美学」と「天皇（制）」の醇呼とした合体を目論んだものであった。

三島の天皇観を、橋川は、「日本文化における美的一般意志というべきものを天皇に見出しているといえばよいかもしれない[62]」）（傍点原文）と手際よく纏めている。

三島自身は、「日本の近代は、「幽玄」「花」「わび」「さび」のやうな、時代を真に表象する美的原理を何一つ生まなかつた。天皇といふ絶対的媒体なしには、詩と政治とは、完全な対立状態に陥るか、政治による詩的領土の併呑に終るしかなかつた[63]」と記している。三島は、ここで、天皇を「絶対的媒体」として、詩と政治、ひいては美と政治との結合、一体化を目論んでいる。しかし、三島が「絶対的媒体」としての天皇を恃むには、一つの詐術を必要とした。実際には「絶対」ではない現実所与の天皇を、「絶対」とすることが要請され、三島は、そこで「絶対」である当為（ゾルレン）としての天皇、すなわち超越者としての天皇を創出せざるを得なかったのである。

橋川は、三島の天皇観を後に、次のように概説している。

「橋川……彼の「文化防衛論」における天皇論というのは、やはり、論理的には乱れている。（略）あの天皇というのは全く三島のイメージであって、歴史的でもなければ政治的でもない。

いわゆる右翼の天皇論の系列にもはいらないんです。あれは三島独特の超越神であって、三島が自分の頭の中で作り上げたビジョンであり、むしろ彼個人の怨念と決意の投影としか考えられないようなものなんです。（略）しかも現に、現在の天皇に対して、簡単に言えば彼は批判の目を持っているんじゃないでしょうか。[64]」（「三島由紀夫の死」）

ここで、現在の天皇に対して「批判の目を持っている」とは、三島が自決直前、古林尚のインタヴューに答えて「……ぼくは、むしろ天皇個人にたいして反感を持つてゐるんです。ぼくは戦後における天皇人間化といふ行為を、ぜんぶ否定してゐるんです[65]」との発言や、磯田光一が、三島の亡くなる一ヵ月前、最後に会った時、「本当は宮中で天皇を殺したい[66]」と語ったというエピソードからも裏付けられる。

これに、学習院時代、卒業式で、「天皇から私は時計をもらった。そういう個人的な恩顧があるんだな[67]」という昭和天皇への「個人的感懐」や、天皇主催の園遊会で謁見している姿を加えるならば、三島の天皇観は、三重にも分裂した構造になっている。

三島の天皇観は、自決の時、自衛隊市ヶ谷駐屯地のバルコニーから「天皇陛下万歳」と声高に叫んだことにも起因してか、巷間流布される純粋な「天皇主義者」とは、だいぶ趣を異にしていた。三島は、美の信徒ではあっても、天皇の信徒では無かったのである。

昭和天皇を一方で否定しながら、他方で「天皇陛下万歳」を叫ぶ二重構造・矛盾を、三島は、自己の内部で飼い慣らしてきたのである。三島は、橋川との論争後、東大全共闘との討論会を収録した本に付した「討論を終えて」で「天皇は、いまそこにおられる現実所与の存在としての天皇なしには観念的なゾルレンとしての天皇もあり得ない、（その逆もしかり）、というふしぎな二重構造をもっている。[68]」と、自身この二重構造に無自覚ではなかった。正確には、三島にとって、「ふしぎな二重構造」ではあっても、矛盾ではなかった。この二重構造は、三島の認識では対極の位置ではなく、中心を二つ持つ楕円のように、ひとつの円環構造を閉じていて、三島の内部では自己完結しているので、自家撞着としては意識されなかった。

そして、このことは、三島が戦後を否定しながら、その中で生きるという名状しがたいような面従腹背の背理を、「仮面」を被ることで背後に追いやってきた戦後の生き方の二重性にも起因していた。だから、三島の天皇観には、戦後の生き方そのものが色濃く投影されていた。

自らの頭の中で作り上げた超越神としての天皇と、批判の目を持っている現実の天皇が、同じ三島の口から語られるという二重構造・矛盾は、天皇観にとどまらず、三島の行動様式についても、しばしば指摘されることである。

戦役を誤診で逃れた時、喜んで逃げるように父親と帰ってきたことを、三島は、隠さずに書いているし、若い頃の兵役に対する矛盾、それは誰しもが保持しうる矛盾だが、例えば次のように、真率に告白している。

「（略）どうせ兵隊にとられて、近いうちに死んでしまふのである。それを想像すると時々快さで身がうづく。でも、よく考へると死は怖いし、辛いことは性に合はず、教練だつて小隊長にもなれない器だから、何とか兵役を免かれないものかと空想する。[69]」

（「十八歳と三十四歳の肖像画」）

三島は、矛盾の塊《かたまり》である。

後生の識者が如何に整合性を持って論述しようとも、そこから脱落していく部分は計り知れない。しかし、それは何も三島にだけ固有の問題と限ったことではないが、ただ「愚直」な三島には、矛盾を隠蔽するという発想が殆ど皆無で、他人には矛盾と映ることを百も承知で野晒しのまま提出することに痛痒を感じなかった。そして、矛盾の中に、あえて身を投じようとするところがあった。

ひとは言ってみれば矛盾だらけである。

首尾一貫している人が、それ程いるわけではないし、何よりも、生きている世の中そのものが矛盾だらけである。誰しもが、多かれ少なかれ、そうした矛盾ないし混沌を生きているのである。あたかも、明治期の岡倉天心が、当時の世相を反映した「混沌」に生き、「自身の内部で葛藤する諸矛盾の存在を認める」[70]ということから「混沌子」の雅号を好んで用いたのとパラレルに。

そして、ここにロマンティーク、日本ロマン派の出自がある。

日本ロマン派に骨の髄まで漬かった橋川は、「日本浪曼派というのは、簡単に言えば一種の錯乱の美学ですよね。つまり、状況が混とんとしているからこそ、その状況の中に身を沈めるという以外に生き方はない」[71]（「三島由紀夫の死」）と「混とんとした状況」からの日本ロマン派の美学の発生を語り、日本ロマン派の総帥保田與重郎も「日本浪曼派について」で「そのイロニーとは何か、混沌の一つの母体である。混沌を住家とするものの自己主張である、矛盾をパラドックスにまで表現するものの場である。すべて、未形で漠然で、又つねに反対する二つが戦つてゐる状態である。[72]」と記している。

橋川は、『序説』の中で、日本ロマン派の影響を「ロマン主義的楕円（シュレーゲル）」の中心の一つに、自身が体験した「「ぼくらは死なねばならぬ！」[73]という死のメタフィジクの追求」を挙げ、もう一つの中心には「三島由紀夫などに象徴したく考える類いの「美」の構想[74]」とし、三島を日本ロマン派の脈絡の中で捉えている。

そして、戦後、この日本ロマン派を「純粋培養[75]」（桶谷秀昭）したのが三島で、その延長線上に結実した小論を、「文化防衛論」と見ることも可能ではないだろうか。

橋川は、自決した三島を、「「仮面の美学」を設定することで、すべての錯乱を切捨てようとしたが、二十年後、それでも切捨てることができなかったことを、身をもって証明した[76]」とする瞠目すべき卓見を述べている。

「文化防衛論」の冒頭で、三島は「近松も西鶴も芭蕉もいない昭和元禄には、華美な風俗だけが跋扈している」と、当時の日本文化の閉塞性を嘆息しているが、「橋川文三氏への公開状」の中でも「現下日本の呪ひ手であることは、貴兄が夙に御明察のとほり[77]」と、刻下日本の厳しい批判者であった。

その前兆が表面化するのは、「英霊の声」の前年、『三熊野詣[78]』のあとがきで、「過去は輝き、現在は死灰に化してゐる、「希望は過去にしかない」のである」と、鼓腹撃攘の昭和元禄に、快々として楽しむことのない三島の本音が、この時点から語られ始めている。

「一方にはあたえられた現実がそのあらゆるみじめな俗物性とともに立っており、他方には理想的現実がそのおぼろげな姿のもろもろとともに立っている[79]」とキルケゴールは、『イロニイの概念』

の中で、ドイツ・ロマン派の文学について語っている。三島を、ロマン主義者として規定した秀作『三島由紀夫の世界』の著者野口武彦は、ここに要約されている文学的視野は、「そのまま三島氏の作品世界にもあてはまるだろう[80]」と卓抜な洞察をしているが、それは、「作品世界」だけでなく、三島の天皇観にもアナロジーできるものであった。

そして、三島が、頭の中で作り上げようとした天皇と、「美の世界」との必死でブリリアントな結合を意図した時、橋川により、厳しい批判に晒されることになる。

文化概念としての天皇は、本来異質なカテゴリーの「政治」と「美」の結合を意図したもので、明らかな矛盾であった。（それにしても三島は、「政治概念としての天皇」を否定し、「文化概念としての天皇」について記述するのに、あり余る文学的才能の持ち主である自身が「政治的言語」で書くことに違和感を覚えなかったのだろうか。）

三島の「文化防衛論」を、橋川は、三島はこういうテーマを書かせたならば、「もう少し刺激的な筆力をもつはずの文学者」だが、少なくともこの論文における三島は、「『月並』よりも少し低い[81]」と「美の論理と政治の論理」で、些か手厳しい印象を述べている。

眼光紙背に徹する橋川のこの小論は、「文化防衛論」の論理的矛盾を鋭く衝いたもので、その反論部分の要旨が、批判された三島自身により、過不足なく約言されている。

「三島よ。第一に、お前の反共あるひは恐共の根拠が、文化概念としての天皇の保持する『文化の全体性』の防衛にあるなら、その論理はをかしいではないか。文化の全体性はすでに明治憲法体制の下で侵されてゐたではないか。いや、共産体制といはず、およそ近代国家の論理と、美の総覧者としての天皇は、根本的に相容れないものを含んでゐるではないか。第二に、天皇と軍隊の直結を求めることは、単に共産革命防止のための政策論としてなら有効だが、直結の瞬間に、文化概念としての天皇は、政治概念としての天皇にすりかはり、これが忽ち文化の全体性の反措定になることは、すでに実験ずみではないか[82]」

（「橋川文三氏への公開状」）

この簡勁の極ともいえる三島の要約は、あまりに見事なためか、あたかも橋川の言説そのものかの如く引用され、一人歩きするようになる。三島の反論は屈託がなく、「この批判（橋川の—引用者）の出現を待っていたかのように、ほとんど嬉嬉として次のように答えている[83]」との長崎浩の揶揄を一概には否定できないほど、天真爛漫で素っ裸のように無防備である。

「近代国家の論理」とは、換言すれば、「政治の論理」である。従って三島のいう「美の論理」「美の総覧者としての天皇」とは、論理的に矛盾するから、橋川は、上来の二点の自家撞着を容赦なく、的確に道破した。橋川への反論を書いた三島が、「私の真意は、むしろ、「橋川文三氏への公開状」のはうによく現はれてゐる[84]」と述べた、その「公開状」の文中で、「ギャフンと参った（略）私のゴマカシと論理的欠陥を衝かれ、それを手づかみで読者の前にさし出されました[85]」と潔く降参している。が、三島は、「参ったけれども、私自身が参ったといふ「責任」を感じなかったことも事実なのです。なぜなら、正に、この二点こそ、私ではなくて、天皇その御方が、不断に問はれてきた論理的矛盾ではなかつたでせうか[86]」とも語っている。参ったけれども、「責任を感じなかつた」とは、何の謂いか。自らの発言に責任をもつのは、自明の理ではないか。それを「天皇の論理的矛盾」とするのは、天皇に藉口しての責任転嫁との誹《そし》りを免れないのではないか。

「ここで、一般意志という概念に立って考えるとき、そうしたテロールには、本質的に責任という問題が生じないことも了解されるはずである。あたかも、神にとってその責任ということが無意味であるのと同じことであるが、そのことをすなわち「みやび」というと考えてもよいであろう。神意の代行者の行為は何人によっても責任は追及されないはずであるから、これほど優雅なことがらはない。三島がその論文の中で、「自由と責任」にかえて「自由と優雅」ということをいっているのは、その意味でいかにも的確である。」[87]

（橋川「美の論理と政治の論理」）

「責任を感じなかった」と三島が言うのは、橋川のこの箇所と呼応して論述しているかの如く酷似している。けれども論理的矛盾は依然矛盾として残されたままであるから、三島の反論は、牽強附会に映り、わたしは説得されない。

三島は、「右翼とは、思想ではなくて、純粋に心情の問題である」[88]（「林房雄論」）とする立場だから、「思想的に参った」としても、心情として参った、心底から参った、という認識はなかったのかもしれない。わたしは、三島の、「右翼とは、純粋に心情の問題」という、論証抜きの断言には、戦時中、自分の信じた思想が、敗戦と同時に、灰燼に帰した、三島の戦争体験が色濃く滲み出ていると思う。「左翼もまた心情である」[89]との言説を述べた人もいたが、敗戦後、雪崩を打って民主主義化、左傾化していく思想情況の中、戦争という「恩寵」を喪失し、死と背中合わせに暗中模索しながら、殆ど唯一人、ぽつねんと佇《たたず》み、立ち尽くしていた三島の思想に対する懐疑を、わたしはそこに見る。

三島自刃の四年前、橋川は、「三島由紀夫伝」の中で「三島はファシズムの魅力とその芸術上の危険とを、いかなる学者先生よりも深く洞察した作家である。ファシズムの下においては、三島の習得したあらゆる芸術＝技術が無用となることを、彼はほとんど死を賭して体験した一人であるかもしれない[90]」と述べた。そして三島の自刃四年後には、「そのように書いたことを、私は三島に対して正しかったと今も思うことだけを述べておきたい。そしてそれは認識の問題ではなく、むしろ人情の問題に属するとだけつけ加えておきたい。[91]」（『新版　現代知識人の条件』「あとがき」）と付記した。この走書的あとがきで、「心情」を「思想」に代置した三島とパラレルに、「認識」を「人情」に置換する橋川は、戦争期の原罪を三島と共に贖おうとするかの如く軌を一にしている。明晰な断言を持ち味とする橋川には珍しく、胡乱で曖昧模糊とした口吻の胸奥には、筆舌に尽くしがたいような三島への愛惜の念が沈潜していたのではないだろうか。

東大全共闘との討論の後、「討論を終えて」で、三島は「文学を生の原理、無倫理の原理、無責任の原理と規定し、行動を死の原理、責任の原理、道徳の原理として規定している[92]」と書いているが、この頃、三島の眼目は、既に行動に移行している。

単行本『文化防衛論』の「あとがき」に、「これらの文章によつて行動の決意を固め、固めつつ書き、書くことによつていよいよ固め、行動の端緒に就いてから、その裏付として書いて行つた[93]」と述べている。されば、この過程を丹念に辿ることで、著述に秘匿された三島の「行動の裏付」けが解明できるということではないか。

一九六六年、三島は、「英霊の声」で、天皇の「人間宣言」に呪詛の声を上げ、人間化した昭和天皇の二度にわたる態度決定を筆法鋭く弾劾した。翌年、「『道義的革命』の論理」で磯部の遺稿に仮託しながらザインとしての国家を糾弾し、ゾルレンとしての革命すなわち道義的革命を説いた。しかし、それから約一年をかけて書いた[94]（ストークス）という「文化防衛論」に至ると、ザインとしての天皇、昭和天皇に対する批判的な言辞が見られないことは、驚くのほかはない。綸言汗の如し、行動の決意を固めるにしたがい、「人間宣言」したザインとしての天皇への呪詛は稀薄化し、忘却の彼方へと去ってしまったのだろうか。

そして、このことは、いったい、どのようなことを意味しているのだろうか。

三島にとって、現実の昭和天皇、ザインとしての天皇は、批判の対象であり、呪詛や怨念の的とは成りえても、行動の指針たりえず、「行動の決意を固める」には、思惑の埒外に追いやらざるを得なかったのである。そこで、行動の原理、大義名分たりえる「ゾルレン（当為）としての天皇」を構築する必要が生じ、そこに死を賭すことも可能な概念、すなわち「超越者としての天皇」「美の総覧者としての天皇」である「文化概念としての天皇」が要請されたのである。つまり、「行動の裏付」けとしての天皇が必要だったのである。

それは、自決直前、古林尚に、「天皇でなくても封建君主だつていいんだけどね。「葉隠」における殿様が必要なんだ。（略）ロイヤリティの対象たり得るものですよね。[95]」と応える三島の発言からも明々白々炳呼としている。

「絶望を語ることはたやすい。しかし希望を語ることは危険である[96]」

三島は「『道義的革命』の論理」の中で、直截には「希望を語り」つづけた磯部に触れ、こう述べた。三島自身、「一度も真姿を示すことがなかった文化概念としての天皇」の「真姿顕現」を目指すことは、希望を語ることにほかならなかった。三島は、希望を語り、危険を犯した磯部の轍を踏もうとしたのだろうか。その意味では、「当為としての革命すなわち道義的革命」の三島版として発展させ表出したのが「文化防衛論」と言えなくもないし、磯部との奇妙な一致があるのも事実である。三島が二・二六事件での磯部を、「「待つこと」のロスの裡に、おそらく二・二六の本質が横たはつてゐる」[97]と論及したのと呼応して、自決前、自衛隊員を前にした「檄」で、符牒の如く、「われわれは四年待つた。最後の一年は熱烈に待つた。もう待てぬ[98]。」と演説した。

この「四年待つた」とはいったい何時からか。

三島が、自衛隊に体験入隊したのは、自決三年前の一九六七年で、徳岡孝夫は、「…死ぬ三年半前の三島さんは、たとえ戦略的理由からにもせよ、憲法改正は必要ないと言っていた。（略）何を起点に四年と言うのか、私は怪訝でならない。三島さんの言動に自家撞着を感じずにおれないのだ」[99]（『五衰の人』）として、「四年」の矛盾に言及し、自決の意志を固めたのを、昭和四十四年と結論づけている。が、結局、いつから「四年待った」かは、依然、謎として残されたままである。

「四年待った」とは、時期が合致することからしても、「英霊の声」（一九六六年六月）から数えてのことではないだろうか。わたしは、前文で「英霊の声」を執筆した際の、「責任をとれる」[100]（三島と秋山駿との対談）との発言を根拠として、この時、自決の決意をしたとの推論を提示したように、「行動の端緒に就いた」とは、「英霊の声」を書いてからと思われる。三島が「楯の会の結成を考えたのは、『英霊の声』を書き上げたとき[101]」（ストークス）との証言もある。「稀代の叡智の持主[102]」（保田與重郎）の三島が、自衛隊の決起を本気で待ったとは到底考えられず、自刃の決意を固め、機が熟すのを待っていたのではないだろうか。

　三島は、「『道義的革命』の論理」で、日本テロリズムの思想が「自刃の思想と表裏一体」として、「そのとき実は無意識に、彼（磯部—引用者）は自刃の思想に近づいてゐたのではないか、と私は考えてゐる。天皇と一体化することにより、天皇から齎らされる不死の根拠とは、自刃に他ならないからであり、キリスト教神学の神が単に人間の魂を救済するのとはちがつて、現人神は、自刃する魂＝肉体の総体を、その生命自体を救済するであらうからである。[103]」と記した。だが、しかし、終始一貫して「自刃に反対していた」磯部が、自刃の思想に近づいたというのではない。磯部を「ダシ」にして、あるいは槓杆として、三島自身が自刃の思想に近づいているのである。

　三島は、晩年の心境を、「……青年の犯す危険には美しさがあるけれど、中年の文士の犯す危険は、大てい薄汚れた茶番劇に決つてゐる。（略）……しかし、一方では、危険を回避することは、それがどんな滑稽な危険であつても、回避すること自体が卑怯だといふ考え方がある[104]」（「われら」からの遁走」）と述べたが、自ら「茶番劇」と自覚しつつ、怯懦とみられないが為、あえて「滑稽な危険」を犯すという愚を犯したのだろうか。

3

入江隆則は、「三島由紀夫の自裁と天皇論のゆくえ」の中で、次のように記している。

「三島に対比できるのは、いささか唐突なことを言いだすようだが、南北朝時代の歴史家・北畠親房だけだと私は思う。[105]」（北畠親房は『神皇正統記』で「万世一系の天皇」という観念を提出している。また、山崎正和は『天皇日本史』で、『神皇正統記』の北畠親房は、「イデオロギー的には天皇主義をかかげているにもかかわらず、いっていることは現実的」と、その二重性を指摘している。）

また、中野美代子は「『憂国』及び『英霊の声』論」の中で、「恐らく、三島由紀夫は、この「文化概念」なるものを、ヨーロッパ美術史における近年のマニエリスム理論から学んだと思われる。マックス・ドヴォルシャック、エルンスト・ローベルト・クルティウス、エウヘニオ・ドールス、グスタフ・ルネ・ホッケなど。[106]」と述べている。

この入江と中野の二つの言説は、文中に、積極的に首肯できる論拠を発見するのは容易ではないが、逆に、否定も覚束ない。言ってみれば、この古今東西の全幅を架橋する両者の中に、三島の論を置くことが可能だということである。それは、単に、文化の多様性というにとどまらず、三島の論が、如何に幅広い視野を持ち、広範な文化論を包摂し、網羅しえていたかを物語っている。

絓秀実は、戦後民主主義のどてっ腹に風穴を開けるかの如くの、三島の「文化防衛論」「東大全共闘との討論」での発言の及ぼした意義を次のように述べている。

「『文化防衛論』は、戦後（民主主義）批判というレヴェルで言えば、当時発生していた全共闘・新左翼のそれとほぼ同一であることは、すでに多くの人々が指摘しているとおりである。問題にすべきなのは、三島が戦後（民主主義）を全共闘・新左翼とともに批判しながら、返す刀で全共闘・新左翼をも批判しうる論理を得ているという点なのだ。良く知られている東大全共闘との討論で、三島がおこなった「天皇と諸君が一言言ってくれれば、私は喜んで諸君と手をつなぐ」という周知の発言は、逆に言えば文化主義、人間主義、戦後（民主主義）を批判するならば、当然「文化概念としての天皇」に依拠せざるをえないはずだ、という論理的筋道を持っている。もちろん全共闘・新左翼が「天皇」と言うことはできない。しかしまた「天皇」と言わなければその戦後（民主主義）批判の意義は宙に舞うという風に、三島由紀夫の論理の罠は設定されているのである。[107]」

（「死刑囚の不死」『複製の廃墟』）

ここで絓のいう三島の「論理の罠」の持つ呪縛の力は強かった。三島の論に、単純にアナクロニズムであるとか、唾棄すべきものでナンセンスと非難することはできても、翻って論理的に「否」と反駁でき、指弾しうる人は、橋川を除いては誰一人としていなかったのが実情である。

「磯田（三島が―引用者）亡くなる前に最後に対談したいと言っていた相手が花田清輝と吉本なのです。（中略）それで吉本さんは断わったのです、あと五年たたないと論破できないと言って。[108]」

（「共同討議＝「豊饒の海」の時代」）

この磯田光一の発言が、どの程度事実を踏まえたものかは、定かではないが、吉本と親交があり、

『吉本隆明論』を上梓している磯田の言だけに、一蹴にはできないし、少なくとも磯田は、この吉本発言を信じていたようだから、それに近いことがあったのかもしれない。これが事実だとすれば、当時、向かうところ敵なしと思えた吉本にしても、ただちに三島を論破するだけの準備がなかったことになる。ことほど左様に、三島に正論をもって論駁することは至難の業だったのである。

「三島に一番敵対できたのは橋川」と柄谷が言うのも、直截には、この論争を指したものではないにせよ、けだし至言であったし、勝《すぐ》れてジャーナリスティックな感覚の持ち主である、若き猪瀬により、「三島を論破した」橋川が、師表と仰がれたのも、あながち故なしとはしないのである。

この論争の裁断は、「橋川の指摘等「木を見て森を見ず」で、（略）要するに橋川は文化の理想的な形態＝全体像を三島が天皇の保持する状態に歪曲しようとしたと批判しているのだが、「理想的な形態＝全体像」等ありはしないのだからその批判も空転せざるを得ない。[109]」（『真説三島由紀夫』）とする板坂剛と、橋川の批判は、「どちらかといえば、つまらぬもの」で、橋川の言は、「誇張にすぎない[110]」（『ニヒリズムを超えて』）という西部邁の批判とを除くと殆ど三島の負けと処断している。言うまでもなく、論理的には、三島の敗北は歴然としていた。橋川の明断な批判もさることながら、何よりも三島自身が、「ギャフンと参つた」と白旗を揚げたところに端的に現れている。

ところで、この論争で、互いが相手に与えた呼称は、一見すると、相手を貶め、剝き出しの敵意が露出したのかと、即断できるようなものであった。橋川は三島を「愚直[111]」「非凡なる凡人[112]」と呼び、三島は橋川を「悪魔に身を売つた[113]」「二重スパイ[114]」と応酬した。このポレミックな漫罵だけを見るならば、二人が「敵対者・対立者」というイメージを払拭することはできない。

それでは、両者が、このような罵詈讒謗《ばりざんぼう》とも見紛うような言辞を弄したのは、何故だろうか。「愚直」とは何の謂いか。それは単に、韜晦ということと殆ど無縁だった三島の資質や性格を指しているだけでなく、あまりに無頓着に、非現実的で矛盾を伏在し、橋川が批判する二点を包括した三島固有の天皇（制）概念を臆面もなく提出してきたことを、橋川は衝いていた。辻井喬は、橋川が三島に言わんとしたことを、「君のその考えは僕が一番よく分っているつもりだ、しかし、歴史はそのようには動かなかったのだ[115]」と、恰好で微に入った代弁をしている。

「二重スパイ」「悪魔に身を売つた」と橋川を呼ぶ三島を代弁するならば、そもそも自分は、橋川の原理・理念を敷衍しているに過ぎない。自分の言説に全面的に賛成だと思っていたのに、どうして味方して共に論陣を張ってくれないのか。「悪魔に身を売つて」、敵の軍門にくだってしまったのか。それとも、味方であり敵でもある「二重スパイ」なのか、という疑念が三島をして、かかる言辞を語らしめた所以であった。

けれども、三島の「橋川文三氏への公開状」の冒頭近くには、過褒とも思えるパラグラフが窺える。「いつもながら、貴兄の頭のよさには呆れます。それから、社会科学の領域で現下おそらくみごとな「文体」の保持者として唯一の人である貴兄の文章に、かはらぬ敬意を捧げます[116]」と三嘆する箇所には、橋川への畏敬の念が明確に感得できる。また、「学問の客観性といふものの当然の要請かもしれませんから[117]」との一定の留保には、橋川が戦後「引き返し」、必死の思いで切り拓いた新たな地平を垣間見ることができる。

論争後の対談やシンポジウムでの発言では、二人の本音が明瞭に露出してくる。橋川自身が語った、「文化防衛論」に対する批判の真情は、「どういうふうに彼の真意をとったらいいんだろうな」[118]（「同時代としての昭和」）というもので、「ほとんど七分ぐらいまでは彼の言おうとしたことの解説で、そして、おかしいというのを三分ぐらいくっつけた」[119]（同）ものだったという。事実、批判は全五章のうち一章のみで、他の四章を「解説」と見ることは充分可能である。「彼の言おうとしたことの解説」を、桶谷秀昭が、「親切な（？）理解」[120]（『仮構の冥暗』）と指摘するように、橋川の言説の「七分は解説」を「賛成」と解釈すれば、批判は残りの三分で、その言及には厳しいものがあったにせよ、徹底的な「批判」、「三島を論破した」とは、少しく趣を異にした相貌が浮上してくる。

　橋川は、「英霊の声」で、自分から多くを学習した三島が、十全には消化できないまま自己増殖していくことに危惧を覚え、どこかで歯止めを掛けておかなくては、との責務を感じていたのではないか。編集部からの依頼とはいえ、自分の影響を受けた三島の言動に、橋川は責任を感じ、それが反論を書く所以であり、必然性ではなかったか。

　橋川は、譬え、どんなに親近感を抱いた知己であろうとも、矛盾撞着や錯誤には、歯に衣着せず、是々非々の態度を守ることを、思想の流儀として弁《わきま》えていた。

　後に、橋川は、石川淳から、公開状への返事は「相手が死んでからでもいいんだよ」[121]との答えを得るが、返事が書かれることは竟《つい》になかった。橋川の批判は、これが最後通牒で、以後は、「問題が触れ合わなく」[122]（橋川）なっていく。

　一方、三島の方も、橋川に対して、「敵対者」とする意識は極めて稀薄である。

「三島　橋川さんは丸山真男さんの弟子ですから、方々に気兼ねして発言しておられるので、本当はぼくに全く賛成しているのだと思うのです。ところがやはり『中央公論』の誌面ではあいうふうに書かないと周りがうるさいからだと私は思います。橋川さんはつまり政治概念としての天皇の復活ということの危険を大いに強調しないと立場がまずいのですな。私はそんな危険はないと確信しているのです。[123]」

（『文化防衛論』「学生とのティーチ・イン」茨城大学講堂　昭和四十三年十一月十六日）

ここで特徴的なことは、三島は、「ギャフンと参つて」も、根底的なところでは、橋川に「論破」されたという認識がないことは驚くのほかはない。逆に、橋川は、自分の言説に全く賛成なのに、周囲を気にしての反対と解釈している。少なくとも「論争に敗れて…」とか、「すでに論理は破綻しているが、昂揚した気分だけはどんどん先へ…[124]」（『ペルソナ　三島由紀夫伝』）と猪瀬が指摘するような思念は、三島には皆無であった。もっとも、ここで全面的に負けと自認したのでは、自決の決意を固め、逼迫してきた行動に、齟齬を来たす恐れがあったのだから……。

こうした橋川や三島の発言からは、上述の「敵対者」（柄谷）、「論破した相手」（猪瀬）とは逆転した関係性が想起できないだろうか。少なくとも「敵対」というのは、一面的な見方に過ぎないようだ。最も深く相手を理解しているものが、最も鋭く相手を批判しうる、ということだろうか。

昭和天皇の死もあり、『文化防衛論』はすでに「色褪せたものになり」、橋川の論も「今日から見れば退屈である[125]」（富岡幸一郎『仮面の神学』）とする言説もあるが、わたしには、橋川が同文で述べたように、「基本的な論点は、誰もが避けて通ることのできないもの[126]」で、「日本人の文化における天皇（この場合、天皇制、もしくは皇室、いずれでもよい）の意味づけは如何[127]」という、「誰もが正直に、正確に答えたことのない問題[128]」を抱懐し、今だ未解決で、重要かつ今日的課題が伏在していると思える。

三島が喝破したように「「週刊誌天皇制」の域にまでの、そのディグニティーの失墜[129]」は、ますます拍車がかかり、その牽引力は脆弱化し、ナショナル・アイデンティティとしての天皇は殆ど形骸化したとはいえ、天皇制という制度が消滅し、精神的権威としての天皇が、日本人の心事から完全に死滅し、「無化」しない限りは、必ず揺り戻しが到来し、態様を変えながら、繰り返し提起され、問題点として俎上にのぼるに違いない。加藤典洋が『敗戦後論』や『戦後的思考』で問題提起した言説には、良い意味での戦争体験の継承に繋がる契機を孕んでいたにもかかわらず、「戦後的思考」を「「戦争を体験していない子供」の思考[130]」と狭隘化する富岡の晦冥さは、畢竟、大きなしっぺ返しを食らうのは必定ではないだろうか。そうでなければ、何故に、三島の存在が死後約三十年を経過してもなお、我が国知識層の感興を呼び覚まし、多くの読者を魅了する力を持ち得ているかというアポリアを解明することはできないだろう。

吉本隆明は、三島の死について触れた「暫定的メモ」で、「残念なことに、天皇制の不可解な存在の仕方を〈無化〉し、こういうものに価値をおくことが、どんなに愚かしいことかを、充分に説得しうるだけの確定的な根拠を、たれも解明しつくしてはいない[131]」と述べたが、この吉本発言は、現在も有効である。

劇的興趣あふれる三島と橋川の論争の持った意味は、「お互に相手を理解している稀な才能の一騎打ちの感があって、戦後の思想史のなかでの珍らしく美しい、緊張した瞬間[132]」とする辻井喬の深甚な指摘通り、二人が、正面から対峙し、交差した殆ど唯一の機会であった。

三島は、橋川を「真の知己」と呼んだ。未見の相手をこう呼ぶのに逡巡を覚えたのか、「(などと申すと又、インチキとお思ひでせうが、小生これで根は素直な人間のつもりです。)[133]」(「橋川への礼状」)と、括弧付きで真情を吐露している。まさに三島にとっては、「真の知己」という表現が適切であった。その関係は、譬えるならば、精神的双生児あるいは精神的兄弟と言うべきもので、あたかも、賢兄愚弟のようにも見える。橋川が賢兄、三島が愚弟とでも言ったらいいか。三島のような鬼才を愚弟と呼ぶのは失礼千万かもしれないが、橋川は、三島を「愚直」と呼び、三島もそう呼ばれたことを「喜んで」おり、橋川は「その正確な理解力に感動した[134]」というニュアンスで語るとすれば、あながち見当違いとは言えないだろう。仮に、日本ロマン派的な心性を母とすれば、父は誰か。橋川の父を、日本ロマン派の泰斗、保田與重郎に擬すれば、三島の父は、伊東静雄だろうか。橋川は「保田に惑溺した」体験を持ち、三島は、伊東を「わが少年期の師表であつた[135]」と書き、あるアンケートの「好きな詩人は?[136]」の問いに、伊東の名を挙げている。三島は、「一番いやなことは?」には、「人間関係の粘つき[137]」と答えながら、その付き合いをいやいやながらもした。また「人生最上の幸福は?」との設問には「仕事及び孤独」、「人生最大の不幸は?」には「孤独及び仕事[138]」と微妙な同断を下している。

一方、辻井喬は、橋川を、「心優しき孤立者[139]」と呼び、「孤立は彼の学問の本質的構造でありました」と、前掲の小論で記している。

この二人には、常に、孤独の翳がつきまとっていた。

それは、単に文学者に固有の孤独というような言葉では語り尽くせないものを抱懐していた。あえて言えば、戦争体験を通有したものならではの孤独とでも言ったらいいだろうか。辻井は、前掲の精緻な小文を、惻々として、こう結んでいる。

「最も理解してもらえるはずの才能が、ヴェクトルが逆になった孤立性のゆえに対立する立場に立たなければならないという、歴史というものの悪意を、橋川は充分に知っていたと思われます。三島由紀夫との場合がそうでした。言いかえれば橋川は柔らかい心を抱いて、思想と感性の尾根を裸足で馳け抜けたのでありました。創造的知が常にそのような生を生きなければならないのだとすれば、それはあまりにも厳しい時代の法則のような気が私にはしてきて仕方がないのです。」[140]（同前）

わたしが辻井を、三島と橋川二人の、最も深い理解者とした所以は、この心の琴線に触れるような箇所を読んだからである。

「ヴェクトルが逆になった孤立性ゆえに対立する立場」とは、「文化防衛論」を巡って対立する立場というにとどまらなかった。「歴史というものの悪意」という毒を、しっかりと呑んでしまっていた二人の、戦後の後半生を規定していく立場でもあった。

この二人を截然と分かつものとは、いったい何か。

それは、辻井がいみじくも述べた「ヴェクトルが逆になった」ために、逆の方向に歩まざるを得なかった二人の孤立性そのものであり、戦後の地歩の進め方でもあった。

三、「秘宴《オルギア》」としての戦争と「死の共同体《トーデスゲマインシャフト》」

嬉々として舟人は　故郷の静かな流れへ
遠い島々から　漁を終えて帰ってくる。
わたしも故郷へ帰りたい、
だが　何をわたしは収穫したろう　悩みのほかは。

わたしをはぐくんだやさしい岸べは
愛の悩みをしずめてくれるだろうか、ああ
幼いわたしが友とした森は　わたしが帰れば
もう一度やすらぎをわたしに返してくれるだろうか。
（「故郷」ヘルダーリン　手塚富雄訳）

1

安保反対運動に沸く激動の一九六〇年、演説中に刺殺された社会党委員長・浅沼稲次郎と、獄中で自死した十七歳の少年テロリスト山口二矢の足跡を追った佳作『テロルの決算』の著者沢木耕太郎は、『橋川文三著作集』の推薦文の中で、橋川の業績を「砂浜に飛び散った首飾りの珠」に譬えたうえで、次のように記している。

「ひとつひとつの珠はひめやかな美しい光を放っているが、私たちにはそれを繋いでいた糸がはっきりとは見えてこない。あるいは、この著作集を読み返すことで、珠たちを貫く橋川文三という糸の存在がほの見えてくるのかもしれない。だが、かりにその糸が見えてこなくとも、それらの珠からは、余儀なく背負ってしまったなにものかと真摯に付き合いながら、しかし器用には生きられなかった人々への、声低い頌歌のようなものが聞こえてくることだけは間違いないように思える。」

優れたノンフィクション作家らしい鋭い視座と、全体像を柔軟な把握力と直観で捉えることに秀でている沢木の発言は、美しいメタファーで、かつ正鵠を射たものだと思うが、わたしは、「余儀なく背負ってしまったなにものかと真摯に付き合いながら、しかし器用には生きられなかった人々」に、橋川本人と、三島由紀夫を加えたい誘惑に抗しきれないのである。橋川が、そうした人々への、「頌歌」を捧げたのは、他ならぬ橋川自身が、彼らと通底するものを、心事に抱懐していたことを、感受していたからではないだろうか。

三島と橋川、二人が「余儀なく背負ってしまったなにものか」とは、何か？

それは、一種奇態でアコスミックな「戦争体験」であった。

二人とも、この特異で超歴史的な「戦争体験」に「真摯に付き合い」、否、正確に言うならば、付き合わざるを得なかったことで、戦後の生き方は、呪縛と桎梏が付き纏い、生涯そこから自由になることはなかった。言ってみれば、「戦争体験」の囚われの身になったのである。二人は、「真摯に付き合った」が故に、決して「器用」には生きることができなかった。それは、二人の著作に如実に表われている。

「律儀で生真面目で、妥協を許せない人[1]」（吉田満）であった三島は、「器用にみえるけれど、或る意味ではきわめて不器用な作家といってよいでしょう[2]」（中村光夫「人と文学」筑摩現代文学大系第68）と、直截には「生き方」を指した発言ではないにせよ、その不器用さを、推し量れる。また、「私の遍歴時代」などのエッセイ群にも「刻苦勉励の一生[3]」（武田泰淳）が窺えるし、あのドラスティックな最期をみても想起できるだろう。

一方、「戦争そのものにのめりこみもしないが、それに抵抗することもしないという二重性[4]」（吉本隆明「丸山真男論」）を器用に生き抜いた丸山に比し、戦争にどっぷりと漬かった橋川の不器用さは、戦後、殆ど顧みる者がいなかった日本ロマン派の検証に挑み、戦争体験に拘泥し、そこから歴史意識を紡ぎ出そうとしたことに、端的に現れている。

別の視角から見れば、三島や橋川が「器用には生きられなかった」とは、三島の「文化防衛論」に露顕した如く、「文化」を軽視、等閑視する刻下日本の現況に悲憤慷慨し、功利主義第一の昭和元禄を謳歌する戦後民主主義への反措定とパラレルで、戦後の経済的な繁栄、高度経済成長優先の時流に背を向け、疑義を呈することにも見てとれ、そうした反効用性への志向を広範に示していた。（三島と全共闘との討論会が成立したのは、「日本的ラディカリズムの情念」[5]（磯田光一）とともに、「産学協同」の消費社会第一、功利主義優先で、「精神なき専門人」[6]（マックス・ウェーバー）を抱懐した大学の存在意義を問い直し、無償の行為として、直接民主主義的に批判を展開した全共闘と最低綱領として、通底するものがあったからである。）

戦争が、三島に如何に大きな影を落としていたかには、既に多くの人の指摘がある。三島自身は、「戦争は決して私たちに精神の傷を与えはしなかった」[7]（「重症者の兇器」）と否定しているが、敗戦が「内側の事件だった」三島とその世代こそ「根本的に影響を受けていた」[8]（『三島由紀夫伝説』）と奥野健男が指摘する如く、額面通りには甘受できない。標題に「重症者」と謳い、本文でも「われわれの年代――この奇怪な重症者――は、幸いにしてまだサナトリウムに入院していない」と「われわれの年代」を「重症者」にアナロジーしているから、「傷ついていない」には、「苦い皮肉がこめられ」[9]（吉田満）ており、一種の痩せ我慢にも見える。

この闘争宣言に相応して「傷つかぬ魂が強靭な皮膚に包まれているのである。不死身に似ている。（略）……胸や手足に刀を刺しても血が流れない」と不得要領とも思える言説の「刺しても血が流れない」肉体に包まれた傷つかぬ精神とは、「もっとも手痛い打撃を蒙った」[10]（奥野）はずの三島が、彼一流の逆説を弄しているのである。

橋川にとっても戦争は、「この異常な年《アヌス・ミラビリス》の中で、いかに傷《きずつ》いたかということが、その後の精神形成に決定的な意味をもっている」[11]（『序説』）と概括する如く、戦後の人生は、敗戦時に抱え込んだ「トラウマ」のため、艱難辛苦の後半生を生きねばならなかった。（補論二、「橋川文三と戦後」を参照）

三島と橋川の如く、戦争による精神的傷跡をまともに受け、そのトラウマが癒えずに、生涯その後遺症に苦しんだ人を、わたしは、他に知らない。場所こそ違え、殆ど同時期、戦後の隘路を如何に進むべきかを真摯に考え、必死に模索したが故に、時代に翻弄された人は、稀有のことだろう。二人は実際には、戦地に赴くことはなかった。しかし、戦場に立たなかった故にこそ、受けたトラウマが大きかったということも有り得るのである。

明治維新期、福沢諭吉が『文明論之概略』などの著作により果たした役割とパラレルに、大東亜戦争後の急速な民主主義化推進のオピニオンリーダーを代表する一人として、思想的バックボーンを提供した丸山眞男は敗戦を「解放」、「第三の開国」[12]として謳歌した。福沢諭吉の良き読み手である丸山は、「ミネルヴァの梟《ふくろう》は夕暮れになって飛翔をはじめる」[13]（傍点原文）如く、戦後いちはやく日本のファシズム＝超国家主義の解明の作業に取り組み、戦後民主主義の旗手として、敗戦後の「平和と民主主義」讃仰の時代の要請に応えるべく、かかる理念的裏付けを構築する理論家たる役割を担い、華々しくその成果を発表しつつあった。

その丸山シューレの「鬼っ子」たる橋川文三は、戦後の立ち上がりの際、世界認識の方法や歴史意識の確立という問題意識を追究する過程で、浩瀚な知識の持ち主のこの二人から実に多くを学んだ。が、しかし、丸山とは後に袂を分かつ必然性を抱懐していた。（ただし、橋川は、大学時代に丸山の教示を受けたことはなく、敗戦直後の編集者時代に、私淑、後に親炙した、いわば、卒業後の門人である。先輩・同輩の門人には、神島二郎、今井清一、藤原彰、松本三之介、藤原弘達などがいる。[14]）

橋川と丸山との袂を分かつ顕著な差異は、敗戦を、どのように受け止めたかに端的に現れる。丸山と同様に、戦時下を「暗い谷間」、戦後を「第二の青春[15]」として歓待した「近代文学」の人々は、敗戦を聞いて「奇怪な哄笑」で歩き回ったという荒正人を一方に、「戦争は終るものであった！[16]」という感慨を抱いた本多秋五を他方に置いて、戦後を一様に、「解放」と受け止め、「幸福への道に旅立つ」（荒）如く戦後に入った。中野重治は、一九三〇年ころから四一、二年頃までを「おろかな時代」として、『近代文学』の人々は多かれ少なかれ「この時期を物ごころを持って通」り、「そのことを私は尊く思う」と「近代文学」終刊号に記した。

だが、しかし、この「おろかな時代」を、「物ごころ」を持って通ることができず、「所与の現実」として受け止め、通過せざるを得なかった世代の人々も、少なからずいた。「私の自己形成は、ませていたからでせうが、十五、六のときにすんじやつた。すくなくとも十九までに完了したと思ひます[17]」（古林尚との対談）と語る三島にしても、十九歳は一九三九年だし、「私たちの精神形成は早く見ても昭和十二年以降、つまりファシズムの体制的完成期に行われたもの……[18]」（『序説』）である橋川も、中野説に当て嵌めると三七年以降だから、まさに、「尊く思う」ことが適わぬ時代を、ゆくりなくも、生きねばならなかった。それでは、かかる時代を「物ごころなく」通ったことは「尊く」なく、「卑しい」ことなのだろうか。わたしは、そうではないと思う。

それは、「近代文学」は三島由紀夫を理解しえなかったために、肥る機会があったのに肥ることができず、尻すぼみになってしまった、とする江藤淳の指摘を受け、本多秋五が、「もし『近代文学』が最初から三島由紀夫を理解したら、『近代文学』というものは存在しなかっただろう」として、「『近代文学』はそのようなものとしてしか、存在しえなかった」[19]（『物語戦後文学史』）とするコンテクストに見合う形で、否定すべくもなく、三島や橋川は、ひとしなみに、かかる知的迷妄を、「そのようなものとしてしか」、存在しえなかったのである。物ごころ「ある」、「なし」に、選択の余地はなかった。そして、敗戦により、戦時中の一切の価値が瓦解するという、震撼とした、おぞましい世界が現出したのである。精神形成期に、戦争を通過したことは、この二人の人生に決定的な翳を落とし、戦後の後半生を規定した。彼らにとって、戦争そのものは、必ずしも不幸ではなかった。戦後が必ずしも幸福ではなかったようにである。その差異は、敗戦をどのように受け止めたかに、如実に現れる。

三島は、敗戦を、こう告白している。

「私にとつて、敗戦が何であつたかを言つておかなくてはならない。
それは解放ではなかつた。断じて解放ではなかつた。不変なもの、永遠なもの、日常のなかに融け込んでゐる仏教的な時間の復活に他ならなかつた」[20]（『金閣寺』）

橋川も、また敗戦を次のように述べている。

「私たちの信じていた戦争ではそれはないと思い始めたころ、日本の敗戦が来た。しかしそれも私にとっては決して「解放」ではなかった。ただ全く新しい、別の意味で曖昧な幻想の世界が再び始ろうとしているという予感があった[21]」（「戦争と私」傍点原文）

橋川の戦後の同伴者、吉本隆明もまた、「戦後はわたしにとって〈解放〉でもなければ〈平和〉でもないという時期をずいぶん長いあいだ通過しなければならなかった[22]」（「天皇および天皇制について」）と回顧している。

敗戦を「解放ではなかった」と断言した三島、橋川、それに吉本にとって、敗戦は、めくるめく体験であり、「一寸先は闇」の世界の崩壊を予感させるものであった。この敗戦の受け止め方の愕然とする激しい落差は、戦争をどのように受容し、通過したかに因由していた。と、同時に、それは、戦後の生き方を左右していく、決定的な素因でもあった。

「私は夭折に憧れてゐたが、なほ生きてをり、この上生きつづけなければならぬことも予感してゐた[23]」（三島「林房雄論」）

吉本は、より自覚的に、敗戦後の自己と格闘していた。

「この部分でのわたしは、まったく打ちのめされて、思想的にも感性的にも死滅したというべきである。しかし、人間は思想的に、あるいは感性的に死滅した部分をもちながらも、心身の総体が死滅しないかぎり、なお生きなければならない。そして、不都合なことに、思想や感性は死滅した部分を切断手術して、さっぱりと切りはなしたり、他人の臓器と交換したりするわけにはいかないのである。〈国家〉とは、〈天皇〉とは、〈公共性〉とは、〈社会〉とは、〈自分以外のもののため〉とは……この種の思想的悶着にわたしはじしんで決着をつけなければならない。もしそれができなければ、恥かしくてまともに生きて戦後に滑りこむことはできないとおもわれた。」[24]

（「天皇および天皇制について」傍点原文）

敗戦が「解放」ではなく、そして、この後なお「生きつづけなければならぬ」ならば、自らの道標なき解放の道を模索しなければならない。ここに茫漠たる戦後の起点があり、そこから道なき道を暗中模索し、仄かな解放への方途を試行錯誤しながら探査し、戦後の生き方を方向付ける、思想的道程、すなわち戦後思想を独力で構築しなければならなかった。

そして、この立ち上がりの過程で、橋川は、自ら惑溺した日本ロマン派の検討・解明から歴史意識の形成・確立という課題に立ち向かい、吉本は、『高村光太郎』「マチウ書試論」「転向論」などで戦争体験を問い直し、戦後文学を「転向者または戦争傍観者の文学」[25]として、その虚妄を衝き、さらに、擬制の戦後民主主義批判へと展開、自ら「自立の思想」[26]を屹立していくことになるが、それは想像を絶する孤立無援な戦いであり、その粉骨砕身の苦闘のための沈潜に、橋川も吉本も、およそ十年の歳月を要したのである。三島は、この二人とは、全く異なった道を、独りで仮面を被って歩むことになるのだが、それは後に触れるとして、この「解放」なき敗戦の受容の仕方に、三島と橋川の二人を繋ぐ「糸」が見えてくる。

橋川は、三島における「敗戦」の異常性を、精緻に究明している。

「普通、人々は、平和の回復によって、あのなつかしい日常性がもどってきたと感じ、悪夢のような異常な時が終って、気易い日々の生活が始ったと思ったであろう。しかし、三島にとっては、すべてが逆しまごとであった。平和こそが異常だったのである。そしてそれこそが少年の時から彼を脅かしつづけたあの不可能の世界、凶ごとの実現にほかならなかった。[27]」

（「三島由紀夫伝」傍点原文）

普通の戦争体験者には、この感覚は理解を超越していた。学年歴で、三島と一緒の多田道太郎は、「彼の小説とか、思い出を語ったものなどにも、戦争のつらさとか爆撃を受けた実体験が一切出てこない。（略）ぼくと三島は同時代人であっても、経験の質が過激に違うわけです。[28]」（『変身放火論』）と語っているから、同時代人でも、実体験の質は、同床異夢の如く、明確に断絶し隔離していた。

「かういふ日々に、私が幸福だつたことは多分確かである。就職の心配もなければ、試験の心配さへなく、わづかながら食物も与へられ、未来に関して自分の責任の及ぶ範囲が皆無であるから、生活的に幸福であつたことはもちろん、文学的にも幸福であつた。批評家もゐなければ競争者もゐない、自分一人だけの文学的快楽。……こんな状態を今になつて幸福だといふのは、過去の美化のそしりを免かれまいが、それでもできるだけ正確に思ひ出してみても、あれだけ私が自分といふものを負担に感じなかつた時期は他にない[29]」

（三島「私の遍歴時代」）

これは、三島の戦争期における浄福の感慨で、橋川が規定した「秘宴《オルギア》」としての戦争、「死の共《トーデスゲマイ》同体《ンシャフト》」（後述）が、「自己批評の達人[30]」（橋川）である三島自身により天真爛漫に淡々として描かれている。こうした体験を通有する橋川も、こう記している。

「戦争の巨大な機構の中にあって、かえってぼくらの心には放埒な空虚があった。戦争は一人一人の生命にかかわるメルヘンにほかならなかった。生命そのものがメルヘンであり、日常生活につきものの苦悩《ソルゲ》と責任とは免除されていた。ぼくらは自分の存在について、なんらの気苦労をも必要としなかった。」[31]（「詩について」）

三島における戦争を「恩寵としての戦争」[32]と規定したのは磯田光一で、この三島論が果たした役割は、絓秀実の「磯田光一の先駆的かつ今や古典的な三島論である「殉教の美学」以来、戦争は三島にとって「美しい夭折」を可能にする「恩寵」であり、敗戦は夭折の可能性を奪った「不幸」であるという見方が一般化している」[33]（『複製の廃墟』）との過不足ない要約に、ほぼ尽くされている。

橋川が語る「秘宴《オルギア》」としての戦争は、この磯田の「恩寵としての戦争」と、基本的シェーマは重複し、同じ通奏低音を聴きとれるが、微妙な差異も伏在していた。それは後に触れるが、三島が橋川の論に強く共振するのは、特異な体験を通有したが故の共感の重さと、体験の本質を、橋川が、微に入り細にうがち、的確に洞察し、内在的に剔抉していたからであった。

しかし、そもそも、何故に、かかる倒錯の世界が出来《しゅったい》する事態を招来してしまったのだろうか。輻輳的に幾つかの要因が重なりあっているが、次の三点が指摘できる。

第一には、前述の如く二人とも多感な精神形成期に戦争を通過し、その際、中野とは異なり「物ごころもって通っていない」ことが、まず挙げられる。真っ当至極な判断力、批判力が形成される以前に、戦争を「所与の現実」として肯定してしまっていたのである。

第二には、両者がロマンティークの心性のひとつとされる「過早育成」（Aufreibung）の傾向が強く、アンファンテリーブルであった点を欠くわけにはいかない。この二人は、普通の人が一生かかるような成熟への道程を、少年期に疾風の如く駆け抜けていたのである。三島は、学習院中等科から高等科にかけ文芸部に所属し、「私は文芸部の委員長になり、輔仁会雑誌といふ校友会誌を編輯したり……」[34]（「十八歳と三十四歳の肖像画」）と活躍、十六歳にして『花ざかりの森』を世に問うた早熟性はつとに著名で、多言を要しない。

　橋川も、また、一高時代からの友人で詩人の宗左近の証言[35]によると、「旧制一高時代、昭和十一年以来、福永武彦、中村真一郎、小島信夫、加藤周一、白井健三郎、窪田啓作と、この順序で歴代続いた輝やかしき文芸部委員のあとをうけたスター」であった。一年下で『オール読物』編集長（当時—引用者）の人間通樫原雅春が、「橋川の前に橋川なく、橋川のあとに橋川なし」と述べ、それを受け、宗が「天才ということであろうか」と記した如く、十代で詩やエッセイを書き始め、同級生や、先輩のマチネ・ポエティックの面々から畏怖される作品を発表する早熟性を保持していた。

　このアンファンテリーブルな二人は、戦争による夭折が約束されていたのであり、三島が、「私は恩寵を信じてゐて、むやみと二十歳で死ぬやうに思ひ込んでゐた」[36]（「小説家の休暇」）と、繰り返し語る如く、夭折が宿命として何の疑念もなく、信じられていた。橋川は、「近代日本において、「死」をカリキュラムとして与えられた世代はほかになかった」と証示し、「そのために、戦後において、「生から死へ」ではなく、その倒錯を生きる一群の不思議なメタフィジシャンの集団が生まれた。その概括概念は非歴史主義、ということであろう」[37]（『序説』傍点原文）と、同世代の倒錯の世界を精緻に斟酌している。

　第三には、晩年の三島が辿った道からしばしば指摘されることがらだが、二人とも軍隊の直接体験がなかったことにも言及できる。橋川は、徴兵検査で、胸部疾患による丙種合格、三島は肺浸潤との誤診という相違はあるが、共に、戦地に赴くことはなかった。学徒動員で働きはしたが、言ってみれば、銃後にいたのである。戦時期を、橋川が「すべてが許されていた」と述べ、三島が「自分を負担に感じなかった」と語るのも、銃弾飛び交う最前線で死線を彷徨《さまよ》ったならば、潜在化された戦争体験は大きく異なっていたに違いない。こうしたことが、重畳した錯節となって、はじめて、二人が十全に謳歌した倒錯の世界である「秘宴《オルギア》」としての戦争が成立したのではないだろうか。「信じるものが何もない」という仮借なき戦後の虚妄を生き延びた三島は、戦後約十年を経てもなお、『俺は生きてゆく必要上、何かを信じなければならないのだらうか[38]』(『沈める滝』)と問うている。

アンジェイ・ワイダの不朽の名画「灰とダイヤモンド」の評として優れているだけでなく、戦後日本の映画批評としても傑作の「ぼくらの中の生と死[39]」で橋川は、主人公マチェックに仮託しながら、「余儀なく背負ってしまったもの」、その「戦争体験」を、忸怩《じくじ》として、こう書いている。

「「地下水道」いらいの同志であり、親友であるアンジェイに向かって「俺達の行為は信じうるのか!」と絶望的に問いかけます。アンジェイは、「信じるほかにあるのか!」と逆につっぱねます。この二人の問答の交錯する地点に、ポーランドの悲劇があったのでしょうし、また、ぼくらを含めて、あれこれの美名のもとに死んでいった全人類の悲劇がこめられていると、ぼくは思うのです。

マチェックの美しさは政治判断の欠如にもとづくと評することは容易です。したがってマチェックは亡びるべきであったということも至極かんたんです。あたかもわが国の近代史において、神風連も、前原一誠も、西郷隆盛もすべて時代錯誤のあやまりであり、故に亡びるべきであったと片づけるのと同断です。「かれらには灰の運命を、われらには日常生活のダイヤモンドを！」とうそぶく人々へのプロテストをこの映画に感じとるのはぼくの偏見でしょうか？（略）」

「（略）この映画の終末で、マチェックは咽ぶように何か「いやいや」を叫びながら、瓦礫の砂漠の中に倒れてゆきます。そして、何かの黒いしみか影のように、くの字なりに曲がってちぢまってしまいます。ぼくは、思わず涙があふれました。

そこに、黒い影となって動かなくなったものの中に、ぼくは、ぼくらの中の生と死の理念を見出すのです。それは、ぼくの姿でありえたし、任意の「あなた」の姿でありえたのです。」[40]

「器用に生きる」ことができず、最期に「いやいやを叫びながら死んでいく」マチェックに、自己の分身を見た如く、橋川は、三島にも時として強い傾斜を含みながら、常に、自分の分身を見ていた。そして、分身であるが故に、行く末を的確に見据えることができたのである。

戦争に翻弄されながらも、真摯に生きようとした三島と橋川のかけがえのない人生は、二人だけが戦争の犠牲になったというのではない。それは、この世に、生きとし、生ける者全てがすべからく抱えざるをえない酸鼻な業《カルマ》であり、マチェックは、「昨日のぼく」であり、「今日のあなた」でありえるのである。

2

三島と橋川を繋ぐ糸を、端的に、そして象徴的に示す文章がある。六四年七月、三島の自選短篇集の解説として、橋川は最初の三島論「夭折者の禁欲」を草し、「余儀なく背負ってしまった戦争体験」を卓抜な視点から、次のように考察している。

「（略）三島における「隠れたる神」とは何か、私はそれを「戦争」とよんでかまわないと思う。

戦争のことは、三島や私などのように、その時期に少年ないし青年であったものたちにとっては、あるやましい浄福の感情なしには思いおこせないものである。それは異教的な秘宴《オルギア》の記憶、聖別された犯罪の陶酔感をともなう回想である。およそ地上においてありえないほどの自由、奇蹟的な放恣と純潔、アコスミックな美と倫理の合致がその時代の様式であり、透明な無為と無垢の兇行との一体感が全地をおおっていた。

それは永遠につづく休日の印象であり、悠久な夏の季節を思わせる日々であった。神々は部族の神神としてそれぞれに地上に降りて闘い、人間の深淵、あの内面的苦悩は、この精妙な政治的シャーマニズムの下では、単純に存在しえなかった。第一次大戦の体験者マックス・ウェーバーの言葉でいえば、そのような陶酔を担保したものこそ、実在する「死の共同体《トーデスゲマインシャフト》」にほかならない。夭折は自明であった。「すべては許されていた。」

いうまでもなくこのオルギアは、全体戦争の生み出した凄絶なアイロニイにほかならない。三島のように、海軍工廠の寮に暮しながら、「小さな孤独な美的趣味に熱中」することも、戦争の経過に不感となることも、この倒錯した恣意の時代では、決して悲愛国的異端ではありえなかった。そしてまた、たとえば少年が頭を銀色の焼夷弾に引き裂かれ、肉片となって初夏の庭先を血に染めることも、むしろ自明の美であった。全体が巨大な人為の死に制度化され、一切の神秘はむしろ計算されたものであった。たとえば回天搭乗員たちは、斜角表の図上に数式化された自己の死を計算する仕事に熱中していた[41]。」

この時の橋川は、ごく控えめに言っても、三島における戦争を、その核心を、的確に、かつ鋭角的に截断していた。悪評に終始する『鏡子の家』の反響の中、殆ど唯一の好意的な橋川の評に歓喜した三島の依頼によって書かれたこの小文を、三島は満腔の共感をもって、繰り返し読んだに違いない。その感銘を、橋川の著『歴史と体験』献本に対する返礼の中で、誠実で虚心坦懐に、こう記している。

「(略)本日集英社の自選短篇集の見本を入手、改めて御解説を拝読、感謝の念に搏たれました。批評に於て、巨視的な視点と感覚的な視点は合致せねばならぬもので、御解説はそのみごとな合致の例ですが、このごろは、この二つの視点がとんでもない別方向へ突つ走つてゐる評論が多すぎます。さういふ評論は寝床に落ちてゐるモミガラのやうに背中を刺して、眠りを妨げます。

いつかお目にかかる好機を得たいものと存じます。入梅の折柄、御身御大切に[42]。」

その「いつか」は、遂に訪れることは無かった。三島の「この二つの視点」とは、丸山眞男が『日本の思想』で展開した「理論信仰」と「実感信仰[43]」の陥穽への分離と重なることを衝いているようにも見える。その著『三島由紀夫論』により、やはり三島から「真の知己」と呼ばれた田坂昴は、橋川のこの小論を「三島文学の主脈をなす作品群を遍照する光源でもあり、三島氏がつねにそこにたちかえる原点でもあり、また支脈的作品群もこのような精神位相から発する恣意の玩弄に成るとみることもできよう[44]」と、簡潔な要約をしている。

橋川が、ここで言わんとしたことのエッセンスを、つづめて言えば、戦争を、ラテン語で古代ギリシャの酒祭ディオニソスの秘儀の祭りを意味する「秘宴《オルギア》」（三島は、「太陽と鉄」で、この語句に呼応するかの如く「秘儀」なる言辞を頻用している）、マックス・ウェーバーから引いた「死の共同体《トーデスゲマインシャフト》」とする規定で、これが、二人の戦争体験であり、橋川の三島論の要諦は、ここに、ほぼ明示されている。爾後の橋川の主要な三島論、「三島由紀夫伝」、「中間者の眼」の二篇でも、奏でられる基音《トニカ》は合致しており、その主旋律は共通している。同じ趣旨のことを、冗《くだくだ》しく繰り返すことの極めて少なかった橋川にしては、珍しく、咀嚼し、執拗強靭な分析を試みている。二人は、この地点で互いを強く意識して共振し、深く理解し合い、刮目することになる。敗戦を「解放」ではなく、「絶望」と捉え、戦後を「凶々しい挫折の時代[45]」（「林房雄論」）とした三島の代弁役を見事に果たしている。橋川が提示した、この二つの観点は、委曲を尽くしており、橋川の三島論の骨子は、ここに収斂され、爾後の論は肉付けといっても過言ではない。

ここで、第一章「三島由紀夫に見る橋川文三の影響[46]」につづくわたしの、「第二の仮説」を開陳すれば、橋川は、この小論により、難問水際立った三島の死出の旅へ、深い示唆を与え、望ましい死にインスパイアする、ある警抜なキイ・ワードを供与することになる。そして、三島は、この時、この鍵（キイ）により、死に至る「第二のパンドラの匣」を、開けてしまうのである。

同文の末尾で、橋川は、三島の行く末を、次のように憶測している。

「さいきん三島は『林房雄論』によって、ほとんど初めて歴史との対決という姿勢を示した。それが晩年の芥川龍之介に似た場所を意味しているのか、それとも明治終焉期の森鷗外のそれに通じる境涯であるのか、私には予測できない。むしろ私もまた、一種透徹した恐怖感をたたえる『葉隠』の一節によって、この「解説」を結ぶことにしたい。

「道すがら考うれば、何ともよくからくった人形ではなきや。糸を附けてもなきに、歩いたり、飛んだり、はねたり、言葉迄言うは上手の細工なり。されど、明年の盆祭には客にぞなるべき。さてもあだな世界かな。忘れてばかり居るぞ」[47]（傍点原文）

三島の様相に曉通し、その死を予見し、三島を「からくり人形」に擬した橋川のこの小文を読んだ時、三島は、如何なる感慨を抱いたのだろうか。

「明治終焉期の森鷗外のそれ」とは、明治天皇崩御に伴う、乃木大将夫妻の殉死から影響を受けて執筆した「興津弥五衛門の遺書」以後、「歴史其儘」の歴史小説へ急傾斜していく鷗外の老境で、三島が希求する境涯とは、「死の観念」と無媒介であることから、少しく隔絶していた。また、「晩年の芥川に似た場所」とは、自ら芸術至上主義を否定し、心身の不調もあり、「ぼんやりとした不安」を抱え、睡眠薬自殺していくことを指しているが、三島は、「芥川龍之介について」と題したエッセイで、「自殺する文学者といふものを、どうも尊敬できない」として、「芥川は自殺が好きだつたから、自殺したのだ。私はさういふ生き方をきらひであつても、何も人の生き方に咎め立てする権利はない。」[48]と語る如く、三島が志向し、切望するものとは明らかに乖離していた。さりとて、太宰治のような心中は、典型的な文学者の自殺であり、蛇蠍の如く忌み嫌うところであった。

けれども、三島の東大時代の同級生で、自身『三島由紀夫論』を物してるいいだももは、「天折者の禁欲」の透徹した予見力を、三島の自刃後に、こう語っている。

「私はかねがね、三島論の白眉は、本人を前に置いて何だけど、橋川さんの「夭折者の禁欲」だと思っていましてね、五〇近くなって夭折者というのもおかしい話のようだけど、三島はたしかに夭折者ですね。しかも橋川さんのそれは、三島自決の七年も前に書かれているのだから……。事件のあった後でいろいろ講釈する人はいくらでもいますがね。（略、前掲の「葉隠」の引用が入る）三島も、盆祭の客になったわけで、橋川さんの予言は例によって気味の悪いほど的中したわけだ」[49]

（『討論・戦後日本の政治思想』）

野口武彦もまた、橋川との対談「同時代としての昭和」で、橋川を最初に訪れた六〇年の翌年、三島のことが話題になった際、橋川は「彼はいずれは自決するだろう」と語り、その自決とは文字通りの切腹死ではなく、「自分で責任をとる」という抽象的な意味だったが、事件後、橋川の予見力は、「大したもんだ」と思ったと述懐している。これに対する橋川の返答が振るっていて、「それはあんまり憶えがないな。しかし実際は三島についての全く第三者的な予想、予見というか、そういうものを一所懸命自分の頭でひねくってたかもしれない」と、答えるに過ぎない。これは、いったい、どういうことだろうか。もちろん、橋川は、自分の予見が見事的中したからといって、それを、ことさら吹聴するという品性からは、およそ遠かったが、しかし、これは、橋川のそうした謙抑だけとも思えない。それは、橋川の卓越した直観力の成せる業で、明確な論理的帰結ではなかったことが、橋川の記憶を曖昧にしている所以ではないだろうか。

　橋川は、同じ対談で、「ぼくは三島が死ぬ以前に、このままだったら気違いになってしまうか、あるいは死んでしまうか、あるいはもう一つの何かの道があるかもしれないけれども……[50]」と思ったと回顧している。精神病理に暁通している岸田秀もまた「その割腹の瞬間に至るまで、発狂していたのではなかった。精神病的人格構造をもっていながら発狂せずにすんだのは、彼が書いたからである。」と述べ、「書くことをやめたときには、精神の崩壊が露呈し、発狂するほかはないからである。[51]」（「三島由紀夫」）との言説を、わたしは、首肯するが、それは、三島自身が「太陽と鉄」で、「そもそも私が「生きたい」と望んだときに、はじめて私は、言葉を有効に使ひだしたのではなかつたか。私をして、自然死にいたるまで生きのびさせるものこそ正に言葉であり、それは「死にいたる病」の緩慢な病菌だつたのである。[52]」と述べているからである。

　そして、この精神病的人格構造の因由を岸田は、祖母・母の家庭環境のみに訴求しているのだが、それは謬説として排斥できないにしても、正確ではないと思える。そこでは、如上の「余儀なく背負ってしまった戦争体験」を抜きには語れないというのが、わたしの持説である。

　さて、三島が虎狼の如くおそれた「老醜」は、「真の耽美主義者[53]」（橋川）である三島には、堪え難いことであったはずで、自死の七年前の六三年、四十歳を間近に控え、「俺もひよつとすると、もう、老いの支度をしなければならないのか」[54]（「私の遍歴時代」）と、問い始め、「「老い」がたのしみか、と云へば、これもいただけない」と心情を吐露し、「そこで生れるのは、現在の、瞬時の、刻々の死の観念だ」と記している。

さらに、「これこそ私にとつて真に生々しく、真にエロティックな唯一の観念かもしれない」と、十代で囲繞し、その後も牢固として随伴しながら、永きにわたり封印してきた「死の観念」に、この頃から、再び憑かれ、強く蝕まれていく。相前後して書かれ、三島の死を予見した橋川の「夭折者の禁欲」は、ナーバスな三島の内部に胚胎した「死の観念」を、短刀で刺す如く深く抉ったに違いない。

昭和四十年代に入ってからは、日沼倫太郎に、「即刻自殺することをすすめ」られ、三島の文学は「それによつてのみ完成する」とも言われ、昭和四十三年七月、日沼が病気で急逝すると、「強い衝撃」だとして、「私は文学者として自殺なんか決してしない」。文学には「最終的な責任といふもの」がなく、文学者は自殺の真の「モラーリッシュな契機を見出すことはできない。」「私はモラーリッシュな自殺しかみとめない。すなはち、武士の自刃しかみとめない。[55]」（「批評」）と、武士の自刃のみをうべない、文学者の自殺を強く否定しているところに、ここでは留意しておこう。

自刃の二カ月前に発表した「独楽」と題するエッセイでも、三島は、訪ねてきた少年に「一番ききたいことはね、……先生はいつ死ぬんですか[56]」と問われ、「この質問は私の肺腑を刺した。（略）しかし少年の質問の矢は私に刺さつたままで、やがて傷口が化膿をした」と凄惨なエピソードを述べている。

ことほど左様に「死の観念」に俊敏な三島が、自らの死の問題に先鞭をつけた「夭折者の禁欲」を熟読玩味した時、橋川に、自らの来し方行く末を、刮目して見守って欲しいと祈念したに違いない。だからこそ、さらに二年後、当時四十一歳に過ぎない自らの伝記の執筆を依頼したのである。ここでも橋川は、その卓越した直観力で、前述の倒錯の世界をこう説いた。

「事実、戦争は奇怪な倒錯の姿ではあれ、失われた人間たちの楽園を回復する。ドイツ人たちのいうその「死の共同体《トーデスゲマインシャフト》」のもとでは、あらゆる人間の感情と行動に死の聖痕があらわれ、その恩寵によって、人間は一切の日常的配慮《ゾルゲ》から根源的に解放される。三島のいう、「狂おしい祝福であり祭典であるような事態」がひろがり、生活は日々の秘宴《オルギア》にひとしくなる。とくに少年たちにとっては、戦争は永遠の休暇、不朽の抒情詩というべきものに転化する。[57]」

（橋川「三島由紀夫伝」）

「死の共同体《トーデスゲマインシャフト》」、「秘宴《オルギア》」は、戦争についての、必ずしも一般的・普遍的とは言えないパラドキシカルな言説で、悲惨、苦悩、嫌悪、忌避などマイナスの捉え方とは対極の観点が明示されている。けれども、そこには片言隻句もおろそかにしない三島が、「烈しく渇望」した「酩酊」と「陶酔[58]」（佐伯彰一）が潜んでいた。そして、三島は、これこそが、自分が最も希求し翹望していたものであると、察知したのである。三島は、裨益すること多であったろうこの「伝」に対する礼状で、次のようにしたためている。

「御一文中、Todesgemeinschaft（「死の共同体《トーデスゲマインシャフト》」―引用者）についての部分から戦後の変貌にかけての御描写には、何か、同時代人の心理の奥底に漲るものの怖ろしさに触れました。[59]」

（「昭和四十一年五月二十九日付書簡」）

橋川の秀逸な洞察である「心理の奥底に漲るもの」の何処に、三島は「触れ」、共振したのだろうか。

「彼のあのロマネスクな美的趣味も、もはや悠久な死の影に庇護された戯れとしては弁明しえない。すべてが許されるという戦争期の恩寵は突如として失われ、一切は新たに始った日常性によって検証されねばならない。（略）戦争という終末の神によって聖別され、祝福された三島の存在そのものが、見も知らぬ隠れたる神＝平和によって審査され、断罪されねばならない。

こうして戦後は少年たちへの業罰として、その無心な陶酔への応報として、絶望的な処刑の場面となる。別にいいかえれば、それはロマン化された詩人の世界が崩壊し、日常的規律に支配された俗人の権威がとってかわったことでもある。[60]」

（橋川「同前」傍点原文）

この瞠目すべき解析を、三島は、あやまたず理解し、爾後の自らの生涯に、とりわけ最期の自決に、決定的な示唆を受けた、というのが、わたしの「第二の仮説」である。

およそ政治的な資質からは縁遠い三島が、何故にあえて政治的言語を弄し、楯の会を率い、行動を唱え、決起に赴いたのかの謎を解く鍵（キイ）が、ここに秘匿されていた。

「死の共同体《トーデスゲマインシャフト》」、「秘宴《オルギア》」としての戦争、これが、二人が余儀なく背負ってしまった戦争体験であり、基本的なシェーマでもあり、三島自身の、ひいては三島が自刃に赴く謎を解く代替不可能なキイ・ワードであった。翻って言えば、このタームを抜きにしては、橋川には、如何なる三島論も書き得なかった秘鑰《ひやく》であり、エスプリであった。それは三島が、戦争を思い返す時、いつもそこに帰着する、あの懐かしい戦争時の精神と心理の坩堝であり基音《トニカ》であった。

それにしても三島は、「どんな激烈な訓練を重ねても、肉体は必ず徐々に衰退へ向ひ、どんなに言葉による営為を重ねても、精神は「終り」を認識しないからである」[61]（「太陽と鉄」）とする地点から、如何ようにして、精神に、「終り」を認識させたのだろうか。前述したように「英霊の声」を書いた時、「責任をとれる」と思い、事実上の自決の決意ができた地点から、実際に自らの脳裡に「死」を認識させ、具体的な行動日程に至るまでには、千里の逕庭があった。かかる逕庭を埋め、渡るべき「橋」の役割を、この「死の共同体《トーデスゲマインシャフト》」という理念が担ったのである。

「私の遍歴時代」で自らの老いを語り始め、橋川に死を予見された六三、四年頃から、死出の旅支度を始めた三島が、死出の旅への道標として、この理念を読み取ったのである。換言すれば、死出の旅への扉を開示する鍵（キイ）を、この時、確実に手にすることになった。そして、この「死《トーデス》の共同体《ゲマインシャフト》」というキイ・ワードにより開いたのが、第二の「パンドラの匣」であり、最後に筐底に残されたのが、死に至る「橋」である「戦士共同体」であった。

「批評とは竟に己れの夢を懐疑的に語る事ではないのか！」[62]とは、小林秀雄の「様々なる意匠」での有名なテーゼだが、それでは、三島は、次のような「批評」で、いったい如何なる「夢を懐疑的に」、語ろうとしたのだろうか。

「……そして戦争がをはり、精神が「終り」を認識することをはたと止めたのと同時に、陶酔も終息した。

そこへ今さら帰らうとする私の意図は、そもそも何を意味するのだらうか。（略）

明らかに私の欲してゐるのはその陶酔の再現であり、今度こそ、陶酔と共に、（略）生を終らせてみせるといふ老練な技師の自負も、すでに私には備はつてゐた。」[63]（「太陽と鉄」）

「深甚な関心を示されたのは、虫明氏や秋山駿氏や少数の人だけ」[64]であったというこの三島の「太陽と鉄」は、「表白に適したジャンルを模索し、告白と批評の中間形態、いはば「秘められた批評」とでもいふべき、微妙なあいまいな領域」（同）にあり、とりわけ告白に比重がかかると、論理よりも感性で語るためか、いっきに難解度が上昇し、「不透明な難解さに途惑いをおぼえる」[65]（佐伯彰一）とする所以がある。つまり告白を批評として読むところに生じる「わからなさ」であり、飛躍である。しかし、その「わからなさ」も、そこに、キイ・ワードを挿入することで、たやすくドアが開き、いかにも不可解な謎が、雲散霧消するかの如く、鮮明に見えてくることがある。

ここでは、頻出する「陶酔」を「戦争」に置換することが可能である。より正確には、この「陶酔」は、橋川の「秘宴《オルギア》」に照応していた。「そこへ帰ろう」とする三島は、「秘宴《オルギア》」の再来を「意図」したが、それは三島自身が知悉していた如く、ノスタルジア＝「死に至る病」であり、自らの「生を終らせてみせる」という「自負が備はつた」時、不撓不屈の死の覚悟ができたのである。そこから、現実の死に至る回路には、苦心惨憺の末、実に用意周到な布石がなされていくのである。

3

「死の共同体《トーデスゲマインシャフト》」とは、何か。

橋川は、この語彙と同趣旨の「死を誓った共同体」を概説している『宗教社会学論集』（マックス・ウェーバー）から引用、翻訳している。

「……戦争は戦士そのものに対しても、その具体的な意味において、あるユニークな作用を及ぼす。それは戦争に固有な死の神々しい意味の体験ということである。戦場にある戦士の共同体は、かつての従士集団と同じように、死を誓った共同体として、しかもその最大のものとして自ら意識している。そしてこの戦場の死は、普通の人間の宿運以外のなにものでもないような死、すべての人間を訪れる運命として、なぜちょうどその時、その人間におとずれるかが問題にならないような死、とは区別される。……このようなたんなる不可避の死と、戦場における死とは、戦場において、またその大量性という意味では戦場においてのみ、個々人があるもののために死ぬことを信じうるという点において、区別される。」[66]

（「三島由紀夫の生と死」傍点原文）

換言すれば、戦場にのみ存在しうる、一種非日常的な意味での死を共有しうる共同体、つまり、戦場の死を前提とした共同体を形成しているということである。

あらかじめ結論めいたことを言えば、この「死の共同体《トーデスゲマインシャフト》」は、三島が後に語る「戦士共同体」と同義で、三島は、「戦士共同体」にノスタルジアを覚え、ノルケア（帰郷）していくことになり、「死《トー》の共同体《デスゲマインシャフト》」を橋頭堡とすることで、ウトーピッシュで確実な「死」を掌のうちに入れるのである。

ところで、三島が、ライフワーク『豊饒の海』の後に、藤原定家を主人公とした小説を構想したことは、何人かの証言があり[67]、林房雄との対話に「僕は人間がどうやって神になるかという小説を書こうと思っています。藤原定家のことです[68]」とあるから間違いない。松本徹は、「古今和歌集の絆―蓮田善明と三島由紀夫―」の中で、昭和四十二年の「古今集と新古今集」では、三島の共感は、「はっきり古今集に移っている」として、「もう三島は、定家の美学の徒ではなくなっているのだ。[69]」と記している。しかし、わたしはこの見方に、いささか懐疑的である。確かに三島は、自刃三年前、「古今集と新古今集」で、「今、私は、自分の帰つてゆくところは古今集しかないやうな気がしてゐる[70]」と述べた。しかし、これは、わたしには、十七歳の少年時代、蓮田善明の主宰する「文芸文化」に「古今の季節」を寄せた三島のノスタルジア・郷愁を語っているように思える。新古今集から古今集への移行が、定家からの乖離とパラレルにあるという図式には必ずしも収まりきれず、定家の持つニヒリズム（美学）が、そう簡単に三島から消失したとは思えない。

　橋川が、「（三島は―引用者）過去への、自分の少年期あるいは戦争期への郷愁が非常に強くなっていくのを、自分の内部にそれを見守りながら、この郷愁はどこへ自分を連れていくんだろうか[71]、……」と忖度するように、この頃、三島は、若かりし戦争期への「郷愁」に、強い衝動を覚えるようになっていた。

　三島が「帰つてゆくところ」とは何処か。

　東京生まれで故郷を持たない三島にとって「帰郷」とは、何を意味したか。晩年の三島は、強いノスタルジアを抱きながらも、戻るべき「故郷」がなかったということで、大和桜井生まれの保田與重郎よりも、「そもそも故郷という意味がわからぬ[72]」（「故郷を失った文学」）と述べる、東京出身の小林秀雄の近くにいた。帰るべき故郷を持たない三島は、精神の故郷、文学的故郷へと戻ってゆく。三島における文学的故郷とは、古今集か、はたまた日本ロマン派か。

「十代に受けた精神的な影響、いちばん感じやすい時期の感情教育がしだいに芽を吹いてきて、いまぢやあ、もう、とにかく押さへやうがなくなつちやつたんです。[73]」

（「三島と古林尚との対談「三島由紀夫　最後の言葉」」）

三島のノスタルジアが表面化するのは、「私の遍歴時代」で、老いを自覚し始めるのとほぼ同じ六三、四年頃、書きたかったのは、「日本及び日本人といふものと、父親の問題[74]」と自ら解説した『絹と明察』に、ハイデッガーの愛読者岡野が、ヘルダアリンの「帰　郷《ハイムクンフト》」を朗唱し、抒情詩「ハイデルベルヒ」からの引用が登場する辺りからと思われるが、その後急速に奔出していく。

「ノスタルジア」とは、橋川によれば、ミヘルスの『パトリオティスムス』にあるように「nostos（帰郷）」と「algos（痛苦）」を結合した言葉で、これが昂進すると「狂気もしくは死」をもたらす[75]と概説している。また、三島の場合、「ノスタルジア」とは「体系崩壊への傾向という風に私は考えている」と、橋川が述べる如く、深刻な事態に立ち至っていた。

死の一週間前の古林尚との対談で、「帰郷（ノルケア）」を「一度は否定したロマンティシズムをふたたび復興せざるを得なくなつた。ひとたび自分の本質がロマンティークだとわかると、どうしてもハイムケール（帰郷）するわけですね。ハイムケールすると、十代にいつちやふのです。十代にいつちやふといろんなものが、パンドラの箱みたいに、ワーッと出てくるんです[76]」と語り、戦後いち早く否定したはずのロマンティシズムに帰っていく。

「私にとつて、時が回収可能だといふことは、直ちに、かつて遂げられなかつた美しい死が可能になつたといふことを意味してゐた。あまつさへ私はこの十年間に、力を学び、受苦を学び、戦ひを学び、克己を学び、それらすべてを喜びを以て受け入れる勇気を学んでゐた[77]」

（『太陽と鉄』）

「時が回収可能」とは、戦争期の「美しい死」の再現であり、ハイムケール（帰郷）を意味していた。この「太陽と鉄」には、ノスタルジアが、畢竟、死に至る病であることの経路が明確に提示されている。もちろん、三島は、「復帰が不可能だといふことは、人に言はれるまでもなく、わかりきつてゐる[78]」（同）のであり、故意の時代錯誤をおかしているのである。

「絶対を垣間見んとして[79]」とは、澁澤龍彦の「思想は相対的で、心情のみが絶対であった」三島へのオマージュだが、「……絶対を批評するということができるか、できないか、これはだれもわからないことですね。だけれどもその批評形式としては、死しかないということはありますね[80]。」（『対話・日本人論』）と、林房雄に語る如く、三島にとって「絶対」とは、死を意味していた。

このように、今から見れば、わたしたちは、晩年の三島のそこかしこに、十代から揺曳していた死に対する痛切な思念を感受することができる。

「紙に書かれようと、叫ばれようと、集団の言葉は終局的に肉体的表現にその帰結を見出す[81]」（「太陽と鉄」）ということは、さしずめ、三島が最期の決起のとき、紙に書きもし、バルコニーから叫びもした「檄」を指したものだろうか。また、「もちろん、集団のための言葉といふものもある。しかしそれらは決して自立した言葉ではない。」（同）とも述べている。それでは、「檄」は、自立した言葉ではないとでも、三島は、言いたいのだろうか。さらに、「一著作家の心の中でサーカスの巨大な天幕のやうに、星空に向つてふくらまされた世界《ヴェルト・シュメルツ》苦も、つひに同苦の共同体を創ることはできぬ」（同）と語るような、三島の心の中では創れない「同苦の共同体」とは何か。すぐ後に答えを出している。

「肉体は集団により、その同苦によつて、はじめて個人によつては達しえない或る肉の高い水位に達する筈であった。（略）たえず安逸と放埒と怠惰へ沈みがちな集団を引き上げて、ますます募る同苦と、苦痛の極限の死へみちびくところの、集団の悲劇性が必要だつた。集団は死へ向つて拓かれてゐなければならなかつた。私がここで戦士共同体を意味してゐることは云ふまでもあるまい[82]。」（「太陽と鉄」）

政治的言辞で、「文化防衛論」などが書かれるのとほぼ同時期、才気煥発な文学的表現に終始するこの「太陽と鉄」は、ジョン・ネイスンが指摘するように、「その文脈には、憲法も天皇もいかなる社会的なものも、まったく現われることがない[83]」（『三島由紀夫―ある評伝』）が、丹念に読み込むと、一縷の光明の如く、唯一、社会的かつ政治的言辞である「戦士共同体」が現出していることに注視すべきである。

はからずも洩らしてしまったこの一言に、不可解な自刃の謎を解く鍵（キイ）が秘匿されていた。それは、自死への迷路を巡り、「死」という最後の扉を開ける「ある警抜な」、文字通り「キイ・ワード」であり、この鍵（キイ）を獲得し、「第二のパンドラの匣」を開けた先に、はじめて見えてくるものがあった。

そして、このキイは、橋川の「夭折者の禁欲」「三島由紀夫伝」などを読み解くことで、はじめて三島が獲得しえたというのが、上来の、わたしの仮説である。

「英霊の声」以後「『道義的革命』の論理」「文化防衛論」などが連続して発表される一方で、すぐれて文学的表現により、自らの死を模索した「私の数少ない批評の仕事の二本の柱を成す」[84]（『作家論』あとがき）「太陽と鉄」（六六年十一月から六八年十二月）が執筆されたことは注目すべきで、自決に赴く三島の本音が、かけ値なしに語られている。就中、後半から末尾にかけては、当初のオブスキュリティーな迂路から確実な死に至る経路が、克明に論述されている。詩的メタファー、アフォリズムが、さながら宝庫のように散りばめられているが、その奥処《おくが》に潜むドグマを取り出すことは、徒爾ではない。


　前掲の如く、「集団は死へ向つて拓かれてゐなければならなかつた」と、三島は述べた。けれども、賢明な読者は、この警句が必ずしも平仄が合っていないことを、察するだろう。「戦士共同体」を意味する「集団」は、本来、「戦いに向つて」拓かれているべきであり、「戦い」は、武運つたなく敗れることがあるにせよ、必ずしも「死」を招来するとは限らない。よしんば、劣勢であったにせよ、徹頭徹尾、勇猛果敢に全力を尽くして戦うのが、戦士たるものの務めというものではないか。それは、保田與重郎が賞揚した日本ロマン派の敗北主義、滅びの美学と称せられるものとも、趣を少しく異にしていた。

「集団」を、「戦い」ではなく、倨傲にも「死」に向かって拓かせたところに、奸智に長けた三島の詐術があり、隠された呻吟を見て取れる。三島には、死へ導く「集団の悲劇」が必要で、「戦い」の勝利よりも「悲劇」、畢竟、限定付きの「死」が目的だったのである。

確実な死さえ保障されれば、戦いの勝ち負けはもとより、戦いの有無さえも問わない。されど、死を妨害するものは、斬り捨ててでも、本懐を遂行するというのが基本的なスタンスであった。（現に、自衛隊市ヶ谷駐屯地で、三島に斬られ重軽傷を負った自衛隊員が何人もいた）

井口時男の素直な印象の流露が、「三島の行為が、一途でありながらどこかいかがわしいパフォーマンスと見える」[85]とするのは言い得て妙な観すらある。然り、一連の行動は、三島により、用意周到に張り巡らされ、仕組まれた、「死の共同体《トーデスゲマインシャフト》」を仮構するパフォーマンスだった、と見れば、あたかも霧が晴れるように、鮮明に見えてくるものがある。そして実に多くの人がこのパフォーマンスに幻惑されたのである。

されば、三島の「戦士共同体」が、必ずしも戦闘を目的とした集団ではなく、橋川がウェーバーを引いて語る「死を誓った共同体」である「死の共同体《トーデスゲマインシャフト》」を意味しており、「戦士共同体」は、この「死の共同体《トーデスゲマインシャフト》」を「よすが」として、もしくは「鋳型」として、襲用したものであることが明白となる。ちなみに、橋川は、「夭折者の禁欲」の末尾近くで『葉隠』の引用の後に、この「戦士共同体」なるボキャブラリーを用いている。

とにもかくにも、三島が欲していたのは「死」であった。それも「武人」という限定付きの。

晩年になって三島が、突如の如く、「一方が実体であれば他方は虚妄であらざるをえぬこの二つのもの」[86]（「太陽と鉄」）である「文武両道」を標榜し始めたのは、「文学者」としての「死」は、何がなんでも避けたく、「武人」としての「死」を掌中に入れたかったからだと言ったら、人の失笑を買うかもしれないが、「死に対する燃えるやうな希求が、決して厭世や無気力と結びつかずに、却つて充溢した力や生の絶頂の花々しさや戦ひの意志と結びつくところに「武」の原理があるとすれば、これほど文学の原理に反するものは又とあるまい[87]」（「同」）とする「告白」に、三島の「死」に対する陰翳に満ちた思念を見出せば、あながち見当違いの謬見とは言えないだろう。

実際、三島は、「本当の文武両道が成立つのは、死の瞬間にしかないだらう」（「『三島由紀夫展』案内文」）と語り、また、こうも言っている。「武士が人に尊敬されたのは、少くとも武士には、いさぎよい美しい死に方が可能だと考えられたからである。[88]」（「美しい死」）。さらに、「男はなぜ、壮烈な死によつてだけ美と関はるのであらうか[89]」（「太陽と鉄」）と問いかける三島は、より直截に、「「武」とは花と散ることであり、「文」とは不朽の花を育てることだ、と。そして不朽の花とはすなわち造花である。[90]」（「同」）と、語る如く、美しい死、畢竟するに、「花と散る」ことを純粋一途に切望していたのである。が、反面、三島の死は、人に、「造花が散った[91]」（車谷長吉）という印象を与えたことも否めない。

ジョン・ネイスンは「太陽と鉄」に触れ、「三島は早朝の曙光の中を集団にまじって走っている。その名は語られていないが、これは楯の会である[92]」と、すでに七〇年の段階で、指摘している。三島は、刻下日本に「戦士共同体」を探索するが、自衛隊には望むべくもなかった。そこで、やむなく三島は、「戦士共同体」を、自ら構築することにし、紆余曲折の後に、独力で民兵組織「楯の会」を結成したのである。

「私が組織した「楯の会」は、会員が百名に満たない、そして武器を持たない、世界で一等小さな軍隊である。[93]」

（三島「「楯の会」のこと」）

隊員の多寡は問うまい。だが、しかし、考えてもみるがいい。いったい何処の世に「武器を持たない」軍隊などという摩訶不思議なものが存在するというのだろうか。否、「武器を持たない」軍隊なんぞは、軍隊とは言えない。あたかも降伏した軍隊が、まっ先に、武装解除され、あらゆる武器の供出を求められるように、「武器を持たない」軍隊は、荒唐無稽で、もはや軍の態《てい》を成していない。三島の言う「精神的軍隊」は、観念の奇怪な空中楼閣の如きもので、そこには、戦略もなければ、戦術もない。軍隊には必須で、必ず付随する「敵」の概念が極めて稀薄で、あえて「敵」と言えば、自らの「死」を妨げる者で、確実な死を阻むものは断固排除するという強固な姿勢があるに過ぎない。

それでは、いったいぜんたい、何があるのだろうか。

そこに浮上してくるのは、確実な死を担保する道具だてとしての存在であり、わたしが仮説として提示してきた「死を誓った」集団である「死の共同体《トーデスゲマインシャフト》」があるのみである。

「かくて集団は、私には、何ものかへの橋、そこを渡れば戻る由もない一つの橋と思はれたのだつた。」[94]

「太陽と鉄」の末尾(エピロウグF-104は除く)は、何とも意味深長な言葉で結ばれている。言うまでもなく、この「集団」は、「楯の会」を指し、「何ものか」とは、「戦い」ではなく「死」を意味していた。この「橋」、つまり「楯の会」が無ければ、向こうへ渡ること、すなわち自決が不可能だったことを、物語っている。「おそらく私が、「他」を恃んだはじめであった」(「同」)というのは、自恃を信条としてきた三島の死に赴く「手続き」であり、道標《みちしるべ》であり、死への河を渡る「橋」

であった。
「楯の会の結成を考えたのはいつだったか」。ヘンリー・スコット＝ストークスのこの質問に対し、三島は、「『英霊の声』を書き上げたとき[95]（一九六六年六月）で―三年か四年くらい前というわけだ」と答えたというが、この時、三島は、鮮烈に、かつ明確に「死の共同体《トーデスゲマインシャフト》」をイメージし、そこに帰趨しようとしたに違いない。

ネイスンは、「いまようやく、集団のなかだちによって、三島は自分が最後の一歩に踏み切ることができるということを知ったのである[96]」と記した。が、それは、橋川の「死の共同体《トーデスゲマインシャフト》」という理念を呼び水のようにして、はじめて「他を恃む」という想念が提出できたのであり、共に死ぬ楯の会の森田必勝が主導し、「…真相は、実は「森田事件」というべきものであった、…[97]」（中村彰彦）とする見方や、「三島にとって、森田必勝は、まさに具体的に彼のまえに出現した「他」であったのかも知れない[98]」（富岡幸一郎）という側面は、三島が、「他」や「集団」を如何ように捉えていたかを審らかにすれば、森田に使嗾《しそう》されたとする両者の臆説が三島の思惑から背馳し、誇張であることが分かる。三島が求め、恃んだ「他」とは、森田という個人ではなく、「集団」＝「死の《トーデスゲ》共同体《マインシャフト》」であった。そこでは、森田は、同志としての戦死というより、「武人」三島との心中、もしくは殉死というニュアンスがつよかった。

「三島にとって必要な究極のものは戦場死と等価の状況であり、そのためには手続上何よりも死を誓った共同体（Gemeinschaft bis zum tode）が必要であった。それが現実に急進的左翼の暴徒と戦闘することは必ずしも必要ではなかった。一つの戦士集団が存在しさえすれば、形式上何人もその行動最中の死を戦場死として否定することはできない。「楯の会」は手続上どうしても必要であった。しかしその擬制された戦場死が達成されたのちは、いわばその既判力によって、すべては問われなくなる。戦士集団が解散されようとも、もはや事情は確定したものとなる。[99]」
（橋川「三島由紀夫の生と死」傍点原文）

わたしは、この橋川の言説を一頭地を抜いた傑れた解析だと思う。三島のこの呪術を、当時、あやまたず、見透かしていたのは、橋川のほかは寡聞にして知らない。

三島の目論見は、まんまと成功し、芥川や太宰のような文学者の自殺とは、当初は、誰しもが露ほども疑わず、まさに、「戦場死」と見做した。「軍服を着た男は、それだけで、ただ単に、戦闘要員と見做される[100]」（「太陽と鉄」）のであり、それが、また三島の狙いでもあったのだから、譬え、切腹というドラスティックな形式をとったにせよ、戦士という「集団のなかだち」が無い単独死では戦場死と見做すものはなく、文学者の自裁と見做されただろう。あたかも、後を追うように日本刀で自刃する村上一郎がそうであったように。

三島が求めたのは、この戦場死であった。そこで、橋川は、「楯の会」に「本当の戦場の戦友愛というべきものがあったろうか[101]」（同前）と問うている。現実に、「楯の会」には、戦友愛といえるものは無かった、とわたしは思う。それは、会の主宰者三島が、「自分の戦列に、自分の文学の真の理解者を持ちたいとは望みません。（略）同じ戦列の人間は、理解などで結ばれるべきではありません。孤独な人間同士が血盟するのは、決して理解ではありません。[102]」（「野口武彦氏への公開状」）と、述べたところに、「戦士共同体」を如何なる意味で用いたかが歴然としている。事実、「楯の会の会員たちはだれも、『太陽と鉄』も含めて、三島の「ペンによる著作」に親しんでいなかった」[103]（ネイスン）との証言からも明瞭である。

「理解などで結ばれ」ないとすれば、そこに存在するのは、橋川が、ウェーバーを引いて語る「死を誓った共同体」であり、「孤独な人間同士が血盟」するのは、「死の観念」だけ、とでも三島は言いたげである。

三島が、「精神的な軍隊」と呼んだ「楯の会」の特異性は、主宰者三島に、こうした支配者に不可欠の強烈なカリスマ性が欠如していた点が挙げられる。それは、ウェーバーが「一方では、寄捨による―大口寄付（進物、寄進、贈賄、大口の心付け）による―あるいは托鉢による給養、他方では、掠奪品、暴力によるか（形式上）平和的な恐喝は、カリスマ的需要充足の典型的な形式である。（略）というのは、カリスマ的需要充足は、日常茶飯の生活にまきこまれることを忌避するからである。」[104]（『権力と支配』傍点原文）と述べる如く、支配者が、私費を拠出することは、カリスマ的組織には有り得ないが、三島は「資金はすべて私の印税から出てゐる」[105]（「楯の会」のこと）と語る如く、陳腐な関係にあり、カリスマ的支配というカテゴリーには収斂できない。（例えば、松本清張は、北一輝が三井財閥から「平和的恐喝」に近い行為で大金を貰っていたことを非難しているが[106]、上述のカリスマ的支配の態様とぴったりと符節が合っている。）

「楯の会」は、思うに、三島が身銭を切って作り上げた擬制の「死の共同体《トーデスゲマインシャフト》」といった様相を帯びており、そこに、強固な戦闘集団としての素顔を見ることはできない。だから、「楯の会」が巷間「玩具の兵隊さん」と呼ばれたのは、いわれのないことではない。

また、三島が、死の二カ月前に、「革命哲学としての陽明学[107]」を書いていることから、大塩平八郎の乱との類似が取り沙汰されたが[108]、陽明学の持つ理念が、死へ赴く裏づけの一助となったにせよ、大塩のような反乱を意図したものでないことは、「楯の会」が、決起の十一月二十五日を期し、会の解散を命じられていることからしても歴然としている。「楯の会」は、決起を目指した戦闘集団としての集合体ではなく、三島個人の為に換骨奪胎された、擬似的な「死の共同体《トーデスゲマインシャフト》」を担保する仮構の集団であったことは論をまたずして明らかである[109]。

仮構の戦士集団すなわち「楯の会」を作ったのは、「秘宴《オルギア》」を再現すべくのことで、戦場のみに存在しうる「死の共同体《トーデスゲマインシャフト》」の再来を求めていたのであった。橋川の言説からヒントを得たこの「死の共同体《トーデスゲマインシャフト》」に三島は強いノスタルジアを覚え、通信を絶たれていた「戦士共同体」からの誘惑に呼応し、そこに帰巣したい衝動に駆られていく。孤独を好んだ三島が何故に敢えて「集団を恃み」、「楯の会」を結成したかは、「戦士共同体」を抜きに語ることができない。

三島は、橋川の「同時代人の心理の奥底に漲るものの怖ろしさ」に触れたとき、すなわち「死の共同体《トーデスゲマインシャフト》」という理念を自家薬籠中のものとした時、はじめて、確固とした死出の旅への至高の道標《みちしるべ》である「戦士共同体」を、黄昏の中から、明確に発見したのである。そして、それは、驚くべきことに、三島にとっては、欣求浄土にほかならなかった。何故なら、三島の母親が「公威がいつもしたかったことをしましたのは、これが初めてなんでございますよ。[110]」と告別式で語ったということからも裏付けられる。

自刃の四年前、林房雄との対談で、三島は、こう問いかけた。

「それにしても、「天皇陛下万歳」と遺書に書いておかしくない時代に、一度は生きていたのだ、ということを、何だか、おそろしい幸福感で思い出すんです。（略）あの幸福感はいったい何だったんだろうか。[111]」この言を受けて、三島の自縄自縛でなおかつアモルフともいえる精神的軌跡を、橋川は、次のように俯瞰している。

「この不滅の幸福感は、天皇の人間宣言と、戦後の開始とによって亡びねばならなかった。しかし、それは不滅の本性をもっていたから、決して死滅することはできなかった。三島はいわゆる「仮面」のもとにその仮死の幸福感を包み、かえって残酷な「平和」時代を二十幾年も生きつづけて来た。しかし、それほども永い間、いわば肉体を欠如したまま仮死状態におかれていた幸福は、ある時期、本当に死滅するかもしれないという微妙な予感におびえ始めたのかもしれない。不死の存在は、あまりにもながくその仲間たち——かつてのあの戦士共同体——からの通信を絶たれていた。（略）仮死は真性の死に帰するかもしれない。ノスタルジアの病苦がその仮死そのものをさいなみ始めたのかもしれない。三島自体についていえば、戦後を生きるために計算されつくしたはずの虚構の計画が、思いがけない破綻に直面していることを知ったということになるのであろうか。作家としていえば、芸術の限界が見え始めたということになるかもしれない。解決は、ノスタルジアの果に来る狂か、死か、または政治というもう一つの芸術か、であろう。[112]」

（「中間者の眼」傍点原文）

これは、三島自刃の二年半前の発言である。

ことがらには、すでに結論が出ており、三島が行った「解決」は、周知の通りである。

四、「前に進んだ」三島と「引き返した」橋川

人間よ　一つの信仰を非難する時
きみはわかっているのか　非難する資格があると？
心の深みを掘り進めば
きみのうちにも　同じ泉が湧き出たのではないか？
みずから犯した罪を知るものは　一人としていない
だれ一人　責任を知らねば義務も知らない
きみは生きることができるのか　一歩一歩が
百千の別の生命を踏みにじり
考え感ずることがすべて
虚偽となり　まどわしとなるならば！
ただ夢みることすら力となり
ただ生きることすら闘いとなり
きみ自身にも隠された　暗黒のきみの営みが
取るにまれ与えるにまれ　暗い破滅に導くならば！
（「生の罪」ホフマンスタール）

1

一九八三年十二月二十日、寒風吹きすさぶ蕭々とした寒さの中で挙行された橋川文三の葬儀の日、告別式の会場で、吉本隆明は、友人代表として、感銘深い弔辞を読んだ。それは、橋川と吉本の戦後の精神構造・思想史のアウトラインを最も要約的に示していると思われるので、少しく長くなるが主要部分を引用する。

「しかしながら橋川さん

われわれがどこで出会い、なぜ親しみを加えていったかははっきりしていました。それはわれわれが共通にもっていた「思想と文学」のあいだの空間でした。橋川さんは、より多く思想の側に身体の重味をかけて歩んでいました。われわれは文学の側に身体の重味をかけて歩んでいました。けれどその違いはわずかなものに過ぎませんでした。

われわれの歩んだ「思想と文学」のあいだの空間には、一方の側に国家・民族という断崖のようなものが、他方の側には階級・大衆という断崖のようなものが、嶮しく切り立っていて、われわれはこの二つを受け容れ、またおびやかされ、確執をかもし、これを処理しようとして悪戦するところの世代に属していたとおもいます。

わたしの見るところ橋川さんは、国家・民族という断崖と、階級・大衆という断崖を、強いて対峙させようとせずに、冷静にこのふたつを中性化し、正確に明哲に解剖する方法によって、のり超えてゆく道を獲得しているかにおもわれました。この方法が鋭利で透徹した明晰なあなたの文体を実現したと思います。あなたの内部にある冷静な白熱があふれるような言葉を実現するのを、われわれは見ることができました。

橋川さん

われわれの世代が、別かれ、それぞれの道を遠去かってゆく理由もまた、出会い、親愛の情を抱き、ひとつの根拠地に集った理由とまったくおなじものでありました。それはおおく国家・民族という断崖と階級・大衆という断崖とをどう処理し、どう超えてゆくかの方途によってそれぞれの道をたどったのでした。わたしたちの世代に立ち塞がっているものは、いずれもこの世紀に最大の正義であり、宗教であり、また謎でもあり、迷蒙でもありますから、どの方途を択んでも困難が軽くなるということは、かんがえられそうもなかったのでした。

わたしはいまもじぶんを、おおきな否定とのり超えの途上に歩むものとかんがえています。こういうわたしの眼からは、橋川さんは、すでに歴史の方法をわがものにした完成の人と映り、羨ましさに耐えませんでした。

橋川さん

会えなかった最後の数年のあいだに、あなたが獲得し、薄明のように語っていかれた「とある実在」への信に、じかに触れ得なかったのは、かえすがえす残念でありますが、それをわれわれにのこされた謎のような宿題とおもって、ひとまずお別れ致したいと思います。（略）」
（吉本隆明「告別のことば」「ちくま」）[1]

葬儀当日、裏方の手伝いをしたわたしは、後に回収された弔辞の他の人のものが、巻紙に墨痕も鮮やかに揮毫されていたのに対し、吉本のそれは、普通の原稿用紙にボールペンで乱雑に書かれ、しかも推敲に推敲を重ねた跡が、生々しかったのを見つけた。そのとき抱いた感慨は、二つである。吉本のように既に成熟の域に達したと思われる人でも、これほどまでの推敲をするのかという淡い驚きと、本当の意味で人を追悼するとは、弔文を巻紙に墨で書くという形式に拘泥することにあるのではなく、如何にその文中に、哀悼の気持ちを籠めるかが肝要だ、という吉本の熱い思いを汲み取ることができたことである。

この弔辞で吉本が述べた如く、吉本と橋川の前には、「断崖が嶮しく」切り立っており、敗戦をメルクマールとして、敵を同じくしたこの二人の新たな戦いが始まったのである。

吉本と橋川の関係は、一時期、若き吉本が鮎川信夫を、頻繁に訪問したようなインティメートな交誼もなく、また橋川が同じ団地にいた井上光晴と連日のように碁を打ったという日常的で昵懇な交友があったのでもない。それは、「朋遠方より来たる有り、また楽しからずや」というほどの距離をおいたものだったのだが、しかし、にもかかわらず、二人が「親しみを加えていった」のは、太平の時代に、充分に過去を清算しないまま、多くの人々が戦線離脱し、否応なく孤軍奮闘を強いられる「悪戦」の中、数少ない味方同士として、互いに「刮目して相待つべし」という畏敬の念を抱き続けてきたからである。

戦後間もない頃の思想状況は、本多秋五が指摘したように「戦後文学の時期は、人が飢えて丸裸かで、廃墟に投げ出された時期であり、あらゆる秩序、あらゆる組織が寸断され、いわば気をまぎらわせるどんな中間物もなしに、人が赤裸々に己れと世界との関係に直面せざるをえなかった時期」（『物語戦後文学史』[2]）であったが、実際に、「己れと世界との関係に直面」し、意識的に立ち向かったのは、ごく一部の人々に過ぎなかった。

その一人である吉本は、自らの世代的拘束性、戦後の起点を、「戦争世代は、はじめから道のないみちをきりひらき、そこをいくよりほかに方法がない世代である。まことに、生きながら殺されることもたまらないし、死んだまま生きることもたまったものではない」[3]として、「敗戦にぶつかり啓示したものを、掘り下げ、拡大し、ねり直し、うちのめすよりほかに、生きながらの死を、すこしずつ解き放していくみちはなかったのである。」（「戦争と世代」[4]）と述懐するが、それは、戦後という最も苛酷な時代を生き抜くための、そして「生きながらの死を、すこしずつ解き放していく」ための、新たな戦いが始まったことを意味していた。もちろん、敵は戦時中と、同じくしていたのではない。

吉本は、弔辞の最後に、「「橋川さん、さよなら」と怒るごとく叫んだ」[5]（塚本康彦）が、冒頭の弔辞を聞いた者は、「〈野戦攻城〉をモットーにしている橋川文三」[6]（吉本「情況とはなにかⅥ」）への、単なる友人としての思いを超え、「野戦攻城性みたいなものを、みんな奪われてしまった平和の中で、そういう体験をしたことがある世代の人間が、家庭を抱えてどうやって暮らしていくか」[7]（吉本）が課題となる戦後の「ぬるま湯」の時代に、辛苦を共にした、同志としての吉本の切々とした哀惜の念を、感受することができたはずである。

何故なら、そこには、人々が日常性への頽落に甘んじる中、さしたる日常的な交友関係が無かったにも関わらず、戦後の四面楚歌の状況下、悲壮で、よるべなき「野戦攻城」の戦いを、共に戦った、いわば「戦友」としての万感の思いと悲哀が籠められていたからである。

橋川も戦後十三年を経過した一九五八年に、こう告白している。

「…戦争は終わったけれども、ぼくらのなかではまだ終わっていないという、要するに爾来「野戦攻城」というわけで、つまり城に帰って休むということはもう一生ないだろうという気持ちが、いまでもあるんですよ。[8]」

（鶴見俊輔、吉本、橋川の座談会「すぎゆく時代の群像」『思想とは何だろうか』）

戦後間もない頃の日記にも、その苦闘の跡が、刻印されている。

「戦わなかった生者は不幸である。／僕の中にある野戦の状態！（略）／僕には帰るべき城もない。（それはあるのだ！とおく歴史と愛の雪煙の彼方に、ついに僕の生の終るところに！）僕は汚れきづつき、粗暴となり……しかも無限にやさしい感情を（一字不明）めながらコドクな野戦を戦っている。[9]」

（「橋川文三日記」）

特記すべきは、吉本や橋川は戦争が終っても、荏苒《じんぜん》とした日々を送ることなく、凝然と佇んで戦い続けたということである。「歴史を一種の精神分析と見立てるならば、戦後の歴史の中に戦争そのものが排除」され、「戦争がまるでなかったかのように、後の歴史が進行する」[10]（大澤真幸『戦後の思想空間』）中にあって、頑迷固陋な行為にも見える「戦い続ける」とは、どういうことか。

時の流れに身を任せ、拱手傍観して生きれば、戦いも起きないし、思想もいらない。

だが、しかし、誰しもが、蟬脱や転進を行い、「やすやすと戦後の新しい物語」[11]（竹田青嗣）に入ったというのではない。この時、橋川や吉本は、糊塗や詭弁が横行し、「平和と民主主義」という圧倒的な時代の風尚に抗して、最も困難な道を、あえて歩むことになった。それは、三島が、橋川への尺牘で、橋川の『歴史と体験』を評し、「みんながよけて通つてきた問題に深く突入されて来た叛骨に敬意を表します」[12]と、したためた通りであり、また、吉本が弔辞で述べた如く、「どの方途を択んでも困難が軽くなるということは、考えられそうもなかった」のである。

自らが、正しいと信じ、それ以外には考えられなかった、今まで辿ってきた戦争遂行の道程が、実は間違っていたと知らされた敗戦時の複雑な胸中の深淵には、名状しがたいものが宿っていたに違いない。何が正解かは、簡単には言い得ない。全てが正解であり、また不正解でもあった。

そのような時、人々は、どのような選択をするのだろうか。

竹田青嗣は『現代批評の遠近法』のなかで、こう書いている。

「敗戦の際、ひとびとは、〈天皇〉というナショナリズムのシンボル（＝物語）から、やすやすと戦後の新しい〈物語〉、つまり「民主主義国家」日本という〈物語〉へとび移った。このことがよく示したのは、この国において理念や理想は、決して個人のうちに内面化されず、ただ生活のかたちに応じて選びとられるようなフィクションとしてのみ存在している、ということである。」[13]

上からの「一億総懺悔」[14]（東久邇首相）は、吉田裕が「国民の受け入れるところとはならなかった[15]」(『日本人の歴史観』)と批判するように意味をなさず、圧倒的多数の人々は、閉口頓首として、占領軍の意向に沿い、丸山眞男が唱導した、自由と民主主義、平和と民主主義という理念をバックボーンに、「配給された自由[16]」(河上徹太郎)を謳歌する「戦後の新しい物語」に「やすやす」と入った。丸山が唱え、知識層に広範に構成されるかに思えた「悔恨共同体[17]」(丸山)は、「イデオロギー別の集団に解体していく[18]」(石田雄『日本の社会科学』)が、丸山の進んだ民主主義化への王道は、時代に、そして占領軍に後ろから背中を押され、ともかくも「やすやす」と「前に」進んだのである。

佐伯啓思が、「超国家主義の論理と心理」などの丸山の論攷は、「占領政策に対する日本側からの見事な思想的レスポンスとなっているのである。そしてそのゆえにこそ、これは当時多くの知識人に受け入れられ、戦後日本の思想上の「公式的言説」を作り上げることとなった[19]。」と記すように、すこぶる時宜に適し、圧倒的な賛仰をもって受容されたのであり、「しかも問題は、この民主主義の基礎づけが、実際にはアメリカによって与えられたという点にあり、それにもかかわらずそのことが隠蔽されたという点にある[20]。」(『国家についての考察』)と指弾する如くである。このことは、丸山が「占領」軍を「解放」軍として、歓待したことにも見て取れる。

一方、橋川は、「戦後の表どおりにおかれた輸入思想を、つめたい思想として彼はうけとった[21]」(鶴見俊輔、橋川文三著『昭和維新試論』解説)のである。

それでは、三島は、五里霧中の敗戦時の起点から、如何ように、地歩を進めたか。

いささか図式的で簡錬な概括になるが、三島は、「前に進み」、橋川は、「引き返した」のである。

敗戦時、二人が立脚していた地点は、行くも地獄、戻るも地獄という、のっぴきならない凄惨な廃墟だった。この人生の岐路には、首《こうべ》を回《めぐ》らせても道標といえるものは、どこにもなかった。

橋川は、時流に追随することなく、「引き返す」道を選んだ。

「引き返す」とは、どういうことか。

それは、元いた地点まで立ち戻ることである。翻って言えば、今まで、正しいと教えられ、それを信じて歩いてきた道が、実は、間違いだったと認めることで、過去の己を否定する、すなわち、若かりし日々の皇国少年なりし自己を錯誤として断罪することに他ならなかった。従って、引き返すとは、自らの汚点を白日の元に曝し、その非が問われ、贖罪を迫られることであったから、暗澹たる荊棘の道程を意味し、けっして平坦な道筋ではなかった。それに、譬え、引き返しても、完全に元の地点に帰着することは、もとより望むべくもなかった。この間の経緯を、橋川は、以下のように回想している。

「そういう地点からどのようにしてか私たちは引きかえしてきた。それは三島由紀夫などがさいごまで不可解とした事態であり、それ以来、私などはその生還がなぜそのようなものでありえたのかを納得するための作業を後半生の目的とした。（略）本来の生活者ならば当然にいだかなければならなかった生活と思想の統一という配慮が、事後になってはじめてよみがえってきたというぐあいであった。これは奇妙な倒錯の過程であり、戦後かなりながく私たち戦争世代が異様な生物のように見られていたのも多分そのためであったろう。[22]」

（「私的回想断片」傍点原文）

弦書房

出版案内

2025年

『不謹慎な旅２』より
写真・木村聡

弦書房

〒810-0041　福岡市中央区大名2-2-43-301
電話　092(726)9885　　FAX　092(726)9886
URL　http://genshobo.com/　E-mail　books@genshobo.com

◆表示価格はすべて税別です
◆送料無料（ただし、1000円未満の場合は送料 250円を申し受けます）
◆図書目録請求呈

◆石牟礼道子の本◆

石牟礼道子全歌集 海と空のあいだに

解説・前山光則　一九四三〜二〇一五年に詠まれた未発表短歌を含む六七〇余首を集成。

2600円

花いちもんめ【新装版】

70代の円熟期に書かれたエッセイ集。幼少期少女期の回想から甦る、失われた昭和の風景と人々の姿。巻末エッセイ／カライモブックス

1800円

【新装版】ヤポネシアの海辺から

対談　島尾ミホ・石牟礼道子　南島の豊かな世界を海辺育ちのふたりが静かに深く語り合う。

2000円

非観光的な場所への旅

満腹の惑星 誰が飯にありつけるのか

木村聡　問題を抱えた、世界各地で生きる人々の御馳走風景を訪ねたフードドキュメンタリー。

2100円

不謹慎な旅 1・2 負の記憶を巡る「ダークツーリズム」

木村聡　哀しみの記憶を宿す、負の遺産をめぐる場所へご案内。40+35の旅のかたちを写真とともにルポ。

各2000円

戦後八〇年

占領と引揚げの肖像 BEPPU 1945-1956

下川正晴　占領軍と引揚げ者でひしめく街、別府がBEPPUであった頃の戦後史。地域戦後史を東アジアの視野から再検証。

2200円

占領下の新聞 別府からみた戦後ニッポン

白土康代　別府で、占領期の昭和21年3月から24年10月までにGHQの検閲を受け発行された52種類の新聞がプランゲ文庫から甦る。

2100円

日本統治下の朝鮮シネマ群像《戦争と近代の同時代史》

下川正晴　一九三〇〜四〇年代、日本統治下の国策映画と日朝映画人の個人史をもとに、当時の実相に迫る。

2200円

◎FUKUOKA *U* ブックレット◎

㉒中国はどこへ向かうのか 国際関係から読み解く

毛里和子・編者　不可解な中国と、日本はどう対峙していくのか。

800円

㉖往還する日韓文化 日本文化開放から韓流ブームまで

伊東順子　政治・外交よりも文化交流が大切だ。

700円

㉗映画創作と内的対話

石井岳龍　内的対話から「分断と共生」の問題へ。

800円

三島が、「さいごまで不可解とした事態」とは、いったい、何か。それは、「引き返す」という事態を指したが、この箇所は、三島の「重症者の兇器」に照応する、橋川が、自らの戦後の「生き方」、あるいは生きようとする覚悟を語ったごく控えめな「宣言」だと、わたしは思う。同時に、橋川が「死んだ仲間たちと生きている私との関係はこれからどうなるのだろうか[23]」(「敗戦前後」)という敗戦の八月十五日に抱いた感慨に対する解答を模索する過程で書かれたと言ってもよい。そして、橋川は、「後半生の目的」とした作業を敢行すべく、戦後の地歩を進めた。

橋川には、三島のように、「死ぬ」という思念も、「前に進む」という想念も皆無で、この宣言通り、「引きかえ」した。

引き返した橋川がまず最初に取り組まざるを得なかったのは、自らが惑溺した日本ロマン派の検証だった。当時の日本ロマン派は、杉浦明平の『暗い夜の記念に』に顕著に見られるように、「だからわれわれは自分たちの力、自分たちの手で大は保田とか浅野とかいふ参謀本部お抱への公娼を始め、そこらで笑を売つてゐる雑魚どもを捕へ、それぞれ正しく裁き、しかして或ものは他の分野におけるミリタリストや国民の敵たちと一緒に宮城前の松の木の一本々々に吊し柿のやうに吊してやる[24]」と不倶戴天の仇敵として完膚なきまでに痛罵するか、いわれ無き「公職追放」の身にあった保田の名前を目にしただけでも「一種神秘的な劫罰を受けた癩患者を目にするような戦慄[25]」(川村二郎)を人々に与え、唾棄すべきものとして無視するのが常道であった。

大岡信の日本ロマン派論が登場する一九五八年頃でも、「保田与重郎の名は、あたかも海中深く廃棄された放射性物質のごとくに語られている。[26]」(『超現実と抒情』)のだから、橋川が『序説』の

第一章目を世に問うた前年（一九五七年）は、保田について触れたり、論じること自体がタブー視された時代で、採り上げるだけでも顰蹙を買い、轟々たる非難を浴びることは必至であった。

当時のこうした思想的な時代背景を考慮すれば、かかる時代に、「海中深く廃棄」され、流謫の場所にいた保田を「海上」に引き上げ、検証の場に連れ戻し、理非曲直を問い正し、日本ロマン派について論じることは、傍から見れば、蟷螂の斧を怒らかして隆車に向かうが如くに映ったに違いない。あえて、それに立ち向かう書き手の心事を、譬えて言えば、「内に省みて恥ずるところなければ、千万人といえども我ゆかん」（『孟子』）の気概が必要だった。

それは吉本隆明が画期的な「転向論」（一九五八年）で、当時、神聖視、絶対視されていた「獄中十何年」もの間、国家権力の弾圧に耐えた英雄たちを、「非転向の転向」として切尖鋭く断罪し、日本共産党の牙城を理論をもって破摧したのと、まさに等価な思想的勇気を必要としたのである。

優れた思想的考察力を保持する柄谷行人でさえ、十八歳当時は、「「日本浪曼派」の問題に固執する橋川文三の意図も理解できなかった[27]」（『終焉をめぐって』）と述懐し、約三十五年後の一九九三年になってはじめて、「橋川文三が保田與重郎のことをあれだけ一所懸命に考えたことが最近わかるような気がしています。[28]」（シンポジウムⅡ『批評空間叢書13』）と述べていることからしても、日本ロマン派を論じること自体が、当時は、まさに「王様は裸だ」と叫ぶ「勇気」を必要としたのである。それは、「戦時中の日本の知識人にとって、欠けていたのは認識ではなく勇気であったという意味の鶴見俊輔の発言は正しい。[29]」と日高六郎が指摘したのとパラレルな問題であった。

橋川は、保田との確執もあり、この「勇気」という言葉に特別の思いを籠め、大切にした。如何なるコンテクストで、この「勇気」を用いたかを推し量るのに、恰好のてがかりであるゲーテの格言を、『序説』で引用している。

「保田には、全くといってよいほど、勇気がなかったと考える。もしくは、ゲーテの言葉でいえば、Mut verloren, alles verlorenの状況において、彼は、ほとんど完璧な弱者として己の存在を決定したといえると思う。[30]」（「イロニイと政治」）

橋川は、大学のゼミの卒業生を送る講義で、ここで引いたゲーテの箴言を、卒業生に「贈る言葉」とし、「金銭の喪失はちょっとした喪失だ。名誉の喪失は相当な喪失である。しかし、勇気の喪失は一切の喪失である。」と講じたと、橋川門下で、『橋川文三著作集』の解題を執筆した赤藤了勇は、橋川の追悼集で回顧している。

橋川は、「記念碑的労作[31]」（廣松渉『〈近代の超克〉論』）の『序説』で、「日本ロマン派とは保田與重郎以外のものではなかった」（これを仮に橋川テーゼと呼ぶ）とする日本ロマン派を、体験として通過した内在者ならではの、最も本質的な断言をしている。

この橋川テーゼに従えば、保田を批判することは、畢竟、日本ロマン派を批判することになる。故に、日本ロマン派には保田以外にも大勢いたから、保田のみに代表させるのは、正確ではないとする橋川批判は、愚の骨頂である。これは、「保田には、全くといってよいほど、勇気がなかった[32]」というパラグラフに呼応し、かかる規定は、『序説』の真骨頂をなし、日本ロマン派を体験として搔い潜ったが故に、はじめて提出できた根源的で、辛辣な批判である。

竹内好によれば、日本ロマン派を倒したものは、「かれらではなくて外の力なのである。外の力によって倒されたものを、自分が倒したように、自分の力を過信したことはなかっただろうか。それによって、悪夢は忘れられたかもしれないが、血は洗い清められなかったのではないか[33]」と道断する。だからこそ、橋川は、「血を清める」ために、内在的・思想的に日本ロマン派を「自分の力」で倒す必要があったのである。それは、換言すれば、奴隷の思想を排すということでもあった。前掲の文章に続けて、橋川は、こう記している。

「しかし、より本質的であったことは、彼が、何ものをも敵と感じえなかったほどに、それほどに徹底したイロニカルな弱者であったということであろう。それは、ほとんど阿Qを思わせるほどに——（略）——純粋な奴隷の思想の表現となっている。[34]」

（「イロニイと政治」、傍点原文）

川村二郎は、「この規定に必ずしも異を唱えようとは思わない。しかし、「弱者」はともかく、それに続けて、彼の文章に「純粋な奴隷の思想の表現」を見るというくだりには、不審を言い立てざるを得ない[35]」と書き、井口時男も、また「戦後主体性論の残響を感じさせるその見解自体には私の興味はない[36]」（『序説』講談社文芸文庫解説）と記した。川村は、さらに「いつでも強者に転身しようと願っているのが、奴隷の習性だからである[37]」と続ける舌の根も乾かぬうちに、「その時その時に旨い物にありつけさえすれば満足して、ほかに何も望まぬ心術こそ、奴隷の本性だといわねばならない[38]」（「灰の精神」）と鹿爪らしく述べているが、「ほかに何も望まぬ」奴隷が、どうしたら「いつでも強者に転身しようと願っ」たりするのだろうか。これは、明らかに自家撞着に陥っていると言わざるを得ない。

「奴隷――自由を失ったもの――、奴隷の主人――自由を奪うもの[39]」と、竹内好が『魯迅入門』で記す通り、主人を持つ奴隷の最大特徴は、自由が無いことである。「何もの」が「敵」かを決定するのは、主人であり、奴隷は、主人の決定に従うだけだから、「何ものをも敵と感じえない」のは至極当然である。

橋川が、「奴隷の思想の表現」と書いたとき、竹内の次のパラグラフを念頭においたであろうことは、「阿Qを思わせる」としていることからして想像に難くない。

「奴隷が奴隷の身分を自覚すれば、脱却への第一歩だが、奴隷が奴隷に甘んじ、あるいは、奴隷の身分を忘れたがり、あるいは、自分が奴隷の主人になる夢を見ているかぎりは、脱却の行動を起すことはできない。奴隷と奴隷の主人はおなじものだ、と魯迅はいった。彼は奴隷の主人になろうとしたのでなく、人間になろうとしたのだ[40]。」（竹内好『魯迅入門』）

竹内は、さらに、「自分を奴隷と思わない奴隷が真の奴隷である」という。恐らく、保田は、自分を奴隷と思ったことなど一度も無かったに違いない。

奴隷の精神とはなにか。それは、責任とは無縁の精神である。一応、衣食住は最低限確保されているが、しかし、自由が無い、そして、また責任も解除されているのである。

「すでに成敗も問はないと、私はさういふ無責任なことを、張家口の軍舎で、（略）思つてゐた。際限なく追ひ立てられて、我々はあらゆる生命力を、その生命力の発露のために献げねばならぬかもしれない[41]。」（保田與重郎「アジアの廃墟」）

いみじくも、保田が「生命力の発露」を語る前に、「すでに成敗も問はない」という「無責任なこと」を述べた、まさにその時、これこそが、奴隷の思想の表現になっているのである。

橋川は、「「敵の実感」「敵の実体」をもたない日本軍隊は、それならただ抽象的暴力として、人間的責任とかかわりない亡霊集団として、大陸アジアにあれ狂ったということになるのであろうか？」と疑問を投げかけ、さらに、それこそ「ヘーゲルのいう「悪魔的破廉恥」であり、「悪魔的な無邪気さ」であろう」と指弾した。わたしは、橋川の「何ものをも敵」と感じえなかった「弱者」とする部分は、鋭利だが、しかし、あくまでも分析であり、橋川の批判の核心は、尽きるところ、「奴隷の思想」と規定した箇所にこそあると思う。

それは、保田に対する、最も、ラディカルで、本質的、かつ痛烈な批判になっている。

保田は、責任という思念から、およそ遠い位相に位置していた。例えば、北一輝が、二・二六事件に遭遇し、青年将校を直接煽動したり関与したわけではないから自分は無罪と正論を唱え、主張すべきは主張したものの、受け容れられないと、自著が、将校たちに思想的影響を与えたならば、自分にも責任があるからと、従容《しょうよう》として、死刑に赴いたのとは、好対照を成している。

カール・シュミットによれば、「イロニイの中には、あらゆる無限定の可能性を留保しようとする衝動がある。[42]」（『政治的ロマン主義』）という。こうした言説に、甚大なるヒントを得て、橋川は、イロニイとは、「（略）いわば頽廃と緊張の中間に、無限に自己決定を留保する心的態度のあらわれであった。[43]」（『序説』）と概念規定し、さらに「現実的には道徳的無責任と政治的逃避の心情を匂わせるものであった。[44]」（同）と解析した。この「無限に自己決定を留保」し、「道徳的無責任と政治的逃避の心情」こそが、保田の思想であり、なおかつ奴隷の思想だと思う。自らが何事かを自己決定し、それに基づき行動し、その結果に対し責任をとり、あるいは敵を見極め、戦いを挑み、その結果に責任を持つのが、奴隷では「ない」思想である。

「私の往年の文章は多くの若者を死なしたのであらうか。それは私が死なせたのでなく、本当の「日本文学」が死んでもよいといふ永遠の、生命の、天地開闢に、彼らの心をひらいたのである」[45]（「日本の歌」傍点原文）

保田は、戦後に、こう嘯《うそぶ》いた。これは、確かに「決して責任逃れの言葉ではない」[46]（「イロニーから自然へ」）と、松本健一が述べる通りかもしれない。が、しかし、また、はなはだしく責任感を欠如していることも事実である。「…反面では、あらゆる「時務情勢論」の要請の拒否を介して、自らも認める無責任極まる戦争論の展開に赴かしめたのである。」[47]（『序説』）と橋川が断罪する如く、保田の無責任の先に見えてくるのが「戦争論の展開」であってみれば、その思想と存在そのものが厳しく問われるべきであり、橋川は、それを「奴隷の思想の表現」として、苛烈に糾弾したのである。

竹内好もまた、保田は「あらゆる思想のカテゴリーを破壊し、価値を破壊することによって、一切の思想主体の責任を解除したのである」[48]（「近代の超克」傍点引用者）と、思想主体の責任の無さを弾劾している。吉本隆明が壺井繁治批判で「思想を内部的にうけとめないところに、転向の問題も責任の問題もない」[49]と述べた如く、保田にとって、「最も日本的なものの一つなる転向も亦、変革のイロニー的存在である」[50]（保田「昭和の精神」）と「とらえどころのないような文章」（橋川）で述べる通り、「実は「転向」も「変革」も、あわせて否定されている」[51]（橋川「日本ロマン派の諸問題」）

のだから、そこには、責任の問題は登場してこようがない。責任を回避、あるいは責任から逃避しようとする発想は、こうして丸山眞男が戦後須臾《しゅゆ》に日本ファシズムの矮小性として指弾した軍国主義指導者たちの「無責任の体系[52]」からして、日本の思想には蔓延している。

須《すべか》らく、思想は責任を付帯すべきである。およそ責任のない思想というものは思想の名に値しない。責任を持たない、あるいは持とうとしない思想は、人間精神の懶惰であり、思想にとっての死を意味している。それを、竹内は、「日本文化は奴隷文化である。」（同）と断罪したのである。

竹内好は、難解晦渋で悪名高い保田の文章を、「彼の文章には主語がない[53]」（「近代の超克」）として、江藤淳の「「自然」の声」であって、「人間の声[54]」（「神話の告白」）ではないとする言説を受けて、「これは天の声か地の声であるかもしれないが、人間のことばではない[55]」とまで論詰し、それに対し、桶谷秀昭は、「主語は歴然としてある[56]」と反論するが、少なくとも、保田の文章に、そう思わせるものがあることは、保田本人が「私は標準語的文脈で自分の発想をしていない。[57]」（傍点原文）としていることからしても、万人が認めるところだろう。

人に主語がないと思わせるのは、主語が「私」で首尾一貫していないからであり、主語が第三者的なニュアンスを帯びてしまうのは、その文章の本質的なところが、主体を「私」で定位しえない「奴隷の思想の表現」だからだと、わたしは思う。

ところで、菅孝行は、橋川の論には「確乎たるパースペクティヴがない[58]」（『戦後思想の現在』）と非難する。また、長谷川宏は、橋川の日本ロマン派論は、「評価や批判の軸がどう設定されているのか」が不明瞭で、保田に対しても「どのように体験的な批判の視点がうちだされているか[59]」（「橋川文三の『日本浪曼派批判序説』」)が、わからないと批判するが、もし、菅が、「階級的視点、などと大げさなことをいうつもりはない」と、一応は否定しながらも、その究極の視野に入れている「階級的視点」の如きものを、長谷川もまた、「軸」として想定しているのなら、それは無いものねだりであり、望むべくも無い。

しかし、わたしには、カール・シュミットの『政治的ロマン主義』を敷衍した「イロニイ」の分析や、保田の思想と文章の発想を支えている有力な基盤として、「マルクス主義、国学、ドイツ・ロマン派の三要因」を摘出したり、保田の存在を、魯迅を引いて奴隷の思想とした点などを含め、ポレミックな言辞は抑制され、遁辞を弄すことなく、真髄に触れた、一朝一夕では会得しがたい明晰な批判が提示されていると思う。

確かに菅が、「大げさな」視野に置く「階級的視点」、あるいは、唯物史観の如き明快な「パースペクティヴ」で描く歴史記述はしていない。けれども、ものごとの描き方は、そうした描き方でなければならないというものでもないし、「パースペクティヴ」では、どうしても描き得ず、「パースペクティヴ」から離れることで、教条的なイデオロギーやコンフォーミズム（画一主義）の狭隘な視野から解放され、すぐれて本質的な表現がはじめて可能となることがあり得るのである。

橋爪大三郎は、加藤典洋の方法論を評して、「このやり方は、まず第一に、教条的な思考のシステムからもっとも遠い。（略）第二に、それは頑固で、強靭である。なぜならそれは、特定のパースペクティヴをまず前提にするのでなしに、ミミズのように目をなくして、皮膚で感じること、疑いようのないことだけをよりすぐることだからだ。」（加藤典洋『「天皇崩御」の図像学』の解説）と、[60]

パースペクティヴを前提としないことが、教条性の陥穽から自由で、かつ頑強たりえることを示唆している。橋川と加藤では、その方法論は、だいぶ異にしているが、「特定のパースペクティヴを前提」にしない点では、奇妙に一致しており、それは、橋爪が指摘するように、必ずしもマイナスの因子ではなく、加藤の方法論ないしは把持の仕方の白眉をなすものと見ることが可能である。

また、明治期の近代絵画の興隆期に、西欧の芸術、美術が堰を切ったように怒濤の如く押し寄せるさ中にあっても、日本古来の線画からの発展を図り、「朦朧体」という独自の描き方を創出した、岡倉天心主導する日本美術院の俊秀、横山大観、菱田春草らの活躍の如きがあってもよいのではないか。絵画の世界にあっても、「遠近法（パースペクティヴ）」や線画では、必ずしも正確には捉えられず、「朦朧体」によって、はじめて見事に描き出せるものもまたあり得るのであり、どちらが正解かは一概には言い得ないのである。

「イデオロギー的な批判」[61]（松本健一『私の同時代史』）を得意とする菅、他方、ヘーゲルの翻訳者・研究者として孤軍奮闘している社会科学の理論家だが、反面、文学には疎遠ともいえる哲学者長谷川、この二人から批判が提出されていることが大きな特色をなしており、それは、橋川の論の基本的な「方法は社会科学的なもの」[62]（井口時男『序説』解説）としても、すぐれて文学的な直観による部分が少なくないことを反証している。

確かに橋川は、日本ロマン派の一種の復権を試みたかもしれない。が、それは、決して復活ではなかった。当時の時代風潮からすれば、既往の偏見から自由になるべく、一度復権させ、正当に取り扱う位置にまで引き上げ、充分な省察を行い、正確に定位する必要があったのである。

野口武彦は、橋川が、自らを「autodidacte」（独学者）と自己規定したのは、「単独の「師」を求めることのかなわぬ領野」に「生涯かけて攻略をこころみた」ことの、「ひそかな自負の言[63]」とする、犀利な考察を提示しているが、日本ロマン派を論じるに際し、橋川の胸中には、矜持と確信があったはずである。若かりし日々、自分が信念をもって打ち込んだものが、一方的に唾棄すべきものとして、全否定され、一切捨離し、放擲されてしまっていいものか。「内に省みても」、恥じるところは、なかったのである。

この矜持は、「現実的に見て、福本イズムに象徴される共産主義運動が政治的に無効であった」ことと、「日本ロマン派が同じく政治的に無効であったこととは、正に等価である[64]」（『序説』傍点原文）とする、当時としては、大胆な「仮設」を産むことになった。時は流れ、現在では、それほど抵抗なく受け容れられているが、当時、誰しもがよけてきたアポリアに単独で取り組み、精根を尽くして提出したこの「仮設」を、橋川は、「私たち何も知らなかった少年たちが「革命」以外のものに関心をひかれ、魅惑されたということは不自然ではないか[65]」（同）とまで問うている。

橋川を含め、戦中世代が戦争中に歩んだ道は、確かに結果として、間違ったかもしれない。しかし、間違ったがゆえに、その深層に達しえた地点も、またあるのである。

義歯をはめた如くの戦後の涸渇のなか、敗けたことの意味を、問い直すことなく、戦後の自己はありえないという戦後思想の出立《しゅったつ》を画する少数意見を、橋川は、この時提出していたのである。

「私はあの凄まじい超国家主義時代の経験をたんなる錯誤としてではなく、また特殊日本的な迷妄としてではなく、まさしくある一般的な人間の事実としてとらえなおすことによって、かえって明朗にこれに対決する思想形成が可能であるという風に考えた。この考え方は、私がかつて日本浪曼派の問題を取り扱った場合と同じである。一般にそれらを理解を絶した異常現象として切捨てるやり方が、戦前のある思想的な転換期において、いかに無力であったかということは、私の戦争体験に刻みこまれた根本認識の一つである。[66]」

（橋川『近代日本政治思想の諸相』傍点原文）

しかしながら、未だに失敗から学習しようとしない現代日本の組織のトップは、旧態依然として、「あれは特殊な事件だ」と本質論を避け、「起こったことは仕方がない」と責任の所在を曖昧にしてしまう、日本特有の「文化的な欠陥遺伝子」が、跳梁跋扈していると柳田邦男は、『この国の失敗の本質[67]』で慨嘆している。

山口昌男も『敗者学のすすめ』で、「…第二次世界大戦で日本が敗けたとき、日本人はどうしたか。敗けたという立場から出発したのは、せいぜい『レイテ戦記』の大岡昇平くらい」で、「戦後日本の社会は敗けた人間のもつ可能性というものを、まだ何も追求していないんじゃないか…[68]」と嘆声をあげたが、わたしは、大岡昇平に、吉本や橋川を加えるのに吝《やぶさ》かではない。

また、加藤典洋は『敗戦後論』で、「文学は、誤りうる状態におかれた正しさのほうが、局外的な、安全な真理の状態におかれた、そういう正しさよりも、深いという。深いとは何か。それは、人の苦しさの深度に耐えるということである。[69]」と記している。加藤の著は、戦争体験の継承という課題に、正面から応えようとしたもので、戦後生まれの全共闘世代も、まんざら捨てたものではないと思わせるものがある。

橋川は、伊東静雄の「戦争日記」に触れたエッセイで、短いが、しかし、思想の根幹に触れる問題を、こう説いている。

「かれが戦後その廃棄を考えたというういくつかの戦争詩があるように、そこに記された日常の感想の中にも、むしろ詩人の悲劇的な挫折を思わせる多くの間違いが記されている。しかし、われわれを真に撃つものは、間違いのないということではないということを、これほど激しく訴えてくる日記も少ないはずである。戦争を信じ、それを支える孤独な己の魂の絶望の不滅を信じた詩人の姿勢は、それ自体が厳正な歴史の姿を象徴している。八月十五日、天皇の放送の後、かれは記している――「太陽の光は少しもかはらず、透明に強く田と畑の面と木々とを照し、白い雲は静かに浮び、家々からは炊煙がのぼつてゐる。それなのに、戦は敗れたのだ。何の異変も自然におこらないのが信ぜられない」。

それは一つの信仰の孤独な絶対さとその挫折の絶対さを同時にあらわした言葉であろう。その時、すでに詩人は甦る途を絶たれ、自ら悠遠な記念碑と化する運命に引き渡されたのであろう。われわれは、その瞬間の停止の中に凝集したすべてのイメージをとおして、われわれの歴史であれ、人生であれ、さいごにまた文学であれ、読みとることができるのである。」[70]

（「詩人の戦争日記」『歴史と体験』）

事の本質を鋭く衝き、凝滞することない暢達さに基づいた珠玉のようなこの小文の機微にこそ、人間についての真実が潜んでおり、加藤が論じた「誤りうることの深さ」と、強く共振する問題が提起されている。とりわけ、「われわれを真に撃つものは、間違いのないということではない」の箇所からは、橋川が自らの体験と重ね合わせた哀切な思念が洩れ伝わってくる。

橋川が、別のところで、「日本ロマン派の戦争は、未だ亡びていない。しかし、伊東静雄の戦争は決定的に、そして究極的に亡びた。保田ばりの近代戦論は姿をかえてあらわれる機会を幾度ももつ。しかし、伊東の戦った戦争は再び戦われることはないであろう。」[71]（「日本ロマン派と戦争」）と述べた如く、確かに、伊東の戦争は「亡びた」かもしれない。しかし、同時に伊東の詩もまた、亡びただろうか。否、伊東静雄の玲瓏とした詩の数々は、時代や世代を超え、今なお強く訴えてくるものがあり、また戦争詩であったか否かということに抵触することなく、わたしたち読むものを深く魅了してやまない。このことは、とりもなおさず、伊東の作品が古典としての価値を保持しているということであり、「伊東の戦った戦争は再び戦われることはない」が、その作品は、今さら洛陽の紙価を貴からしむことは無いにしても、今後も一定の読者を獲得し、読み継がれていくことは否定すべくもないことだろう。

一方、類稀な保田の作品は、昭和十年代のようにファナティックに多くの若者を惑溺させた如くには、蘇生することはないだろうが、第二、第三の保田の出現の可能性は、充分に考えられる。戦前、戦中に、「戦争という政治的極限形態の苛酷さに対して、日本の伝統思想のうち、唯一つ、上述の意味での「美意識」のみがこれを耐え忍ぶ」ことを説くことで保田や小林は「戦争イデオローグ」として最も成功した[72]と橋川は指摘した。そして、「いかなる現実もそれが「昨日」となり「思い出」となる時は美しい」（橋川）のであり、さらに、その「美」を保田は、「現実と歴史を成立せしめる根源的実在」として提出したものであるから、「現在もなお、ある隠されたい原理として作用していることは否定できないのである」[73]（『序説』傍点原文）との橋川の言説通り、未来永劫、手を変え品を変え、繰り返し、登場することは殆ど疑いの余地のないことである。

間違いが無いということが、そのまま人の心を撃つわけでも、人を感動させるわけでもない。誤解を恐れずに言えば、間違ったが故に、そこから、自らの責任を問い直し、その間違いに真摯に立ち向かったが故に、思想の生命力が産声をあげ、間違いの先に切り開き、死灰の中から、わがものとして体得した新たな地平が、人の魂をとらえるということがあり得るのである。

「過去忘却が一切の社会害悪の根原と存じ候[74]」とは、柳田国男の南方熊楠宛の書簡の一節だが、一敗地にまみれた橋川が、結果として、三島とは截然と袂を分かち、「引き返す」ことで到達した地点には、負け惜しみでも懐古趣味でもない、光彩陸離とした戦後思想の最も良質な成果のひとつが、肝胆をくだいて刻印されている。

2

「詩人　僕は今すぐ死んでもいい。一生のうちにそんな折は、めつたにあるものぢやないだらうから、もしあれば、今夜にきまつてゐる。

老婆　つまらないことを仰言いますな。

詩人　いや、今夜にきまつてゐる。もし今夜を他《よそ》の女たちとすごしたやうに、うかうかすごしてしまつたら、ああ、考へただけでぞつとする。

老婆　人間は死ぬために生きてゐるのぢやございません。
詩人　誰にもそんなことはわからない、生きるために死ぬのかもしれず……
老婆　まあ、俗悪だわ！　俗悪だわ！
詩人　たすけて下さい。どうすればいいのか。
老婆　前へ……前へお進みになるだけですわ。」[75]

（三島由紀夫「卒塔婆小町」『近代能楽集』、傍点引用者）

この詩人と老婆の台詞は、ともに、三島の「大胆率直な告白」である。三島文学のよき理解者ドナルド・キーンが、戯曲集『近代能楽集』だけでなく、「日本新劇の最高峰の一つ」[76]と高い評価を下すこの「卒塔婆小町」で、三島は、自らの苦悩を、詩人と老婆に仮託して、こう語らしめた。三島は、「私は妙な性質で、本職の小説を書くときよりも、戯曲、殊に近代能楽集を書くときのはうが、はるかに大胆率直に告白ができる。」と述べ、「それは多分、この系列の一幕物が、現在の私にとって、詩作の代用をしているからであろう。」[77]（「声」第八号、同人雑誌）と記している。

三島が、「詩人のやうな青春を自分の内にひとまず殺すところから、九十九歳の小町のような不屈な永劫の青春を志」し、「作者自身の芸術家としての決心の詩的告白」[78]（「卒塔婆小町覚書」）をしたという「大胆率直な告白」、つまり死の影に憑かれた三島の、戦後をどう生きるかを問う、のっぴきならない苦悩、聳動とした喘ぎ、悲痛な叫びのようなものが、ここからは漏れ聞こえてくる。

三島は、ここで、呆然自失として疑心暗鬼に陥り、自問自答している。ハムレットの煩悶よろしく、「生きるべきか、死ぬべきか」を。自分自身のかたしろでもある詩人に仮託して、「たすけて下さい。どうすればいいのか」と「大胆率直な告白」をし、問いかけているのである。

そして、その答えも提出し、それを、「前へ…前へお進みになるだけですわ」と老婆に語らしめたところに、三島の戦後の生き方・方向性が、端的に示されていた。

「生に憑かれ、死に魅いられた人間にのこされていることといえば、駆りたてられるもののように、ただ前へ、前へとすすむことだけであり、海だの、平原だの、動物だの、花花だの—行くさきざきに次々に展開する一切のものを、水を酸素と水素とに分解するように、生と死とに分解し、これにただひとつの韻律をあたえるということだけだ。生の韻律を。或いはまた、死の韻律を。

断っておくが、私はかならずしも詩人のことをいっているのではない。」[79]

（花田清輝「歌」『復興期の精神』傍点引用者）


花田がこれを書くのは、戦争も終わりに近づいた四一〜四三年のことで、むろん三島を意識してのことではなく、また、三島が「卒塔婆小町」を書くずっと以前のことだから、三島は、あるいは花田のこのパラグラフを読み、影響を受け、かの台詞を草したかもしれない、というのは、果たして、わたしの穿った見方であろうか。

前述の如く、三島が、この「前へ」の答えを出すに至るまでには、幾多の苦汁と辛酸を舐めねばならなかった。死と背中合わせの戦後間もない酸鼻な時代を、三島は繰り返し書いている。

「そのころ私の文学青年の友人たちには、一せいに死と病気が襲いかかつていた。自殺者、発狂者は数人に及び、病死者も相次ぎ、急速な貧困に落ちて行つたのも二三にとどまらず、私の短かい文学的青春は、おそろしいほどのスピードで色褪せつつあつた。」[80]（「私の遍歴時代」）

「夏といふ観念は、二つの相反した観念へ私をみちびく。一つは生であり活力であり、健康であり、一つは頽廃であり腐敗であり、死である。」「だから私には、一九四五年から四七、八年にかけて、いつも夏がつづいてゐたやうな錯覚がある。」[81]（「小説家の休暇」）

「私はあのころ、実生活の上では、何一つできなかつたけれども、心の内には悪徳への共感と期待がうづまき、何もしないでゐながら、あの時代とまさに「一緒に寝て」ゐた。どんな反時代的なポーズをとつてゐたにしろ、とにかく一緒に寝てゐたのだ。」[82]（「同」）

三島は、続けて、小説家は、時代と寝る必要があるかと問うている。しかし、時代と寝たが故の迫力とおもしろさは、必ず付随するはずだが、これは、その後、「時代と寝ない」三島の小説に、しばしば指摘される「空疎」「ソフィスティケーション」ということと照応している。三浦雅士は、「人は、最初に、三島由紀夫の玻璃のような文体に驚いて見惚れ、やがてはその空疎に呆れ、そして最後に、空疎の背後深く隠された悲哀に気づいて胸を衝かれるのである。人間とその社会への一途な悪意の底に潜む、その不思議な悲哀に気づいて。」[83]（『青春の終焉』）と述べているが、この「空疎」と「悲哀」が、如何にして形成されたかは、この間の三島の精神的軌跡を丹念に追うことで解明できると思う。

上記の引用のように三島は、昭和二十年から二十三、四年に及ぶ、二十～二十四歳の青春の蕩揺期に、死ぬべきかどうか迷っていた。これは、三島が小説『盗賊』を書く時期と重なっている。そこに注目すべきことを磯田光一は早くから『殉教の美学』で指摘しているが[84]、本多秋五は、三島が

「重症者の兇器」で、「私の同年代から強盗諸君の大多数が出ていることを私は誇りとする…」との箇所が、その「前後の文章をどうさがしてみても、人を納得させるにたる理由は見当らない。[85]」(『物語戦後文学史』)と疑問符を付し、それに先んじて応えるが如く奥野健男は、「「良心と呼ばれている超自我の崩壊」といったものでも想定しないわけには行かない[86]」、と妥当な解釈をした。

この「強盗諸君」を、誇りとする箇所と、『盗賊』という題名には、ある種の連環性が、わたしには感じられる。「全く平和な時代に仮託したこの物語で、僕はまざまざと戦争と乱世の心理をえがくことに芸術的な喜びを感じている。戦争時と戦後の心理のそのすべての比喩をよむ人はここによむ筈だ[87]」と自ら解説しているから、「戦争時と戦後の心理」についての好個の手がかりを看取できるはずである。

「これは三島由紀夫個人の特殊な思想ではない。当時、同年代のぼくたちは、絶対の戦死という極限状況が終戦によって崩壊し、生をとりかえした後、しばらくたってひたすら死を自殺を考えたものだ。説明しがたいことだが、敗戦後四、五年ぐらい、死に接近し、自殺の誘惑の傍にいた時代はない。(略)そして事実、周囲の先輩、友人、後輩、従弟などから次々に自殺者が出た。人は絶対の死から免れると、自ら死を求めるものであろうか。(略)絶対の生を、永遠を保証するものは、死しかないという気持に陥っていた。死はきわめて親しい友であった。そういう時代風潮の中で、もっとも尖鋭的に書かれたのが、三島由紀夫の『盗賊』である。[88]」

(奥野健男『三島由紀夫伝説』)

橋川も、これより先に、「三島の中に、血まみれの、裏がえしの自殺が行われ、別の生が育まれたのはこの時期であった。」(「夭折者の禁欲」)と記したが、換言すれば、背理を生きることで再生を図ったということである。戦後の濫觴をなす『盗賊』と『仮面の告白』には、死の観念への傾斜が、煩瑣なほど著述されているが、幾つかを、こちたく摘記して繋ぐと、次の如くである。

「それにしても、決して生をのがれまいとする生き方は、自ら死へ歩み入る他はないのだらうか。生への媚態なしにわれわれは生きえぬのだらうか。[89]」(『盗賊』)

「何のために生きてゐるかわからないから生きてゐられるんだわ」(略)『私と藤村さんとは何のために生きてゐるかはつきり知つてしまつたから死ぬのだが、もしかしたらそれが現在の刻々を一番よく生きてゐる生き方かもしれない[90]』(『同』)

「死にたい人間が死から拒まれるといふ奇妙な苦痛を、私は外科医が手術中の内臓を扱ふやうに、微妙な神経を集中して、しかも他人行儀にみつめてゐることを好んだ。この心の快楽の度合は、殆ど邪まなものにさえ思われた。[91]」(『仮面の告白』)

おかしなことだが、「心の快楽」が、何故に「邪まなもの」に思われたのか。それは、微かながらでも、そこに罪の意識が潜在していたからだと、わたしは思う。

「死刑囚は自殺をしない。どう考へても自殺には似合はしからぬ季節であつた。私は何ものかが私を殺してくれるのを待つてゐた。ところがそれは、何ものかが私を生かしてくれるのを待つてゐるのと同じことなのである。[92]」(『同』)

「死刑囚」とは三島のことである。そして無罪放免になったのもまた三島自身である。当時の三島は、ドストエフスキーが、『白痴』で、自らの体験を踏まえ、死刑を宣告された人間が、刑の執行直前になって死刑を取り消された瞬間の精神的境位と重なるもので、心肝に徹する如くの衝撃を受けた、というのが、わたしのアナロジーである。

「…私は忘れてゐるらしかつた。あの天然自然の自殺——戦争による死——の希みがもはや絶たれてしまつたことを」「本当の苦しみといふものは徐々にしか来ない[93]」（『同』）

そして、「自覚症状が起る時には」、すでに、三島の病は、「容易ならぬ段階に進んで」いたのであり、「本当の苦しみ」が「徐々に」、やって来たのである。

この頃の全体をおおう現実を、次の花田の言が鮮やかに伝えている。

「ただ生きているところの現実は、すでにかれらにとっては非現実であり、生きることもできず、死ぬこともできない現実が、かれらにのこされた唯一の現実なのだ。これが今日の現実であり、我々の現実であると私は思う。[94]」（花田清輝『復興期の精神』）

ところで戦争中交際していた一女性が、「私の逡巡から（略）他家の妻になつた[95]」（「終末感からの出発」）ことは、三島にとって、大きな精神的打撃だったとはいえ、しかし、これだけが村松剛のいう、戦後「二、三年の迷蒙」の因由とは思えない。

三島には、橋川のように、「引き返す」という選択肢は、皆無だった。それが、三島にとっては「さいごまで不可解とした事態」（橋川）であり、最後に残されたのは、「死」か「前に進む」の二者択一だったが、では、どうして「前に進む」であり、「死」ではなかったか。「重症者の兇器」の中で、死なかったことのアポロジーともいえる発言をしている。

「苦悩は人間を殺すか？　——否。

思想的煩悶は人間を殺すか?　――否。

人間を殺すものは古今東西唯一つ《死》があるだけである。こう考へると人生は簡単明瞭なものになつてしまふ。この簡単明瞭な人生を、私は一生かかつて信じたいのだ。[96]」

悲哀は人間を殺すか?　――否。

幽顕二相の交錯する境地にいた三島が、迷いに迷ったことは確かで、それは、自問の答えの「否」に、明瞭に示されている。「当たり前[97]」(松本徹)といえば、あまりに「当たり前」の、この三島の言説は、三島の個人的体験が、色濃く滲み出ている。三島はここで、「どうして死ななかったのか」を自問自答し、自分は「苦悩」し、「思想的に煩悶」し、「悲哀」したが、死には至らなかったと、述べている。さらに、「この論理には、あるいは逃避の、あるいは自己放棄の影が見られるかもしれない。」と、語り、自分は「死」から逃避し、また途中で「死」との格闘をやめ、一種の「自己放棄」をしたと、心事を開陳している。

三島は、続けて、「(略)それにしてもこの性急な「否」に、自己の病の不治を頑なに信じた者の、快癒の喜びを決して知らない者の、或るいたましい平明な思考がひそむのを人は見ないか?[98]」と、問うている。ここでも、三島は、自己弁明をし、性急な結論「否」に、「いたましい平明な思考」を見て欲しいと、悲痛に呼びかけ、自分自身を「いたましい」と見做しているのである。

橋川は、処女作『序説』で、三島に最初に触れ、「三島が戦後いちはやく自己の立場を「重症者の兇器」において宣言し、「不治の健康」をいだいた世代群があることを示唆する[99]…」と、当時の三島の言説を斟酌し、「重症者の兇器」を、三島の戦後の「宣言」と位置付けたのは、橋川をもって嚆矢とする。橋川は、この頃の三島には「自殺者よりもはるかに強烈な自己放棄の衝動があった」として、「…傷ついて病むこともできず、病んで自殺することも禁じられた不自然な、呪われた生物であり、人間の日常生活にあこがれながらも、決してそれに同化しえない異形の人種にほかならなかった[100]」（「三島由紀夫伝」）と解析した。

橋川のように、「引き返す」という選択肢が無く、「死ぬ」こともかなわなかった三島は、「卒塔婆小町」の老婆の進言「前へ…前へお進みになるだけですわ」通り、「前へ」進んだ。何故、前に進んだのか。死ねなかったからか、あるいは死ぬことを禁じられたからだろうか。それとも、否定すべき自己が無かったからか。

その回答を、三島自身から聞くには、橋川が、「人をゾッとさせるような血みどろの告白[101]」（「三島由紀夫伝」）と呼んだ箇所を引くに如くものはないだろう。

「妹の死と、この女性の結婚と、二つの事件が、私の以後の文学的情熱を推進する力になつたやうに思はれる。種々の事情からして、私は私の人生に見切りをつけた。その後の数年の、私の生活の荒涼たる空白感は、今思ひ出しても、ゾッとせずにはゐられない。年齢的に最も潑剌としてゐる筈の、昭和二十一年から二、三年の間といふもの、私は最も死の近くにゐた。未来の希望もなく、過去の喚起はすべて醜かつた。私は何とかして、自分、及び、自分の人生を、まるごと肯定してしまはなければならぬと思つた。しかし敗戦後の否定と破壊の風潮の中で、こんな自己肯定は、一見、時代に逆行するものとしか思はれなかつた。それが今になつてみると、私の全く個性的真実だけを追ひかけた生き方にも、時代の影が色濃くさしてゐたのがわかる。そして十年後、私が堕落したか、いくらか向上したかは、私自身にもわからない。おそらく堕落したのであらう。ゲーテの「エグモント」の言葉ではないが、我々がどこへ行くかを誰が知らう、どこから来たのかさへ、ほとんどわからないのだから。[102]」

（「終末感からの出発」副題は「昭和二十年の自画像」昭和三十年八月、傍点引用者）

「人生に見切りをつけた」一方で、翻って「自分の人生を、まるごと肯定してしまはなければならぬと思つた」と三島が言下に述べた、まさにこの時、人生の迷宮から脱出すべく、殆ど無自覚に、自分の後半生を左右する重大で決定的な選択をしたのである。そして、この選択により、しばし、現世と幽界との岐路を逍遥していた三島が、何とか血路を切り開こうと、必死の思いで死を断念し、「人生をまるごと肯定」したのである。

死の観念が横溢する戦後の渦中で、長い模索と熟考の果てに提出した三島のこの答えは、同世代の誰とも違っていた。そして、これは、「卒塔婆小町」で詩人が「たすけてください。どうすればいいのか」と問うたのに対する老婆の返答、「前へ…前へお進みになるだけですわ」に呼応していた。

「前に進む」とは、どういうことか。

それは、今まで自分が歩んで来た道を正しいとみなし、過去の自己を肯定することである。けれども、戦後の戦争否定と民主主義化の滔々たる渦の中では、実際には、前には三島の進むべき道は無かったのである。道が無いのに前に進むとは、背理以外の何物でもない。この自己肯定、すなわち「前へ進む」と、三島が、はしなくも決した時、橋川とのヴェクトルが、明確に、全く逆の方向を指し示すに至ったのである。この肯定は、翻って見れば、戦争に快哉を叫んだ自己を肯定することを意味していた。

本来、否定すべき「自分、及び、自分の人生」を「肯定」したことが、三島のアンヴィヴァレンツで致命的ともいえる戦後を決定したと言っても過言ではなく、と同時に、そこに三島の戦後の悲劇が潜んでいた。それは、瑕瑾であり、徐々に肥大化し、あまつさえ致命的な傷となっていく。言ってみれば、ダンテの『神曲』の地獄篇の如く、道に迷い、前人未踏の領域に、独り地歩を進めていたのである。

しかし、三島は、時代の趨勢に、無自覚だったわけではない。現に、「敗戦後の否定と破壊の風潮の中で、一見、時代に逆行するものとしか思はれなかつた」[103]と真率に述べている。三島自身が、「時代に逆行」すると、はっきり認識しながら、安易に迎合せず、あるいは迎合できずに、自分を「肯定」せざるを得なかったところに、わたしは、無欲恬淡とした三島の苦渋を見るが、何故に、あえて、「時代に逆行」する道を選択したのだろうか。

三島は、後に、「日本浪曼派の周辺にゐたことはたしかであ」ると述べ、また、保田與重郎に向かって、謡曲の文体について質問し、その保田の答えは、「年少の私をひどく失望させたので、その失望によつて記憶に残つてゐるらしい」[104]（「私の遍歴時代」）と回顧している。橋川が、それこそ「ど真ん中」にいて、終生癒えない「トラウマ」を抱えたのに比し、三島は「周辺」にいた。この微妙な差異が、三島と橋川との戦後の生き方を左右していく重要な岐路であり、この落差は、二人の将来を決定した大きな要因の一つだと、わたしには思える。日本ロマン派の保田に失望し、「周辺」にいた三島は、橋川のように生き方にかかわる震撼とした日本ロマン派体験というべきものが無く、日本ロマン派の毒を、しっかりとは呑んでいなかったのである。その因由の一つを、精神形成期の、ごく僅かだが、しかし、決定的ともいえる三歳という年齢差に帰すことができるように思う。

そして、あたかも、解毒された特効薬を呑むが如く、自分の養分として、戦後を生きてきたのである。故に、毒を打ち消すべき、「引き返す」という選択肢が浮上してこなかったのである。

三島の少年時、日本ロマン派の種は播かれた。根はつき、芽は出たが、しかし、無垢のままで、まだ成長は遂げていない。桶谷秀昭の言うように「純粋培養[105]」（『近代の奈落』）していたのである。戦後に至って唯一人、日本ロマン派という禁断の果実を育てつづけ、それは、終いには、始末に負えないほど、大きく成りすぎてしまったのだろうか。封印された三島の戦後史が、紐解かれるのは、ずっと後になってからのことである。

すんなりと「前に進む」には、仮面を必要とした。『盗賊』を、「最初の長編小説の試作[106]」（「私の遍歴時代」）と称して、最初の小説を『仮面の告白』（「同」）と記し、前に進むことに決したのは故なしとはしない。「すべての芸術は仮面の告白である[107]」（福田恆存「解説」）のに、あえて、『仮面の告白』と題した小説を書くのには、それなりの理由があったのである。

戦後間もない波瀾万丈の時代の渦中で、三島が友人たちのように、自殺もせず、発狂もせずにすんだのは、彼が書いたからである。書くことによって、三島は、「回復」し、生き延びることを可能にしたのである。

「この本は私が今までそこに住んでゐた死の領域へ遺さうとする遺書だ。この本を書くことは私にとつて裏返しの自殺だ。（略）この本を書くことによつて私が試みたのは、さういふ生の回復術である。」[108]（「『仮面の告白』ノート」）と、三島は述べ、後に、『仮面の告白』が、「今になつてつくづくわかるのは、あの小説こそ、私が正に、時代の力、時代のおかげで以て書きえた唯一の小説だといふことである。」[109]（「私の遍歴時代」）としているから、『仮面の告白』を物すことで、ようやく三島は、必ずしも目睹したところではない「再生」に資する橋頭堡を見出したのである。

中村光夫は、『岬にての物語』に、マイナス百五（二）十点をつけたというが、この「マイナス」の意味を吟味し、橋川の方向を仮にプラスのヴェクトルと見れば、三島に「マイナス」という逆のヴェクトルを洞察した中村の慧眼を見ることができるだろう。

戦後数年にして、「何としてでも、生きなければならぬ」[110]（「私の遍歴時代」）という思念に帰着する三島の、戦後を生きる指南書が、僻論多い『葉隠』だった（補論一参照）とすれば、指南され、拠り所とした「人」は、いったい誰か。その解答は、「始めて歴史との対決の姿勢を示した」と橋川が評した三島の「林房雄論」が教示してくれている。

「誇張なしに言ふことができるが、或る時期を、たしかに私は林氏の影像によつて生きたのである。」「…しかも決して引返すことをしないのだ」[111]（「林房雄論」）

三島は、生き方の「範」を、決して「引返すことをしない」林房雄に、しかと見たのである。他の人に「範」を、求めなくてはならなかったほど、生きながらえることは、辛酸を極めた証左である。ここで、留意しなくていけないのは、後年の三島からイメージがオーバーラップする「大東亜戦争肯定論」（林）に共鳴して、「範」としたのではないということである。

「私が氏の姿に、氏自身よりも、一つの挫折した時代の象徴を見たのも当然だ[112]」（同）という三島にとって、林の存在は、もとより与《あずか》り知らないことではなかったとはいえ、「何としても生きなければならぬ」という結論に至る三島には、その存在感の大きさは、余人の憶測を遥かに越えていた。

「しぶとく生き永らへるものは、私にとつて、俗悪さの象徴をなしてゐた。私は夭折に憧れてゐたが、なお生きてをり、この上生きつづけなければならぬことも予感してゐた。かくて、林氏は当時の私にとつて必須な、二重影像《ダブル・イメージ》をなしてゐた。すなわち時代の挫折の象徴としてのイメージと、私が範とせざるをえぬしぶとく生きつづける俗悪さのイメージと。言いかへれば、心もうずく自己否定の影像と、不合理な、むりやりの、八方破れの、自己肯定の影像と[113]。」

（「林房雄論」）

三島は、ここで、自分が「範とせざる」を得なかったのは、林氏の「しぶとく生きつづける俗悪さのイメージ」であり、「不合理な、むりやりの、八方破れの、自己肯定の影像」だという。「自己肯定」を選ぶとは、すなわち自死という自己否定に「心もうずく」ことを自覚しながら、それを断念し、自ら選び、「範」としたのは、「しぶとく生き永らへる」ことだったという冷徹極まる認識を示している。また、こうも述べている。「この美しい自己是認、この自己の究極の美しさの肯定こそ、林氏の本然のものである。」（同）と、林の自己肯定に、三島は多くを学び、自己を「肯定」する際の「範」としたのである。

そして、この箇所は、「卒塔婆小町」の詩人の「…生きるために死ぬのかもしれず…」という問いかけに呼応し、三島の反面で、「詩人」とは対極に位置する「老婆」に、「まあ、俗悪だわ！　俗悪だわ！」と叫ばせている。「生きるために死ぬ」ことを、三島は、「俗悪」と、見做していたのである。そして、三島はその「俗悪」さを、はからずも生きてきたのである。

幾多の波瀾を乗り切った戦後二十五年にして、それは、自決の年でもあったのだが、三島は、戦後を、こう概括した。

「私はほとんど「生きた」とはいへない。鼻をつまみながら通りすぎたのだ[114]」（「私の中の二十五年」）

万人に嘱目されるノーベル賞候補の人気作家として膨大な著作をなし、地位も名誉も築き、私費を投じた「楯の会」で幾分か散財したとはいえ、潤沢な収入にも恵まれ、傍からはうらやむばかりの名声と富を欲しいままにした絢爛たる二十五年を送ったと思われる人生が、実は、「「生きた」とはいへない」という感慨であってみれば、人は、果たして、何が何でも「生きねばならない」ものなのだろうか。

わたしは、如何なる時でも、「生きねばならない」と、必ずしも思うわけではないが、譬えば、太宰治は、こう書いている。「死のうと思っていた。ことしの正月、よそから着物を一反もらった。お年玉としてである。着物の布地は麻であった。（略）これは夏に着る着物であろう。夏まで生きていようと思った[115]」（「葉」）。太宰治がこれを書いたのは、戦前の昭和九年だから、必ずしも戦死を想定しての言ではない。しかし、ここでは、「生」は、着物一反に代替される、鴻毛の如き軽さに過ぎない。「死」をもてあそんでいるようでもあり、そこでは「死」は、前提として置かれている。

けれども、それから五年後の昭和十四年頃の「東京八景」では、「何の転機で、そうなったろう。私は、生きなければならぬと思った[116]」と、揺れ動く心境も記されるようになる。

注視すべきは、後に、自死する三島と太宰の二人ともが、恒常的に「死の観念」を随伴していたわけではなく、少なくとも一時期、「生きねばならない」と、心底から、思念していたことである。

花田清輝は、大東亜戦争も押し詰った四一〜四三年に、レトリックの秘術を駆使して書き継いだ『復興期の精神』で、「ルネッサンスという言葉が、語源的には、フランス語の'renaitre《ルネートル》'からきており、「再生」を意味するということは周知のとおりだ。[117]」と述べた。

武田泰淳も、時の権力に強いられ、日本軍に浸透した「生きて虜囚のはずかしめを受けず」（「戦陣訓」）をも念頭に置いたと思われる、あまりに有名なフレーズ、「司馬遷は生き恥さらした男である[118]」を、『司馬遷』の冒頭で述べたが、ここでは、明らかに、死が前提として置かれている。が、しかし、にもかかわらず時代の風潮に抗し、多大の勇気をもって、生き恥をさらしてでも、生き延びることに意味があると、主張したのである。

竹内好もまた、全くもって正論には違いない主張をしていた。

戦中の著『魯迅』で、「人は生きねばならぬ。魯迅はそれを概念として考えたのではない。文学者として、殉教者的に生きたのである。その生きる過程のある時機において、生きねばならぬことのゆえに、人は死なねばならぬと彼は考えたと私は想像するのである。（略）彼が好んだ「挣札《そうさつ》」という言葉が示す激しい悽愴《せいそう》な生き方は、一方の極に自由意志的な死を置かなければ私には理解できない。[119]」と述べた。むろん、「自由意志的な死」とは、自殺のことである。

このように死から生へ、いわば「再生」への思念が浮上してくるのは、花田や武田、竹内にとっても事情は、ほぼ同じであった。同じ戦争世代でも、橋川や三島より上の世代の、花田、武田や竹内らは、戦時中に、死の思潮へのレジスタンスとして、すでに、再生への道を探り始めていた。四五年の敗戦を目前にして、花田は四一～四三年の『復興期の精神』（刊行は戦後の四六年）、竹内は四三年の『魯迅』、武田も四三年『司馬遷』（刊行は四四年）で、それぞれが「死の哲学」から自由で、死から生へ架橋する道程を、模索し始めていたのである。

そして、戦後になると、川端康成のように、「私はもう死んだ者として、あわれな日本の美しさのほかのことは、これから一行も書こうとは思わない。[120]」（「島木健作追悼」）とふがいなさを嘆ずる人がいる一方で、武田は、「作家歴の端緒[121]」（竹内好）となる『蝮のすえ』で「生きて行くことは案外むずかしくないのかも知れない[122]」と、「死」へ向かって極端に傾斜していた精神が、生きることに向かって徐々に傾き、大きな根本課題として登場してくる。

そして、戦後しばらくは苦悶を重ね、たゆたいながら、死と背中合わせにいた三島もまた「生きなければならぬ」方向へと向ったのである。

「『仮面の告白』のやうな、内心の怪物を何とか征服したやうな小説を書いたあとで、二十四歳の私の心には、二つの相反する志向がはつきりと生れた。一つは、何としてでも、生きなければならぬ、といふ思ひであり、もう一つは、明確な、理智的な、明るい古典主義への傾斜であつた。[123]」（「私の遍歴時代」）と、「美しく死ぬ」という激烈な想念から脱皮し、「何としてでも、生きなければならぬ」と翻意したことを明言している。

戦争中、「私たちは死なねばならぬ！《ヴィア・ミュッセン・シュテルベン》」と根底から思念した者が、紆余曲折の煩悶を経て、「生きなければならぬ」と、コペルニクス的転回を決するに至った時、その心事には、名状しがたいものが去来したに違いない。

死の哲学に囲繞されていた戦中から、三島が希求し、戦後もしばらくは翹望した「窓辺に立」って、「美しく死ぬ」という「椿事」は、ついに起きそうもなかった。

「美しく死ぬ、美しく死にたい、これは感傷に過ぎんね。」[124]（梅崎春生『桜島』）

梅崎が、これを書いたのは、「敗戦後（昭和二十一年）になってからのことだった。」[125]（『日本の失敗』）と、松本健一は言うのだが、譬え、戦前、戦中に書かれたとしても、「保田與重郎の「散華の美学」の破壊力を超えてゆくものはなく」[126]（松本『同』）、事態はそう変わらなかったのではないだろうか。

梅崎のこの言説の要諦は、確かに正論には違いない。

しかしながら、「私たちの感じとった日本ロマン派は、まさに「私たちは死なねばならぬ！《ヴィア・ミュッセン・シュテルベン》」ということ以外のものではなかった。」[127]（橋川『序説』）、と「美しく死ぬ」ことに絶対的な価値を求める人々にとっては、戦後文学の批判は、「すべて人道的見地からなされ、倫理的趣きをおびる」[128]（松本）のだから、説得力が稀薄で、三島が『豊饒の海』の最後に到達する「全ては幻である」という索漠としたニヒリズムに対しても、ほとんど無効だと思う。

それは、「戦争よりはどんな平和でも平和がましだ」という言説に対し、そうした「相対論では、卑怯な平和よりは王者の戦争を、といふ情念の昂揚した、美意識に強く訴へる主張に対して、人の生き方を根底とする論理において対抗できまい。」[129]（桶谷秀昭）とする論理とパラレルである。

だが、しかし、「情念の昂揚した、美意識に強く訴へる主張」は、情念の昂揚が冷めると同時に、急速に終息へと向かう。この意味するところは、「感傷」というエモーショナルな放恣は、長続きしないということである。すなわち、「感傷」は、あくまで感情に過ぎず、そのままでは確固とした論理を持つ思想には、止揚しえない。従って、「感傷」は、長い視野にたてば、論理を凌駕しえないのである。けれども、蠱惑的な散華の美学の呪縛から脱却できない人が実に多いのもまた事実である。

それでは、いったい、どの様な思想が、「死ぬことが文化だ[130]」（蓮田善明）という峻烈なテーゼをも抱懐する「死の哲学」に、拮抗しえるのだろうか。このアポリアの答えは、そう簡単には見つからないかもしれない。とはいえ、ここに、単純明瞭で、戦争に直截には点綴しないが、しかし、傾聴に値する一つの見解が示されている。そして、それは、後に自死する太宰や三島が、その思念に一度は身を委ね、また、花田や武田、竹内らが、死の哲学が横溢する戦中から、反動のように提起したものでもあることからして、一つのヒントを望見しえていると思われる。

「しかしいよいよ死ぬるそのときまでは、人間はあたえられた命をいとおしみ、力を尽して生き抜かねばならぬ[131]」（藤沢周平『三屋清左衛門残日録』）

生後八カ月の乳呑児を抱えた妻にガンで先立たれるという凶事に際会し、「そのとき私は自分の人生も一緒に終った」ように感じ、「一人でやるのが可哀想で、一緒に行ってやるべきかということを真剣に考え」、「この先どのようなのぞみも再生もあるとは思えなかった[132]」（「半生の記」）藤沢が、気息奄奄とした状態から必死の思いで、立ち上がっていく過程で、起死回生を図るため、心中深く納得させた、辛いが、しかし堅固で頑強な信念ではなかったか。そして、それは、藤沢文学生誕の秘鑰《ひやく》でもあり、さらに、それがプロの小説読みだけでなく、少なからずの挫折と破滅を抱えての人生を送らざるを得ない数多くの読者の熱い共感を獲得し得ている因由でもあると思う。

藤沢の辿り着いた場所は、「死の哲学」に憑かれた人々が、「美しく死ぬことは感傷に過ぎない」と自覚し、戻っていく箇所と殆ど同じであった。そして、藤沢が「私には子供がいて、感傷にひたっている余裕はなかった」と述べるように、世知辛い日々の暮らしを送るには、「感傷にひたっている余裕」がなかなか無いのもまた事実である。

一方で、いつでも死ねる気概を持つことは必要であるにしても、この世に生きとし生けるものが、長くは続かない感傷から覚醒し、戻っていくのは、意識するしないにかかわらず、「生きなければならぬ」という、あらゆる生命体が備え持つ根源的な自然の哲理であった。

3

「標高六千四百尺、昔、貴き聖が、この嶺の頂きに立って、東に落つる水も清かれ、西に落つる水も清かれと祈って、菩薩の像を埋めておいた、それから東に落つる水は多摩川となり、西に流るるは笛吹川となり、いずれも流れの末永く人を湿《うる》おし田を実らすと申し伝えられてあります」[133]

（中里介山『大菩薩峠』）

如何なる天の配剤によるものか、三島と橋川は、敗戦という最重要地点である「分水嶺」に共に立ちながら、「嶺の頂き」から、三島は「前へ」、橋川は「後ろ」へと、全く逆のヴェクトルを指して流れ始めたのである。この二人は、戦後の生き方において極めて象徴的な流れを形成したのである。

いみじくも辻井喬が、「最も理解してもらえるはずの才能が、ヴェクトルが逆になった孤立性のゆえに対立する立場に立たなければならない」[134]と、三島と橋川を指して喝破した如く、二人を截然と分かつ戦後の起点である、この「分水嶺」に立った時、三島は、橋川と袂を分かち、仮面を被り、全く逆の嶺を、ただ独り、降り始めたのである。

この分水嶺から、一方に流れ始めた三島という「水」は「清か」っただろうか。そして橋川という逆のヴェクトルの「流れ」は、「末永く人を湿おし田を実らせ」ただろうか。橋川の三島への関心の根底には、この分水嶺に、共に立ちながら、一歩間違えば、あるいは自分も同じ方向に、流れ落ちたかもしれない、という共感がある。しかし、殆どただ独り、たまさか三島は、「心のフレ方」で、「前へ」転げ落ちたのである。

「前へ」進むとは、前述した如く「自己肯定」であり、「自己肯定」とは、いうまでもなく、自分が間違っていたとは認めないことで、己の過去が贖罪には値しないと見做したということである。戦後から見れば、「東京裁判」が示したように、戦争の「正義」「罪悪」とは、勝者の一方的な主張でもある。戦後の「あらゆる価値の顚倒した時代」では、何が正義か罪悪かは簡単には言い得ないところがある。が、しかし、三島のこの「自己肯定」は、如何に割り引いて考えてみても、錯誤であり、人の道に悖《もと》るものであった。「敗戦は、自己否定的な構造をもっている」[135]（大澤真幸）のだが、三島のこの肯定は、それを否定すべき、事の良し悪し、正義、道義、道徳など、さしたる根拠に裏打ちされていたわけではなく、また別の何らかの明確な価値基準に根ざしていたとも思われないからである。そして何よりも、あの大義無き戦争そのものを結果的に肯定することになってしまったからである。もっとも、三島は、ここで、自己を肯定しなければ、生きながらえることが叶わなかったことも確かである。

「しかしかへりみて、後悔しないことが一つある。私は、あらゆる場合に、私の「現在の」思考を最も大事にして来た。私は一度も、錯覚に陥ることを怖れなかつたのである。[136]」（「終末感からの出発」）と語る時、三島のこの選択を、いったい誰が責めることができるというのだろうか。

進路の選択は、あるいは間違ったかもしれない。しかし、橋川は、三島のこの選択を刮目して見守っていたのである。

西川長夫は、三島における敗戦を、「三島は一九四五年八月一五日の日本の敗戦というおそらく彼の生涯に二度とはないであろう世界史的な瞬間をとらえそこなっています。自分の内面と文学というもう一つの別の世界にしか関心をもっていなかった二〇歳の三島由紀夫は、八月一五日の意味を理解しえずあのまばゆい光のなかで一つの巨大な世界が崩壊してゆく瞬間を見逃してしまった様に思えます。」「八月一五日を見逃したということは、戦争をも見逃したということではないでしょうか。[137]」と、『日本の戦後小説』で手きびしく論詰している。

しかし、これは、当時二十歳の無辜《むこ》の青年だった三島に対し、いささか酷な発言ではないだろうか。敗戦時の三島は二十歳で、精神形成期を「物心をもって通っていない」ことを考慮すれば、同世代のいったい誰が、当時、敗戦をしっかりと捉えることに成功したといえるのだろうか。

一方で、「その間に戦後啓蒙は非常ににぎやかに展開していく。それに対して、最初から不信感を抱くという「強い」精神を持ったやつもいた。三島由紀夫はその一例だと思います[138]」（橋川）と、全く逆な評価も存在するのだが、次の中村光夫の発言は、三島の内面までを斟酌した的を射た見方だろう。

「氏は戦争中の思想をなにひとつ戦後になって変えていない点で、我国に稀に見る作家ですが、それが何等かの政治的信念にもとづくというより、天性にしたがったまでの自然な行為であったという点が大切です。戦時中に氏の所有した「幸福」はあまり完全であり、戦後の社会はこれを疑わせる力を持たなかったのです[139]」（「人と文学」）

絶対的な確信をもって「前」に進んだのではないことは、三島の次のような発言からも明白である。既に死を決意したことは確実と思われる、死の直前に行われた古林尚との対談「三島由紀夫最後の言葉」で、こう語っている。

「あなたとぼくは、お互ひにわからない、わからないと言ひあつてゐるけれども、それは遥かに過去の、つまり昭和二十年、二十一年、二十二年ごろの、あの混乱と動揺を重ねた時期に、心の針のフレ方がちよつと右に傾むくか、左にゆれるかで食ひ違つてきた現象にすぎないと思ふんです[140]。」

一人の女性をめぐっての言であればともかく、「ちょっと右に傾むくか、左にゆれるか」で、食い違った結果により、「前に」進むことを決し、「裏返しの自殺が行われ」（橋川）たのであるから、ことは、そう簡単に、済ますことはできなかった。「ちょっと」の「心の針のフレ方」にすぎないことで、結果として自分の人生が決定した、とも受け取れることからして、「前に」進むことの意味を、三島はどの程度確信していたのだろうか。ここでは、生か死は、熟慮断行からは程遠く、あたかもサイコロのサイを振って決するかの如く軽佻浮薄な口吻で語られている。

橋川や吉本が、極めて自覚的に「引き返した」のに比べ、それは、好対照をなしており、曖昧さを残したままの選択であった。

いっけん前に進んだと思われる人が、他にいなかったわけではない。もとより、ここで「前へ進む」とは、戦前、戦中を、畢竟するに戦争を肯定することを意味していた。

譬えば、戦後、戦争に対して、「僕は政治的には無智な一国民として、事変に処した。黙って処した。それについて今は何の後悔もしていない。」として、「僕は無智だから反省なぞしない。利巧な奴はたんと反省してみるがいいじゃないか[141]」（「近代文学」）と言い放った小林秀雄にとって、「現実は解明され再構成されるべき何かではなく、おおきな宿命と同義としてうつったのである[142]」（吉本隆明「小林秀雄の方法」）から、時代との緊張感を欠落し、「歴史はいつも否応なく伝統を壊す様に働く。個人はつねに否応なく伝統のほんとうの発見に近づくように成熟する。[143]」（小林「故郷を失った文学」）と、自ら語った如く「成熟」へと向かい、「第二の現実」を求め、「音楽論や美術論へ没入[144]」（吉本）し、さらに、「日本中世の様式美の中に遁入[145]」（橋川「世代論の背景」）し、『本居宣長』に代表される「伝統」へと半ば隠棲していく。

また、敗戦に際会しても「その思想に何らかの変更を必要としない稀な文学者のひとり」[146]（桶谷秀昭）であった保田與重郎は、軍部に利用された「堂々男子は死んでもよい」[147]（岡倉天心）を解説して、「ここにおいて、死んでもよいといふことは、絶対感で、死生はない、永遠に即している、ただ生のみである。」[148]（「日本の歌」傍点原文）と、昭和四十年に嘯《うそぶ》き、もとより「引き返す」ことなく、戦後も全く同様に、間然する所がないかの如く地歩を進めた。より正確に言うならば、「もはや歩くことをやめたこの精神は、ふとりもせず痩せもせず黙々たる深化を遂げた。そしてたつた一つの歌を歌いつづけた。近代の終焉といふ歌である」[149]（『保田與重郎』）と、桶谷秀昭が記すように、戦後も全く同じ地点に立ち止《とど》まった。

そもそもこの二人は、敗戦によって、自らの存在意義を問うたり、その後の進路について、のっぴきならない選択を迫られたこともない。そして、戦後も、思想のスタンスを全く変えなかったのである。いわば、罪悪感無き確信犯だったのである。

ところで、「或る人は二十歳で、世界との親和感の崩壊を味はふことができるだらう。」[150]（「林房雄論」）と、三島が語る時、二十歳は、敗戦時の三島の年齢であり、「或る人」に自己を投影させていたであろうことは、想像に難くない。柄谷行人が、「ある意味で「同一性」の思考は必ず輪廻（循環）を要求するということである」[151]（『終焉をめぐって』）と指摘する如く、輪廻転生を描く三島の遺作『豊饒の海』は、四部作のうち三部ともが、主人公は二十歳で身罷っていることからして、二十歳は、三島には特別の意味を持っており、三島の裏返しの願望を実現させているようでもある。

三島の自決当日、『鏡子の家』のモデル湯浅あつ子が、三島の書斎の机上で見付けたのは、「あなたをつき動かしている情熱って何なのですかね」との、森本哲郎のインタヴューに、「戦時中に育って、二十歳のときに今までのはご破算だっていわれたときに、その人間がどういうことを考えるか……、それだけのことですよ[152]」（猪瀬直樹『ペルソナ　三島由紀夫伝』）と答えた新聞の切り抜きだったという。真夏のイメージに象徴される二十歳の敗戦時の起点へと、三島の精神は、また戻っていったのである。

現実には、三島のような「心のフレ方」で「前へ」進んだ人は、殆ど皆無だが、何故、一人、そのような道を歩んだのだろうか。その謎を解くヒントとして、三島が、「太陽と鉄」で、次の如く述べている点に着眼したい。

「私が何一つ自分の日常生活について語らぬところに留意してもらひたい。私はただ、幾度かうして私の携つた秘儀についてのみ語らうと思ふのだ。

駆けることも亦、秘儀であつた。それはただちに心臓に非日常的な負担を与へ、日々のくりかへしの感情を洗ひ流した。（略）そのたびの、運動の直後の小さな蘇りだけが、何ものにもまさる私の慰藉になつた。たえず動き、たえず激し、たえず冷たい客観性から遁れ出ること、もはやかうした秘儀なしには私は生きて行けないやうになつた[153]。」

こうした言説を受けて、吉本隆明が、「かれが最後に死をかけた行動の過程で獲得した肉体についての思考の至福感のようなものは、天才的な作家が生涯をかけて手に入れるほどのものではなかった。（略）この種のかれの述懐は、繰返されるたびに、いつもわたしたちに痛ましい不幸の感じを強いてやまない[154]。」と述べるように、繰り返されるのは、非在ともいえる肉体の賛歌であり、そこに、「痛ましい不幸の感じ」がするのは、三島の戦争体験が伏在しているからだと、わたしは思う。

　しかし、「駆ける」ことは、たとえ、「儀式」ではありえたとしても、どうしたら、すぐさま「秘儀」にリンクせしめることが可能なのだろうか。不可解なことだが、三島は、その懐疑を不問に付し、顧みることなく、しごく当然の如く、「秘儀」に熔接している。

　三島は、前掲の文章の後に、「一つ一つの秘儀の裡には、必ず小さな死の模倣がひそんでいた。」という。翻っていえば、「小さな死の模倣がひそんでいた」がゆえに、「秘儀」だったともいえる。

　ここで、三島が語る「秘儀」は、橋川の「秘宴《オルギア》」に符牒の如く、照応していた。

　かつて、磯田光一は、「「死」と「美」と「滅亡」との〝饗宴〟こそ、三島氏の心に刻まれた唯一の精神的な痕跡であった」[155]（「失われた饗宴を求めて」）として、戦後も、三島は、この失われた「饗宴」を求めて生きてきたという卓説を述べた。ここで磯田が「饗宴」と呼んだものは、橋川が「夭折者の禁欲」で縷説した「秘宴《オルギア》」とほぼ同趣旨のことを語っていると見ていいだろう。

　しかしながら、仔細に考察すれば、磯田にとっては、「秘宴《オルギア》」ではありえず、「饗宴」ないし「恩寵」が、三島における戦争を精緻に表現する術《すべ》であった。

　そして、橋川は、「饗宴」「恩寵」ではなく、「秘宴《オルギア》」と呼ぶことで、体験としての戦争を、最も鮮やかに喚起しえた。

　それに対し、三島は、何故に、ここで、「儀式」とせず、「秘儀」という語彙を用いざるをえなかったのだろうか。

「儀式」、「恩寵」や「饗宴」では、そこから脱落し、抜け落ち、放置されてしまうものがあまりに多かったからであり、磯田と橋川のいっけんトリヴィアルだが、しかし、明確な差異も秘匿されていた。そして、この裂け目にこそ、三島の特異な戦後の謎を解く好個のてがかりが供与されていたのである。この地点が、磯田が戦争体験を純粋な意味において、三島や橋川と点綴できたかの分岐点であり、橋川と三島には通底するものであった。それは、戦友というよりも、ピカレスクとしての意識だった。

三島の「秘儀」、橋川の「秘宴《オルギア》」、ここで共通項を抽出すると、二人とも「秘」しているのである。さらに、その「秘」し方には、三島と橋川では、氷炭相容れざるものがあった。注意深く考察すれば須臾にして気付くことだが、「戦前」と「戦後」で、逆転しているのである。

「秘」することの含意するものは何か。

「秘」することで、生じるのは、「うしろめたさ」「含羞」である。では、どうして、うしろめたいのか。それは、そこに、人間の根幹に関わる最も微妙な「責罪」の問題が伏在していたからである。換言すれば「罪の意識」であり、三島が後に告白する「ギルティ・コンシャス」が胚胎していたのである。三島の自死へ向かう自己批評ともいえる「太陽と鉄」の末尾に付された詩は、こう結ばれている。

「私が私といふものを信ぜず
あるひは私が私といふものを信じすぎ
自分が何に属するかを性急に知りたがり

あるひはすべてを知つたと傲り
未知へ
あるいは既知へ
いづれも一点の青い表象へ
私が飛び翔たうとした罪の懲罰に？」[156]

（「エピロウグ――F104」）

この詩のタイトル「イカロス」は、周知のように、ギリシャ神話の主人公で、太陽に近づきすぎた故に、翼を付けた蠟が、熱で溶けて地上に落下して死ぬのだが、このエピロウグの末尾に突然挿入された「罪の懲罰に」とは、いったい何を意味しているのか。わたしには、「罪の懲罰」という言辞の行間には、三島の不可解で不条理な死の謎を解く観点が仄かに開示されているように見え、「イカロス」というタイトルから類推するに、「罪の懲罰に飛び翔」つとは、あのドラスティックな自裁をさしているようにも思える。

橋川は、戦争における責罪の問題を、あますところなく、こう説いている。

「…いかにそれが戦争という政治と青春との偶然の遭遇にもとづくものであったにせよ、その絶対的な浄福の意識において、断じて罪以外のものではありえない。もし人間の歴史が、シラーのいうように、世界審判の意味をもつとすれば、断罪は何よりもこのような純粋な陶酔、聖別された放恣に対して下されねばならないはずである。なぜなら、世界秩序の終末のもっとも無心な目撃者こそ、もっとも倨傲な瀆神者にほかならないからである。（略）

この世代は何かを犯したわけでもなく、個々の兇行を演じたわけでもなかった。しかし、まさにそのことが歴史にとっては究極の罪であった。あたかも中世の異端的クリスチャンが某年某日の世界終末を信じ、予め地上の某地に天上の楽園をうちたて、そこに聖なる淫蕩のオルギアを恣にしたのち、剣と焔によってうち亡ぼされたように、彼らもまた亡びに予定された人間たちであった。それを予告する大崩壊が「平和の恢復」にほかならなかった[157]」

（「夭折者の禁欲」）

ここで橋川が考究する「歴史にとっては究極の罪」こそ、磯田の「恩寵としての戦争」からは、欠け落ち、橋川が、おさおさおこたりなく、「夭折者の禁欲」で「秘宴《オルギア》としての戦争」として剔抉し、正確に定位したもので、磯田とは、決定的な差異をなす箇所であった。

さるにても、戦争を罪悪、あるいは戦時期の自己を罪とする言説は、口を緘にしていて、三島の著作の何処からも、寡聞にして聞こえてはこない。

罪の意識などというと、「太宰の文学も生涯もすべて、コミュニズムからの陥没意識、コミュニズムに対する罪の意識によって律せられている[158]」（『太宰治論』）と奥野健男が断ずる如く、マルクス主義が一世を風靡した時代に、左翼運動からの蹉跌に罪責感を抱いた太宰治を想起するが、この罪の意識は、戦前の三島本人には、極めて稀薄か無きに等しきものであった。が、しかし、橋川が、前掲のパラグラフで明解に分析してみせた如く、三島と橋川にとっての戦争は、「浄福の意識において、断じて罪以外のものではありえな」かったのである。

そして、戦後も後年になってはじめて、三島の胸裏に懐胎したのは、明確な罪の意識である。けれども、それは、敗戦を境界として、三島と橋川では、あたかも、写真の陽画《ポジ》と陰画《ネガ》のように逆転していた。

橋川は、「戦前」の自己を「罪」とみなし、三島は、「戦後」のわが人生を「罪」と処断した。これが、橋川にとっての「秘宴《オルギア》」と三島における「秘儀」の「秘」し方が、橋川と三島では、逆転していたと前述した由縁である。

如何にして、かかる逆転現象が生じたのか。

それは、前述した如く、「戦前」の自己を肯定するか、否定するかに起因しており、結果として、三島は、「前に進む」、橋川は、「引き返す」として現出した。

橋川には、明確に意識されていた戦争に対する贖罪の精神である。それでは、三島の場合は、戦争を罪悪とする見識がなかったのだろうか。然り、三島には、戦中の自己に対し、驚くほど自責の念がないのである。


「それは怖ろしい禍ひだわ。その子は地上の責任を負ひ地上の法律に縛られながら、心の中には父親の宇宙的自由の名残が羽博いてゐて、自分には何事も許されてゐる、自分は地上の善悪の彼岸にゐると感じるでせう。ああ、そんな子供はどんなに怖ろしい受難と苦悩の生涯を送ることになるでせう。[159]」（『美しい星』）

「父親の宇宙的自由の名残」とは、戦中の三島のことで、「何事も許され」、「善悪の彼岸」にいたのであり、宇宙人＝戦中、人間＝戦後、この二者の間にできた子供で、「怖ろしい受難と苦悩の生涯」を送ることになるのは、戦後の三島自身である。「憂国」の後に書かれ、「最も困難な現実と反現実の熔接に成功している[160]」（高橋義孝）唯一のSF小説『美しい星』の中で、三島は、「人間どもとはちがつて、僕たちは、地上の人間や事物に対して、絶対に無答責なんだよ。」[161]（傍点原文）と語らしめたが、何故に、わざわざ、ここに傍点を付したのだろうか。三島が文中に傍点を振るのは、全著作を通しても、それほど多くないし、この著でも数えるほどに過ぎないが、「私たちは人間ぢやないんだからね」[162]にも、印《しる》されている。これは『仮面の告白』でいう「お前は人間ではないのだ。お前は人交りのならない身だ。お前は人間ならぬ何か悲しい奇妙な生物だ」に照応し、『美しい星』の「人間でない」「宇宙人」とは、むろん三島自身のことでもある。

また、『午後の曳航』では、主人公の少年に、「僕たちは、かよわい、罪を知らない児童なんだからね[163]」と語らしめている。三島は、「絶対に無答責」である「宇宙人」であり、罪を知らない「少年」の側に身を置いている。つまり、三島は、常に無罪であり、そして、わざわざ「絶対に無答責」に傍点を振るほど、強く「無答責」を主張したかったのである。

ヤスパースは、『戦争の罪を問う』で、「罪の意識が真におのれの意識となっていれば、間違った不公平な非難には平然として堪えられる[164]」と述べたが、三島には、どうみても、「罪の意識が真におのれの意識」となっていたとは、思われない。

三島は、既に、自決の覚悟を固めたと思われる、死の二カ月前、「戦後宗の大和尚[165]」（「私の遍歴時代」）と自らが呼んだ武田泰淳との対談で、初めて胸襟を開き、それまでは決してしなかった注目すべき発言をしている。

「僕はいつも思ふのは、自分がほんとに恥づかしいことだと思ふのは、自分は戦後の社会を否定してきた、否定してきて本を書いて、お金もらつて暮してきたといふことは、もうほんたうに僕のギルティ・コンシャス（罪の意識―引用者）だな。」[166]

これに、武田が「いや、それだけは言つちやいけないよ。あんたがそんなことを言つたらガタガタになつちやふ。」と、言い募ると、三島は、「でもこのごろ言ふことにしちやつたわけだ。おれはいままでさういふこと言はなかつた。」と応えている。これは、武田の直感が言わしめた諫言で、その直感とは、三島のこの発言は、死ぬ覚悟が無くては出てこぬもので、武田は、ここで、ほとんど無意識に、三島に「死ぬな」と、諫めているようにも見える。

ここに至ってはじめて、自己の「無答責」を肯《がえん》じえなかった三島が、罪の意識と正面から対決した言辞が登場する。

わたしが前述した「秘宴《オルギア》としての戦争」に対して、三島には、責罪の念が皆無なのに、反面、戦後の社会で生きることに強い「ギルティ・コンシャス（罪の意識）」を抱いている。

橋川が解析したように、「秘宴《オルギア》としての戦争」は、「ギルティ＝罪」以外のものではありえないから、責罪の問題を免れがたく突きつけられていたにもかかわらず、三島には、「無実＝イノセント」としてしか認識できなかった。逆に、戦後に強い責罪の念を抱懐している。

しかし、よく考えてみよう。いわゆる反体制派と言われる人々でも、譬え、戦後社会を否定したとしても、生きながらえる以上は、何らかの形で、否応無く、その社会の中で幾許かの金品を稼ぎ、身すぎ世すぎの暮らしをしていかざるを得ない。だから、「本を書いて、お金をもらって暮らすこと」が、すなわち「ギルティ」とは、必ずしも言い得ない。けれども、三島は、強い責罪の意識を持っている。これは、どういうことだろうか。

戦後二十五年を生きた結果、「それほど否定してきた戦後民主主義の時代二十五年間を、否定しながらそこから利得を得、のうのうと暮らして来たといふことは、私の久しい心の傷になつてゐる。」[167]（「私の中の二十五年」）と、三島は、それが「傷」になるほど大きかったと告白している。それだけ、強い責罪の念が、三島の内部を圧倒的に占領していたということだろうか。

　ここで「傷」と意識しているのは、しかし、戦争で受けた傷ではなく、戦後二十五年間を生きた結果を指している。橋川が、明確に戦争で傷つき、生涯「トラウマ」を抱え、かつそれを自覚していたのと好対照をなしている。三島の場合は、戦後に「死なずに生き延びた」ことが、後ろめたい心の「傷」として残ったのである。この屈折の仕方に、わたしは愕然とせざるを得ない。

　第二次世界大戦でのドイツを舞台にして、「仮面をかぶった生き方は、戦争に生きながらえることを望んだ人々にとって避けがたい生き方であったが、この生き方によって道徳上の罪が生じた[168]」と、ヤスパースが前掲の『戦争の罪を問う』で指摘したように、日本でも、戦時中、仮面を被った生き方をした人々は、少なからずいた。

　しかし、驚くべきことに、三島は、戦後になってはじめて、「仮面」を被ったのである。そして、戦中と等しく、仮面を被った三島の生き方は、ヤスパースが論述した如く、「道徳上の罪」が生じたのである。そして、この罪の意識が、後に武田との対談での告白となって過激に流露してくる。三島が、「鼻をつまんで生きてきた」とは、仮面を被って生きてきたということである。だが、「仮面」を被るのは、対症療法に過ぎない。そして、比喩的に言えば、長く、「鼻をつまんだ」ままでは、息が苦しくて、生きながらえることはできない。翻って仮面を外すことは、死を意味していた。

このように、逆転した構造の中で、三島は、戦後を生きてきたのである。かくして、仮面を被っても、鼻をつまんでも、「老い」は、確実に近付いてきていたのである。そして、当然甘受すべき罪に対する報いも、また忍び寄って来ていたのである。

「初めて歴史との対決の姿勢を示した」と橋川が論評した「林房雄論」を書く三十八歳頃から、三島の内部では、辻褄が合わなくなってくる。同論で語る「心もうずく自己否定の影像」が、前面に出てくるのであり、仮面を被り続けることが、息苦しくなってきたのである。

「志おとろうる日、ぼくにとって、人生は八月十五日で終っている。死ぬべきであった。十五年は蛇足であった」[169]（「戦中派の条理と不条理」）と、自ら、「蛇足」と呼んだ戦後の人生を、三島の死後から五年後、後を追うように自刃することで終止符を打った村上一郎は、自著『草莽論』で、吉田松陰に仮託して、自らの「生きざま・死にざま」を次のように述べた。

「松陰のような生き方は、間違ったら大きな誤まりを犯す。けれども、そう知りつつ人は後《あと》へ引かないのである。後へ引く余地を、はじめからとっておかないのである。おそらく利口な生き方とは縁がない仕方であろう。こうした生き方に対して、批判はいくらでもできる。指摘し得る間違いはたくさんある。しかし、そんな生き方はやめて、こう生きたらよかろうとはいい得ない。そういわさぬものをもっている生きざま・死にざまなのだ。わたしもそのように、いつの日からか生きてきた。[170]」

驚天動地の三島の自決の日を、十一月二十五日に決めた因由を、吉田松陰の命日とする説があり、その是非は、ほぼ首肯しうると思うが、ここで、村上のいう「松陰のような生き方」は、そのままそっくり、三島の生きざま・死にざまにも当てはまるものであった。

時代の病弊のさ中、間違ったとはいえ、如何にも真摯に生きようとした、この愚かともいえる三島の選択を、いったい誰が責めることができるというのだろうか。

天才も、また時代の子である。

如何なる天才であろうとも、時の流れには抗すべくもない。

天才であれ、凡才であれ、過去は過去として、等しく残る。三島の天才をもってしても、「窓辺で椿事を待った」戦時下の輝かしき栄光の少年時代を、消しゴムでゴシゴシと文字を消す様には、捨て去ることはできない。

そして、生きながらえる以上は、如何に「鼻をつまんで生き」た人生であろうとも、そして、それが、どんなに忌まわしい現実であろうとも、そこに身を委ね、暗澹たる荒廃を抱えた戦後という過酷な時代を、「しぶとく」生きねばならなかった。

ヴェクトルが逆になったとはいえ、同時代人として、理解してくれた殆ど唯一の橋川という「才能」が存在したことを、三島は僥倖としたに違いない。

かつて、まだ三島が元気な頃、三島を「詩的テロリスト」、橋川を「求道的な隠遁者[171]」とアナロジーしたのは桶谷秀昭である。つづけて、「隠遁とテロリズム――それは自我の社会にたいする疎外感を打破しようとする、ベクトルをそれぞれ逆方向にする日本的な行動様式にほかならない」と論じたが、それは、あたかも辻井喬が、「ヴェクトルが逆になった孤立性[172]」と、この二人を鳥瞰したのと、軌を一にしている。そして、大正期に死刑に処せられる、ギロチン社のテロリスト古田大次郎は、「テロリストの行く道も、隠遁者の行く道も畢竟同じものである。（略）隠遁者の道はテロリストの道よりも、一層淋しいものである。」[173]（「死の懺悔」）と、ご託宣の如く述べたが、「隠遁者」に擬された橋川の辿った道は、テロリスト三島より、はたして、「一層淋しいもの」だったのだろうか。

補論一、辿《たど》りついた戦後の虚妄

――「葉隠」をめぐって

長安に男児あり
二十《はたち》にして　心已《すで》に朽《く》ちたり
楞《りょう》伽　案前に堆《うずたか》く
楚辞　肘後《ちゅうご》に繋《かか》る
人生　窮拙有り

日暮《にちぼ》　聊《いささ》か酒を飲む
祇今《ただいま》　道已《すで》に塞がる
何《なん》ぞ必ずしも　白首《はくしゅ》を須《ま》たん
（略）
天眼《てんがん》　何時《いつ》か開《ひら》かん
古剣《こけん》　庸《もっ》て一吼《いっこう》せん

（「陳商に贈る」李賀）

1

「私にとつては、「生きる」といふことは「葉隠」をお手本にすることであつた。[1]」
（三島「美しい殺人者のための聖書」）

この「生きる」は、「死ぬ」の誤植ではなく、また、誇張でもなく、はたまた三島の外連《けれん》や奇を衒っての言でもなく、ごく素直な心情の流露したものであった。もとより、ここで「生きる」とは、「戦後」を生きることを意味していた。しかし、何故に、三島は、「お手本」を必要としたのだろうか。奇矯な「戦争」を「体験」した三島にとって、「生きる」ことは前提ではなく、課題であったからである。

三島は、「……私は、「葉隠」に、生の哲学を夙《つと》に見いだしてゐたから（略）「葉隠」こそは、わたしの文学の母胎であり、永遠の活力の供給源であるともいへるのである。[2]」と告白している。かのあまりにも有名な「葉隠」の片言隻句、「武士道と云は死ぬ事と見付たり」から、戦争中、金科玉条の如く、「戦場に行く青年たちの覚悟をかためる書[3]」（同前）である「葉隠」を、三島は、殆ど、ただ独り、戦後を生きる「お手本」として読んでいたのである。

『葉隠入門』が、自決三年前の六七年に刊行されたこともあり、「武士道と云は死ぬ事と見付たり」

を、「葉隠」を代表するイメージとして短絡的に結びつけ、三島の「切腹」という慄然とした自死のインパクトもあってか、実に多くの人が「葉隠」イコール「死の哲学」という固定観念の虜になっている。その裏面、背面までには、思い至らず、思惟の先験性に囚われているのである。

磯田光一のような聡明な人でも、「どこまでも〝死の哲学〟であります。いかに武士として死ぬかという〝死の哲学〟であります」[4]（「三島由紀夫の古典主義美学」）と、三島が語る「第一段階」で留まったままだし、松本健一のように目配りのよく利いた人でさえ、「主君へのロイヤルティとは、いうまでもなく、『葉隠』を象徴する文句「武士道といふは、即ち死ぬことと見つけたり」にほかならない」[5]と、「死の哲学」の呪縛から自由ではない。実際には、三島は、「葉隠」から、「死の哲学」とは対極の、「生の哲学」を読み取っていたのである。

「ウトーピッシュな思想、自由と幸福の理念」[6]が語られていると三島が断言する「葉隠」には、三島の「余儀なく背負ってしまった戦争体験」が色濃く影を落としていると思われる箇所が散見できる。自刃の決意を、既に固めたと思われる頃に執筆された『葉隠入門』の末尾では、「いかなる死も、それを犬死と呼ぶことはできないのである」[7]と、あたかも自己弁明するかの如く書いている。

さらに、昭和四十三年十一月二十六日、相良亨との対談「『葉隠』の魅力」でも、こう語っている。

「三島　（略）もっと犬死よりひどいことがある。（略）「間違って生きちゃった」ときの姿じゃないか。それは常朝自身が身にしみて感じている考え方ですね。そして、間違って生きちゃったあとの醜さに較べれば、犬死はあまり格好よくないけれども、まだましだということをいっているのじゃないでしょうか。」

「これは、ぼくは今度の戦争のあとで、いろんな人の気持の中に長く尾を引いている問題だと思います。（略）『葉隠』は、そこを非常に追求していると思うのです。[8]」

ここでは、三島自身が、山本常朝に仮託して、死ぬべき時に死ねずに、「間違って生きて」しまったことが「犬死よりももっとひどい」と、生き残ってしまった戦後に於ける自己とオーバーラップさせ、その心事を吐露しているのである。

三島は、ひとごとの如く「いろんな人の気持の中に長く尾を引いている問題」と語っているが、わたしには、三島自身の「気持の中に長く尾を引いている問題」と言い換えることが可能と思われ、かつその方が適切だと思う。

「葉隠」の著者山本常朝は、四十二歳の時、藩主鍋島光茂の殉死禁止令により、死を拒まれた。それゆえ、「葉隠」は、死ぬべき時に死ねずに、生き残ってしまった者の、その後の生き方の「お手本」となる書であった。六十一歳まで生き、畳の上で死んだ常朝は、死に赴く「お手本」としては、画餅に帰す。留意すべきは、三島が、「お手本」として欲しかったのは、「死に方」ではなく、死に遅れた者の、「生き方」だったことである。

大東亜戦争中、軍部に利用された悪名高き「葉隠」を、三島は、世に広範に流布された「死の哲学」という固定観念とは全くパラドキシカルに、「生の哲学」として読んだのである。

三島は、戦時中、「政治的に利用された点から、「葉隠」を政治的に解釈する人がまだゐるけれども、「葉隠」には政治的なものはいつさいない。[9]」と述べている。

その後、「葉隠」について、実に多くの人が論じているが、大きな特色は、大東亜戦争中、軍部に、「政治的に利用された」（三島）ために戦後は否定され、「葉隠」の持つ禁忌性や、「葉隠」が人々に与えた嫌悪感が徐々に稀薄化し、「葉隠」を論じること自体にタブーを感じない世代が主流を占めるようになる、戦後約三十五年を経過した一九八〇年代に入ってから、はじめて「葉隠」についての著作が多出していることである。そして、「これらの研究に共通するのは、『葉隠』の倫理書としての再評価である。」[10]と、『『葉隠』の武士道』で山本博文が述べ、さらに、つづけて「これは、生への執着を捨てることを説く『葉隠』の思想が、日本人の倫理観に照らして魅力を持つものであるためであろう。」[11]と論じる通りだろう。

鹿野政直は、日本のアフォリズムについて、「日本史には二回、随想の興隆期があったとの印象をもちます。一つは近世、もう一つは一九二〇年代ではないか、というのがわたくしの意見です」[12]（『近代日本思想案内』）としているが、わたしは、その「一つの近世」の代表的なものの一つとして、「葉隠」を挙げることができると思う。モンテーニュの「随想録」や、パスカルの「パンセ」などヨーロッパの優れた随想集にも伍しえる「葉隠」を、三島は、晩年の作で、未完に終わる「日本文学小史」の十一番目に、「失われた行動原理の復活の文化意思」[13]として構想したが、大岡信、小西甚、ドナルド・キーンなどの優れた日本の文学史、通史には「葉隠」の片鱗も垣間見られないことからして、奇異な観に打たれるのは、わたしだけではあるまい。

この「日本文学小史」では、結局、「葉隠」については、構想だけで、自死の直前、死に急ぐ三島が、蒼惶のうちに、蓮田善明が好んだ大津皇子に触れた「懐風藻」を論じたところで、三島の自刃のため未完に終わるが、その構想自体に、わたしは、三島の固執を看取できる。

三島と「葉隠」との関わりを論じた殆ど唯一の小論である「三島由紀夫と「葉隠」」[14]（小坂部元秀）も、その基調は「死の哲学」であり、そこで小坂部は、三島の「葉隠」をめぐる変遷を考察しようとしているのだが、三島の内部では、「葉隠」へのスタンスは、昭和三十年に「小説家の休暇」で、「愛着をもらして」[15]爾来、「わたしの「葉隠」に対する考えは、今もこれから多くは出ていない」と述べる如く、殆ど不動に推移し、首尾一貫している。

あにはからんや、三島と「葉隠」との関わりを、最も深い次元で考察していたのが、ほかならぬ橋川だった。

「人間一生は誠に纔《わずか》の事なり。すいた事をして暮すべきなり。[16]」

橋川は、「夭折者の禁欲」で、この「葉隠」の一句を引き、これを三島の座右の銘の一つであろうと推量し、「この平明さをおびた倫理は、三島の人工的芸術のスタイルと意外と近いのである」と、三島が『葉隠入門』を上梓する約三年前、すでに、記していたのである。

「武士道と云は死ぬ事と見付たり」のイメージとは対極に位置し、いっけん「葉隠」には、不似合いで、奇異とも思える一句を、橋川は、何故に、座右の銘と臆断したのだろうか。

三島は、前述の如く、昭和三十年に発表した「小説家の休暇」で、戦後初めて、「自分の「葉隠」への愛着を人にもらした[17]」（『葉隠入門』）と告白している。橋川の「夭折者の禁欲」には、「小説家の休暇」からの引用があるから、三島の「葉隠」への愛着を、この時点で、着眼したかもしれないが、この細部の箇所が、どうしたら、すぐさま座右の銘として、短兵急に出てくるものだろうか。

橋川の「夭折者の禁欲」から二年後の六六年（昭和四一年）、毎日新聞十月二十三日号に三島は、橋川に呼応するかの如く、「勇気あることば」として、上述の「人間一生は誠に纔の事なり　好いた事をして暮すべきなり」を挙げている。「『葉隠』の背景には、元禄時代の「今時の若者、女風に成りたがるなり」といふ泰平の世があつた。その中で書かれた「葉隠」自體が勇気ある書であるが、わけてももつとも誤解を招きやすいこの一句が「勇気あることば」と呼ぶにふさはしい[18]」と記している。

しかしながら、三島は、この一種エピキュリアンの言説とも思える一句の何処に、「勇気あることば」を見出したのだろうか。三島は、「武士道といふは、死ぬ事と見付けたり」は、第一段階で、「人間一生誠に纔の事なり。好いた事をして暮すべきなり。」という理念は、その裏であると同時に奥義であり、第二段階だ、と処断した。三島における「葉隠」は、ここで「死と生とを楯の両面に持つた生ける哲学[19]」としての裏面を明らかにしている。それは、死ぬべきときに死ねずに、なお生き延びることとの方途を模索し、その是非を問うた果ての結論だった。

実際に、三島自身が語った座右の銘は、「歌道の極意は身養生にあり[20]——定家」であり、橋川が、「夭折者の禁欲」を書く前年の六三年、「文藝」十二月号のアンケートに答えたものである。この藤原定家の片言隻句の、その真意は、必ずしも単純明快とは言えず、また短歌にも造詣が深かったとはいえ、三島の推挙も、何故かは、いっけん不可解だが、しかし、その十年以上も前の昭和二十六年（一九五一年）に、「禁色は廿代の総決算」（十二月十一日付け「図書新聞」）と題したエッセイで、「『葉隠』を読んでゐたら、藤原定家卿が「歌道の極意は身養生だ」といつてゐた。これは今様になほすと「芸術の極意は生活だ」といふことになるが[21]（略）」と、三島は既に記していたのである。

されば、前述の定家の銘は、「葉隠」を経由してのものであることが明白となる。

後に、三島は、『葉隠入門』で、この「身養生」について、次のように述べている。

「そこで彼は、「身養生さへして居れば、終には本意を達し御用に立つ事なり」といふ、もっとも非「葉隠」的な一句を語るのである。彼にとつて身養生とは、いつでも死ねる覚悟を心に秘めながら、いつでも最上の状態で戦へるやうに健康を大切にし、生きる力にみなぎり、一〇〇パーセントのエネルギーを保有することであつた。[22]」として、「ここにいたつて彼の死の哲学は、生の哲学に転化しながら、同時になほ深いニヒリズムを露呈していくのである。[23]」と、解析した。

ここには、「葉隠」を、何故に、三島が、座右の銘にしたのかが、明瞭に語られている。三島の戦後の裏返しの人生が、「葉隠」と、相通じるものであったことは疑いえない。三島は、山本常朝経由で、藤原定家に仮託しながら、戦後の生き方の「お手本」＝モデルを見出した。山本常朝の生きた「華美な風潮を背景に持っていた」元禄宝永は、高度成長を遂げ、経済的な繁栄を謳歌した戦後の昭和元禄に照応し、「葉隠」への愛着は、「文化防衛論」において三島が弾劾したように、昭和元禄への反措定とパラレルで、戦後を生き延びる「お手本」となりうる書であり、銘であった。

実際に、三島は、「葉隠」の常朝の如く、戦後、「死の哲学」から「生の哲学」に転化しながら、同時に、「深いニヒリズムを露呈」していくことになる。

三島は、そこで少年期の座右の著として、レーモン・ラディゲの小説「ドルジェル伯の舞踏会」を挙げ、さらに、もう一冊、空襲のさなかにも持ちあるいていた上田秋成の全集を、『葉隠入門』[24]で挙げている。が、それらは、徐々に座右の書ではなくなっていき、最後に残ったのが、「葉隠」

だったという。三島自身、「わかりやすく書いた」[25]という『葉隠入門』は、「葉隠」の魅力の根源に迫るだけでなく、三島の戦後の精神史及び精神構造を要約的に示していると思われる箇所が確認できるので、やや長いが引用したい。

「ここにただ一つ残る本がある。それこそ山本常朝の「葉隠」である。戦争中から読みだして、いつも自分の机の周辺に置き、以後二十数年間、折りにふれて、あるページを読んで感銘を新たにした本といへば、おそらく「葉隠」一冊であらう。わけても「葉隠」は、それが非常に流行し、かつ世間から必読の書のやうに強制されてゐた戦争時代が終はつたあとで、かへつてわたしの中で光を放ちだした。（略）

戦後、わたしはまもなく小説家として出発した。当時のわたしの周辺には、新しい時代の、新しい文学の潮流がうづ巻いてゐた。しかし、このいはゆる戦後文学の時代は、わたしに何らの思想的共感も、文学的共感も与へなかつた。ただ、わたしと違つた思想的経歴を持ち、わたしと違つた文学的感受性を持つ人たちの、エネルギーとバイタリティーだけが、嵐のやうにわたしのそばを擦過していつた。わたしはもちろん自分の孤独を感じた。そして戦争中から戦後にかけて一貫する自分の戦後のよりどころは、何であらうかと考えた。それはマルクスの「資本論」でもなく、また教育勅語でもなかつた。その一貫するわたしを支へる本こそ、わたしのモラルのもととなり、同時にわたしの独自の青春をまるごと是認するものでなければならなかつた。わたしのその孤独と反時代的な立場を、両手でしつかりと支へてくれるものでなければならなかつた。のみならず、それは時代にとつて禁断の書であるべきであつた。「葉隠」はこ

のあらゆる要請にこたへてゐた。（略）
　わたしが戦争中から「葉隠」に感じてゐたものは、かへつてその時代になつてありありとほんたうの意味を示しはじめた。これは自由を説いた書物なのである。これは情熱を説いた書物なのである。「武士道といふは、死ぬ事と見付けたり」といふ有名な一句以外に「葉隠」をよく読んだことのない人は、いまだに、この本に忌はしいファナティックなイメージを持つてゐる。しかし、「武士道といふは、死ぬ事と見付けたり」といふその一句自体が、この本全体を象徴する逆説なのである。わたしはそこに、この本から生きる力を与へられる最大の理由を見いだした[26]。」

　三島が「葉隠」へ帰趨した道を、諄々と説き語り、「お手本」とすることによって得た三島の戦後の生き方のスタンスが、忌憚なく開陳されている。

　何人も、「一冊の本」と、問われたら、逡巡し、困惑するだろう。

　万巻の書を読破し、博覧強記の極みとも言える三島にとって、「葉隠」が、二十年もの長きにわたり風雪に耐え、座右の書であり続けた意味を、より深く考えてみる必要があるのではないだろうか。心の支えとなることにより、血肉と化し得る思想を著した書物は、一個の人間にとって、二十数年という久遠の歳月にも耐えうることを、わたしたちに教えてくれている。そして、ここにも、三島の戦争体験が、色濃く翳を落としているのである。

　小林秀雄が、かつて、「様々なる意匠」でマルキストを揶揄したように、あたかも「衣装」を取り替える如く、思想をも様々に取り替えてきた、近代日本の悪しき思想的伝統にあっては、書物もまた、同様な運命を辿ったのだから、これは、特筆にあたいすることではないだろうか。かくして、封印された戦後の「闇の中」の「葉隠」に、一筋の光明を与えたのが、三島であった。

2

男は、私のほかには多くあるまいといふ「大高慢」が私にあるからである。[27]」（三島「わたしのただ一冊の本「葉隠」」）

「戦後、「葉隠」が否定されてゐた時代に、一生けんめいこれを読みつづけて鼓舞されてきた

三島が、こう述べたように、「鼓舞」されたかどうかは、ともかくとしても、この悪名高き「葉隠」を、「私のほかには多くあるまい」と三島が述べた如く、「葉隠」がタブー視されるという時代の趨勢に抗して、戦後ほどない頃にも、読み続けていた博雅な文人が少なくとも二人はいた。

一人は花田清輝であり、一人はほかならぬ橋川文三であった。

稀代の読み手で、浩瀚な知識の持ち主のこの二人は、この著をしっかりと押さえていた。絢爛たるレトリックの名手の花田は、五三年、「モラリストとはなにか」（原題は「『葉隠』について」「三田文学」四月号）と題したエッセイで、「それほどファナティックなところもないし、反動的なところもない。なるほど、そこには一種の道徳が説かれているが、その道徳たるや封建道徳であるどころか、いつ、いかなる時代にもあった例《ため》しのない道徳で、強いてそれに近いものを求めるなら、戦後の若い世代の道徳――アプレゲールの道徳がある位のものであろう。[28]」と、「葉隠」に「道徳」を読

みとり、アプレゲールに擬していたのである。

あたかも呼応するかの如く、「私の世代から強盗諸君の沢山でていることを自慢する」と、「重症者の兇器」で語る三島を、本多秋五が、『物語戦後文学史』[29]の中で、「作者は、おれにはこのアプレ青年の心理がよくわかるという気持と、……批判意識と……」の箇所を引用し、三島におけるアプレゲールへの確執を記していることは、あながち見当違いではないことになる。

三島自身もまた、それに応じるかのように、「私を規制する道徳といふものがもしあるとすれば、この世界に「葉隠」だけであり、ほかの凡百の道徳と称するものはすべて紙屑である。[30]」（「美しい殺人者のための聖書」）とまで述べている。

レトリシャン花田が、「葉隠」にファナティシズムではなく、モラリズムを読んだのとパラレルに、三島も、また、「葉隠」に「道徳」を見ていたのである。

花田と、殆ど同時期の五三年四月、橋川は、「『葉隠』と『わだつみ』」、を草し、「葉隠」には「恋に関する本当の哲学と思想」がこもっていて、「封建的主従体制の深刻な意識に媒介された主体的決定の意味をも」ったのに対し、「わだつみ」には、「恋愛行為はあっても、その哲学はなかった[31]」と、「葉隠」が開陳した、一種の極論ともいえる陰影に満ちた恋愛論を高く評価した。

六四年六月、橋川の著『歴史と体験』献呈により、この小文を読んだと思われる三島は、返簡の二伸で、「葉隠が日本唯一の恋愛論とは正に御卓見と存じます。あの本には政治とエロスのすべての問題が含まれてゐますね。[32]」と、共感をしたためている。

さらに『葉隠入門』でも、三島は、「恋愛についても「葉隠」は、橋川文三氏のいふやうに、日本の古典文学の中で唯一の理論的な恋愛論を展開した本といへるであらう。「葉隠」の恋愛は、忍《しのぶ》恋《こひ》の一語に尽き、打ちあけた恋はすでに恋のたけが低く、もしほんたうの恋であるならば、一生打ちあけない恋が、もつともたけの高い恋であると断言してゐる[33]」と、橋川の言説を敷衍している。

巷間流布された「死の哲学」に代表される「葉隠」イメージとは、対極の逆説を、三島、花田、橋川の三人は、「葉隠」から看取していたのである。

丸山眞男は、小林秀雄に触れた文中で、「かつてのマルクス主義の完全理論主義のトータルな否定としての決断主義が、鮮明にあらわれて来る。絶体絶命の決断を原理化した時、彼（小林―引用者）は、カール・シュミットにではなくて、「葉隠」と宮本武蔵の世界に行きついたのであった。[34]」（『日本の思想』）と概説したが、カール・シュミットの『政治的ロマン主義』の誘掖により、『序説』を物したともいえる橋川に比し、戦後を「否定としての決断主義」として、一方の「宮本武蔵」に行きついたかはともかくとしても、「葉隠」の世界に辿りついた小林に三島を置換することは、充分可能である。もちろん、橋川や三島は、小林のようにマルクス主義の否定に向かったことはなく、非マルクス主義というニュアンスに過ぎなかったが、丸山の言説と奇妙な一致を見せている。

ところで、前述したように、橋川は、最初の三島論である「夭折者の禁欲」の末尾を、「葉隠」の次の箇所を引いて結んでいる。

「道すがら考うれば、何とよくからくった人形ではなきや。糸を附けてもなきに、歩いたり、飛んだり、はねたり、言語迄言うは上手の細工なり。されど、明年の盆祭には客になるべき。さてもあだな世界かな。忘れてばかり居るぞ[35]」

（「夭折者の禁欲」傍点原文）

橋川は、この「からくった人形」に、三島を暗示させた。この警抜なアレゴリイを読んだ時、三島は、自分が「からくり人形」に、過ぎないことを強く意識したに違いない。そして、橋川の予言である「盆祭には客にぞなるべき」は、結果的に、見事に的中する。

後に、三島は、ここには「常朝のニヒリズムの描いた究極の世界がある[36]」と、解説し、「常朝は、たびたびこの世をからくりであると言ひ、人間をからくり人形であると言つてゐる。彼の心底には深い透徹した、しかし男らしいニヒリズムがあつた。彼は現世の直下に、現世の一瞬一瞬に生の意味を求めながらも、現世自体を夢の世と感じた[37]」と述べている。三島は、この「男らしいニヒリズム」に憧憬を抱き、三島自身が、戦後の現実を、常朝が語った如く、「現世自体を夢の世」と見なしているのである。

ニーチェの『悲劇の誕生』を愛読したことでも知られる三島におけるニヒリズムは、既に、多くの人の指摘があり、諸家の証言を徴するまでもないだろう。

昭和三十一年の段階で、既に、「『鏡子の家』は、いわば私の「ニヒリズム研究」だ。ニヒリズムといふ精神状況は、本質的にエモーショナルなものを含んでゐるから、学者の理論的探求よりも、小説家の小説による研究に適してゐる[38]」（『裸体と衣装』）と、三島は記している。

「見渡せば花ももみぢもなかりけり
　浦の苫屋の秋の夕ぐれ」

藤原定家のこの歌を、三島は、「存在しないものの美学——「新古今集」珍解」（昭和三十六年四月）と題した小論で採り上げ、ここには「喪失が荘厳《しょうごん》され、喪失が純粋言語の力によつてのみ蘇生せしめられ、回復される」と説き、この歌は、「「なかりけり」であるところの花や紅葉のおかげでもつてゐるとしか考へやうがない。[39]」と解析した。

三島にとって、「おかげでもつてゐる」としか考えられないような「花や紅葉」とは、いったい何だったのだろうか。

それは、敗戦と同時に虚妄と化し、すでに喪失した「戦争期の恩寵」であり、また「陶酔」であった。この歌は、戦後の喪失感と強く重なるがゆえに、三島の心を強く捉えた。戦争という恩寵を喪失し、焦土と化した東京の廃墟に身を委ねたがゆえに、はからずも身に付いたのが、このニヒリズムであった。「存在しないもの」とは、過ぎ去りし「恩寵としての戦争」であり、橋川が語る「秘宴《オルギア》としての戦争」を暗示していた。「虚妄」とも見紛う、この歌の解釈が、真っ当か、否か、「「新古今集」珍解」と、「存在しないものの美学」の副題で、わざわざ「珍解」と、唱えざるを得なかったところに、三島の苦渋と屈託が見え隠れしていた。

三島には、戦後いち早く、この喪失感（ニヒリズム）が、身に纏い着いた。この喪失感は、戦争体験を抜きにしては語れず、三島の内部で、戦後深化こそすれ、そう簡単に雲散霧消したとは思えない。ニヒリズムに通じる索漠とした定家のこの歌の持つ空虚感は、三島にとって、敗戦という、「あらゆる価値の顚倒した[40]」（「太陽と鉄」）ところに生ぜしめたもので、胸中の深淵にまで浸透し、「美」を随伴して、自家薬籠中のものとして、終生、抱懐していくことになる。

そして全てが、「幻になってしまった」という喪失感は、三島の遺作で、ライフワーク『豊饒の海』の最終巻「天人五衰」の大団円へと繋がっていくことになる。

「あらゆる時間芸術のうちで、長編小説はいちばん人生経験によく似たものを与へるジャンルである」[41]（「小説とは何か」）と、三島は、晩年も、あくまで小説に拘泥しており、「人生経験」を凝縮し、肝胆をくだいて、この遺稿に籠めようとしたように見える。

よく知られているように、戯曲を書くとき、三島は、「つねに幕切れから筆を起した」[42]（堂本正樹）という如く、結末を強く意識した三島は、戯曲に限らず、小説においても、深く思索を重ねたと思われるが、当初から企図したかどうかは、ともかくとしても、この末尾に籠めようとした精髄には、一読、肌に泡を生ぜしめるものがある。

「『記憶と言うてもな、映る筈もない遠すぎるものを映しもすれば、それを近いもののやうに見せもすれば、幻の眼鏡のやうなものやさかいに』
「しかしもし、清顕君がはじめからいなかつたとすれば」と本多は雲霧の中をさまよふ心地がして、今ここで門跡と会つてゐることも半ば夢のやうに思はれてきて、あたかも漆の盆の上に吐きかけた息の曇りがみるみる消え去つてゆくやうに失はれてゆく自分を呼びさまさうと思はず叫んだ。「それなら、勲もゐなかつたことになる。ジン・ジャンもゐなかつたことになる。……その上、ひよつとしたら、この私ですらも……」門跡の目ははじめてやや強く本多を見据ゑた。
「それも心々《こころごころ》ですさかい」」（略）
「そのほかには何一つ音とてなく、寂寞《じゃくまく》を極めてゐる。この庭には何もない。記憶もなければ何もないところへ、自分は来てしまつたと本多は思つた。
庭は夏の日ざかりの日を浴びてしんとしてゐる。……[43]」

三十年にも垂《なんな》んとする、あらゆる文学的営為の果てに、最も言わんとしたことを、この掉尾に籠めようとしたとすれば、三島は、ここで、「全ては幻に過ぎない」と語っているに過ぎないようでもある。これは、「見渡せば花ももみじもなかりけり　浦の苫屋の秋の夕ぐれ」の定家の歌に通じ、「現世自体を夢の世」と感じた「葉隠」のニヒリズムに繋がる。三島は、「葉隠」の常朝に仮託して、「純粋行動を賛美しながら、そのすべてが描く軌跡をむなしく観じてゐた[44]。」と、自分の心情を吐露している。

三島を畏敬する野坂昭如は、愛惜を籠めながらも、「痛切な三島の思いであり、敗北宣言である。これはいっちゃいけないことなのだ」「はじめから何もないのが人間で、そのあがきを描くのが小説家、秘めて当然の述懐である[45]。」（『感傷的男性論』）と、辛辣過酷だが、桶谷秀昭は、三島にとって、「この喪失感は、戦後の自分の生の足跡があとかたもなく掻き消され、もはや行きそして還るべき現実がないといふことであつた[46]」（『凝視と彷徨（上）』）と、機微に触れた斟酌をしている。

三島が、死に赴くのに、影響を与えた、あるいは、何らかの影を落としていると思われる人は、枚挙に遑がない。

「春の急ぎ」の伊東静雄、三島が喉から手が出るほど欲しがったノーベル賞を貰った川端康成、樋口覚が対比して論じた武田泰淳、「作家論」で自身が論じた林房雄、その命日に自決した吉田松陰、「陽明学」の大塩平八郎、「三熊野詣」の折口信夫、「新古今集」の藤原定家、「葉隠」の山本常朝、

「懐風藻」の大津皇子、「雨月物語」の上田秋成、「二・二六事件」の磯部浅一、中井英夫、神風連の面々、「日本改造法案大綱」の北一輝、「北一輝論」の村上一郎、「奔馬」のモデルといわれる影山正治、『悲劇の誕生』のニーチェ、『ドルジェル伯の舞踏会』のレイモン・ラディゲ、トーマス・マン、ジョルジュ・バタイユ、マルキ・ド・サド、ポール・ヴァレリイ、ジャン・ジュネ、ノーマン・メイラー、ボードレール、などなど。

中でも、「死ぬことが文化だ、といふ考への、或る時代の青年の心を襲つた稲妻のやうな美しさから、今日なほ私がのがれることができない……」[47]と、三島が愛着を隠さなかった蓮田善明もいるが、しかし、この中から、一人に収斂させることは至難の業である。

そうした三島に、業を煮やしたのか、橋川は、野口武彦との対談で、幾分手厳しく、こう語っている。

「橋川　彼（三島―引用者）の場合、なんであんなにモデルがたくさんいるのかと思うんだね。（略）しかも、モデルにされた連中はみんなかなり多様な違いをもっているわけね。それを強引に三島は全部同じものとして自分の死途にひきこむ。なんか無理であるという感じがするわけ。（略）たとえば陽明学なんかも彼は選ぶんだけど、あれなんかぼくはよくわからない。どういうことかしらと思ったり。それから「葉隠」、あれなんかたいへん彼は好きなわけでしょう。しかし「葉隠」とも違うという感じがせざるをえない。要するに三島の死というのはいろんなものをモデルとしてるけれども、結局彼自身の死しかないわけでしょう。」「ぼくは、もし単に死ぬんだったら、あんなモデルは全部嘘であった、あるいは全部みんなを誘うための何かであったという形にすりゃいいのにと思う。[48]」

（橋川と野口武彦との対談「同時代としての昭和」『歴史と精神』）

確かに、三島の死の前には、様々なモデルが散りばめられていた。「文武両道」を標榜した三島は、「「武」とは花と散ることであり、「文」とは不朽の花を育てることだ、と。そして不朽の花とはすなはち造花である。[49]」（「太陽と鉄」）と言う。さすれば、「花と散ること」は、楯の会を率いての行動を指し、「不朽の花を育てる」こと、すなわち「造花」を育てるとは、畢竟するに、文学的営為が総結集された『豊饒の海』の大団円に象徴されたと見ることができないだろうか。

『豊饒の海』の最終巻である「天人五衰」の掉尾は、死の三カ月前の八月には、既に書き上げられており、自刃当日、三島家のお手伝いの人を介して、新潮社の担当編集者である小島千加子に託されたという[50]（『三島由紀夫と檀一雄』）。したがって、死を直前にして、怱卒に書き上げたというのではない。

さればこそ、自刃をも含めた全生涯を包含・網羅し、それらを集約した熱いメッセージを、三島はこの掉尾に籠めようとしたであろうことは、想像に難くない。

誤解を恐れずに言えば、一方で、「行動」の所以を唱える「檄」により、自己の肉体の死を確実な担保としながら、他方で、小説家として、もう一つの文学的「檄」たる「天人五衰」の擱筆を、残していったのではないだろうか。

前掲の「天人五衰」の大団円を、「全ては幻にすぎなかった」と約言できるとすれば、三島のこの擱筆に、豁然として示されたのは、橋川が単に死ぬんだったら、そういう形にすればいいのにと、前掲文で語った如く、三島がモデルとしたもの全てが、「あんなモデルは全部嘘であった、あるいは全部みんなを誘うための何かであった」と三島は、ここで語っているようでもあり、なおかつ残された人々へのドラスティックなメッセージであったようにも、わたしには読めるのである。

補論二、橋川文三と戦後

――「橋川文三日記」を手がかりに

六月の夜と昼のあはひに
萬象のこれは自ら光る明るさの時刻《とき》。
遂ひ逢はざりし人の面影
一茎《いっけい》の葵の花の前に立て。
堪へがたければわれ空に投げうつ水中花。
金魚の影もそこに閃《ひらめ》きつ。
すべてのものは吾にむかひて
死ねといふ、
わが水無月《みなづき》のなどかくはうつくしき。
（「水中花」伊東静雄）

1

戦後を代表する詩人の一人である鮎川信夫は、戦後二十三年を経た一九六八年、「歴史におけるイロニー」と題し、「橋川文三の論文を手がかりとして」と副題をつけた小論の中で、次のように書いている。

「肉体の傷も、精神の傷も、日がたつにしたがって自然に治癒していく。自然の力はありがたい。かつて傷だらけであった自分が、しらぬ間に自然な健康体になっている。

しかし、戦後二十数年たっても癒されぬ傷というものもあるのである。戦争体験＝一つのtraumatic experience.

そこから切開してかからなければ、私たちにはいかなる「意味の回復」もありえないのである。」[1]（『歴史におけるイロニー』）

これは鮎川自身のことを語っていると同時に、橋川文三を直接指しているわけではないにしろ、暗に橋川にも向けて発せられた言葉と解していいだろう。この文章ほど橋川の精神のあり様を、端的にしかも的確に表現したものを、わたしは他に知らない。それほど、橋川にこそ似つかわしい言葉なのである。

「二十数年たっても癒されぬ傷」は、その後もついに癒されることがなかった。橋川はこの決して癒されぬ精神の傷＝trauma（トラウマ）を、終生抱えることになる。そして、必ずしも生きやすくはない、苦しく辛い戦後の生涯を生きなければならなかった。

この傷を橋川は、他ならぬ戦争によって受けている。ただし、戦地に赴いて肉体的に受けた傷ではない。（橋川は徴兵検査で丙種合格のため、戦地に立つことはなかった。）

鮎川が、「二十数年たっても癒されぬ」と指摘したような「トラウマ」とは、いったいどのようなものだろうか。具体的に、橋川が抱えた「トラウマ」とは何だったのだろうか。そして、橋川の戦後の生き方に、どのような影を落とすことになったのだろうか。

その「トラウマ」の一側面を、橋川の死から六年後の一九八九年、夫人によって清書され、友人の井上光晴が編集する雑誌「辺境」（第三次10号）に発表された戦後間もない頃の「橋川文三日記」から、うかがうことができる。

「一九四九年十一月六日（Sun.）Clearly fine!
あまり天気がいいと少し不幸に感じるくせ、これは何とかしなければならぬ。
同年十二月九日（金）
（略）僕の生はなおこの春雷の中の鬼哭のようなものだ、まだ充分に僕は「人間」になりかえっていない。
一九五〇年三月十二日
運命が心にあたえた傷はいやしうる。しかし心が心にあたえたきずは……というGoetheのことばをみた。
同年八月九日（水）
遊びということ――僕は遊ぶ気持ちになったことがない、酒のむのも遊びでなく悲壮で〔一字不明〕学的だ。そこで自己の思想と可能性を試しているようだ。[2]」（傍点原文）
橋川の天気がいいと「不幸に感じるくせ」を前にして、わたしは、何とも言葉を失ってしまい、名状しがたいような悲哀を感じてしまう。戦争がもたらした悲劇といえようが、この屈折の仕方は尋常ではない。誰が見ても、健全な精神を持つ人間とはいえず、「病んだ精神」「傷ついた心」の持ち主と判断できるだろう。
そして、ゲーテの言葉の引用「心が心にあたえたきずは……」は、自分自身の精神のあり様とオーバーラップさせていることは明白である。ということは、橋川は、自分の傷が不治の病であるという診断を、自らに下していたことになるのかもしれない。
その傷は、他人には分からなくても、強い自覚症状があったのだろう。その一つが、先に引用した「天気がいいと少し不幸に感じるくせ」であったといえよう。傷は、外見からは見えなくても、心からは熱い血がとくとくと流れ、橋川に耐え難い苦痛を与え続けていたに違いない。
その病ゆえ、「僕は遊ぶ気持ちになったことがない」と自ら告白するように、健全な精神の安逸は、遂に訪れることがなかった。橋川の謦咳に接することができたわたしも、橋川の心の底からの笑いを眼にすることがなかったたし、たとえ笑っても、なぜか、羞恥を引きずりながらの、含み笑いであったような気がするのである。

橋川の鬱屈と悲哀をつぶさに物語るようなエピソードがある。

安宇植は、橋川について、印象深い記憶として、次のように記している。

「たまたま神保町界隈の路上で見かけたり、お会いしたりすることが一度ならずあったが、その路上というのが決まって表通りではない、裏通りだったことである。」

（「読書人」八五年十月七日号）


表通りを胸を張って歩くのは、橋川の強い含羞が許さなかったのだろうか。

この様な「病んだ精神」「傷ついた心」、そして、癒えることの無い精神、これが橋川の戦後の人生を決定づけた「トラウマ」と呼ぶ以外に呼びようのないものであった。

ところで、松本健一は、橋川の死後に書いた「言葉が人を殺すと謂うこと」（副題は「保田與重郎と橋川文三」）という文章の中で、松本自身がやはり「精神的なトローマ」を受けたと述べている。

「……わたしの精神的トローマを刺激したのは、かつてわたしが保田與重郎によって精神の何ものかを壊され（あるいは作られ）、その惑溺のなかで竹内好に際会した道すじに関わっていた。」[3]

これを読んで理解に苦しんだのは、昭和二十一年生まれの松本自身も橋川と同様に、保田によって精神的に傷ついたと言っていることである。

「保田與重郎の文章の核心は、戦前も戦後も変わっていないのであって、としたら、保田は半ば永遠にひとを殺すのである。いいかえると、そうやって殺されたのが、戦中世代の橋川文三であり、戦後世代に属するかつてのわたしであった。その精神的トローマの意味で、わたしは橋川文三と精神的双子なのだという気がしないでもない。わたしが能褒野に行ってみたいとおもうときがあり、張家口に想い入れてもみるのは、保田與重郎によって一度殺されたことの精神的トローマからにほかならない。そして、そのトローマから流れ出る懐しい血の味を、橋川さんに語ってみたいとおもったことが、わたしが中国から帰国後すぐかれを尋ねた一つの理由であった[4]。」

本人が「精神的トローマ」を受けたと言っている以上、自覚症状があるからだろうから、頭から否定はできないものの、ちょうどサッカーのアピールプレーみたいに、少し大袈裟な感じがしないでもない。

同じ「トローマ」でも、先の橋川の日記からの引用を読めば、橋川と松本では、その違いが歴然としている。また、「トローマ」とは松本が言うように「懐しい血の味」がするもので、人に語りたくなったりするものだろうか。「トローマ」は、できるならば他人にはあまり触れて欲しくないもので、古傷に触れ、傷が破れ血が吹き出したりすれば、それは懐かしく語り合っている場合ではなく、激しい痛みのために速く傷口を塞いでほしいと願うのが普通の感覚だろう。

松本が言うように、「思想が人を殺す」ということはありえるだろう。保田の文章が、「ああ、もうこれで死んでもいい、という気にさせる」というのも、その通りのことがあるかも知れない。保田だからということに限らず、思想的・文学的に影響を受けたため、死にたくなる、ということはありえるだろう。

しかし、松本が保田から受けた「精神的トローマ」というのは、いったい何だろうか。「死んでもいい」という気持ちにさせたとしても、そのことがどうしたら直ぐさま傷として残るのだろうか。

松本は「精神的トローマの意味で、橋川との精神的双子」として、橋川が受けた「トローマ」と自分のそれをパラレルに置いているが、二人にはその体験に決定的な違いがあり、もし、橋川の精神的双子と言うなら、意味あいは少し違うが、むしろ三島由紀夫の方が適切だろう。松本と橋川との決定的な違いを「戦争体験」と呼んでもいいだろう。戦争体験が橋川をある意味で決定づけたように、戦後生まれの松本がいくら自分も同じ思想的体験をしたと言っても説得力に欠けるものがある。

いみじくも桶谷秀昭が指摘したように[5]、そこには「ひたすらに「死」を思った時代の感情[6]」といったものが全く欠落している。それに対して松本が、「戦争を特権化して懐しむ戦中世代との意識の共通性を感じる[7]」と応じるのは、かつて石原慎太郎が橋川に向かって「戦争体験というのは結局、懐古趣味に過ぎない[8]」とした口吻と何とも似ている。

橋川には「戦後二十年たっても癒されぬ傷」というものがあった。「戦争体験＝一つのtraumatic experience」と鮎川が書いたような「トラウマ」が確かにあった。

それは日本ロマン派に、それも保田與重郎によって受けたと言ってもいいだろう。しかし、単純に、保田から一方的に受けたわけではない。保田の思想から「私たちは死なねばならぬ」と読み取り、そしてそのテーゼの精神的な裏付けとなる「散華の美学」に影響を受けた若者が進んで戦地に赴き、甘んじて死んでいった、ということによって受けたという側面を持っていた。

高校・大学を共にした友人たちが学徒出陣で出兵し、戦地から帰らぬ人になったということは、自身死ぬつもりでいながら、結核のため「歴史から疎外された屈辱感と焦燥感」[9]（神島二郎）を抱いて見送らざるをえなくなり、結果的に生き残った橋川にとって、堪え難いことであったはずである。そして、そのことも鮎川のいう「トラウマ」の一因となり、終生癒えない傷となった。つまり、松本とは戦争という媒介項がないことで決定的な相違があると思うのだ。

松本のこうした無限定な同一化ないしはアナロジーの取り方は、自らその近辺にいながら、[10]「安田砦攻防戦と二・二六事件の青年将校の決起とを重ねて想ったりする」[11]ところにも表れており、この飛躍を無頓着に自己同一視してしまうところは、橋川に指摘されたという「エリート主義[12]」だと思うのだが……。

橋川と同世代の吉本隆明は、「わたしたち戦中の世代のものにとっては「命のまたけむ人は　たたみこも　平群の山の……」という歌謡は、たそがれのなかの悲哀をそそるような歌だった。一種の古典流行の時代だから、自然に解して、それとは裏腹な先細りの心細いおもいで、どうせ生命断ちきられるにちがいない上級生や同級生を北国の寒駅の構内まで幾度も送っていった。[13]」（『わが「転向」』）と記している。

橋川もまた、日本ロマン派をトータルに表象させるものとして、この歌をあげ、「私たちが、ひたすらに「死」を思った時代の感情として、そのまま、日本ロマン派のイメージを要約している[14]」としている。この歌をよんで、橋川や吉本が抱いた、涙が流れるようなパセティックな感慨を、共有できるかどうかという点で、戦後世代とは決定的な相違があると思うのだが、どんなものだろうか。

2

鮎川は、前記の文章につづけて、こう書いている。

「日本浪曼派の影響に首までひたった青年たちは、思想的には戦後十年くらいの空白期間を持ったはずである。その間に、たいてい、ものを書くなどということはあきらめてしまっている。（略）普通の青年の場合は二度と起ちあがれないほどの打撃だったのではあるまいか。[15]」

橋川自身も、この間の事情を、次のように語っている。

「戦後の価値崩壊というか、なんら確固たるもののない時代に、そういう社会で勉強したり、まじめにやったりすることに意味がないという一種のふて寝みたいな気持ちで、戦後十年くらいを生きてきましてね。[16]」（『歴史と精神』）

実際、橋川が長い沈黙から抜け出し、本格的に文章を書き始めるのは、昭和三十二年、雑誌「同時代[17]」に「日本浪曼派批判序説」の冒頭部分を発表してからのことである。この間に戦後十二年の歳月が流れ、橋川はすでに三十五歳になっていた。しかし、橋川は、決して「ふて寝」をしていたわけではなかった。それは、「橋川文三日記」を垣間見れば、その苦闘の跡が明瞭だし、後に『日本浪曼派批判序説』として結実するまでの日本ロマン派との必死の格闘は、結核による、あしかけ四年間の療養生活とも重なり、まさに血を吐くような苦闘であったろうことは想像に難くないのである。

戦後、もっぱら沈黙せざるを得なかった橋川らの世代に対し、戦争が終わるのを待っていたかのように、統制のあった戦中に比べ、すぐさま積極的な文学活動を展開し始めた人々がいたが、中でも目立った動きを見せたのは「近代文学」に集う人たちであった。これらの人々は、世代的に当時すでに三十代に入っており、多くの人々は戦争前にマルクス主義の洗礼を受けることができた世代に属していたから、戦争を覚めた眼で捉えることが可能だったため、敗戦によるショックは、橋川らの世代の人々に比べ、はるかに少なかった。その為、すぐに制約のない文学活動に入ることが可能となり、その評価はともかくとしても、目覚しい創作活動を展開できたのである。[18]

戦争当時の年齢が幾つだったかは、いかに戦争を受容したか、またどう捉えたかということを推し量るのに際し、かなり重要なモメントを構成している。

ところで、橋川の精神史の大きなメルクマールとなる、戦後の起点はどのようなものだったのだろうか。

敗戦当時、橋川は東大の法学部の学生で、勤労動員のため、農林省食糧管理局の嘱託をしていた。敗戦の日の昭和二十年八月十五日のことを、橋川は次のように書いている。

「八月十五日正午、私は部屋にいた。アパートの人たちも、大ていどこにも出かけないでいた。工場でも、どこでも、もうすることなどないといってもよかったのである。ラジオはとなりの組長Tさんの家に集まって聞いた。

終ったとき、ながいながい病床にあった老人の死を見守るときのように、いわれのない涙が流れた。その時思ったことは二つだけである。――一つは、死んだ仲間たちと生きている私との関係はこれからどうなるのだろうかという、いまも解きがたい思いであり、もう一つは、今夜から、私の部屋に灯をともすことができるのかという、異様なとまどいの思いとであった。」[19]

（「敗戦前後」）

敗戦の日については、多くの人々がその日の印象を記述している。しかし、橋川のように、その時に、死んだ仲間たちと生きている自分との関係を問題にし、なおかつ、そのテーマを継続して保持してきた人は、それほど多いわけではない。管見の限りでは、吉田満が、島尾敏雄との対談の中で、次のように語っているのが見られる。

「死んだ仲間のことは、いつまでたっても離れられませんからね。そういう仲間たちの死と、自分には戦後というものがあることが、どういう形でつながるかということは、しょっちゅう考えてきたということです、この三十年……。」[20]

（『特攻体験と戦後』）

この吉田の発言が、必ずしも多くの戦争を体験した世代の、代表的な発言ではないことは、その対談の相手である島尾の次のような発言からも、判断することができる。

「二人のあいだで最も大きくくいちがっている点は、特攻死を果たさずに生き残った事態に対する考え方に於いてではなかろうか。彼はその発言の中で度々くりかえしているように、「死んだ仲間」のことから「いつまでたっても離れられ」ず、その仲間たちが「苦しみ」「願って」いたものを「彼らの立場にできるだけ立って、もう一ぺん確認したい」と願い、その「死んでいった意味みたいなものを考えよう」としたことは明らかであって、その点私にはそういう発想は稀薄だと言わなければならない。その差異の由って生ずる原因の一つは、彼がすさまじい一大海戦の渦中に巻き込まれて多くの仲間を失い、自らも負傷しつつ地獄の相を見て来たのにくらべ、私の方は一つの戦闘すら経験することなく、又周辺からは一人の死者も出なかったという、それぞれの状況に求められるかも知れない。[21]」（「同」）

島尾には、戦後になっても「死んだ仲間たち」についての思いを引きずったり、彼らの生と死の意味を問い直そうという発想は、あまり無いようである。

もちろん島尾にも、『出発は遂に訪れず』などの戦記物の佳作があるし、戦争そのものが持つ意味をしっかりと捉え直そうという意識は強くあった。しかし、その方向性は随分と異なっていた。

島尾の発言は、ごく平均的な戦争体験者の思いを語っているとみていいだろう。むしろ、吉田や橋川の方が、特異なケースであるといえよう。戦争に行かなかった橋川と戦艦大和に乗っていた吉田とでは、その戦争体験に大きな違いがあるにもかかわらず、戦地に赴き潔く戦って「死んだ仲間たち」に対する思いは驚くほど共通している。

橋川の、この時の「死んだ仲間たち」は、その後も心中に重くのしかかってくることになるが、吉田の場合には、戦記物の名作として絶賛された『戦艦大和ノ最期』に見られるような凄絶な戦争体験があったから、なるほどと思われるところだが、橋川の場合はいったい何故であろうか。

その解答を探る為には、橋川の戦争体験がどのようなものであったかを探ることが、一つの手がかりになると思われる。

橋川が、「死んだ仲間たち」というのは、狭義に判断すれば、直截的には、戦争当時在籍していた学校の仲間たちで、学徒出陣して戦死した友人たちのことを指すと思われる。

まだ学生だった戦時中、橋川は、宗左近の応召送別会の席で、白井健三郎らと大論争をしたという。それは、橋川自身だけでなく、宗や白井もその事件について書いているから[22]、当時近辺にいた多くの仲間たちの記憶に残る、印象的な出来事だったようである。

その出来事というのは、「この戦争をどうとらえるか」ということに端を発し、宗や白井が、「日本人である前に人間であることを、先に考えるべきだ」とするのに対し、橋川ら日本ロマン派に心酔していた人々は、「その前に日本人である」とし、この戦争を美しいとするかどうかで、大議論が巻き起こり、それこそ、つかみあいもどきの大混乱になったというのである。戦後二十七年を経過した昭和四十七年、この夜のことについて橋川は、幾分自嘲まぎれに、「ことがらにはすでに判決があり、それは我が方に利ありとも思えない。[23]」（「わが愛するうた」）と軽くいなすように記している。

「死んだ仲間たち」への思いは、これらから類推するに、日本ロマン派体験が、大きく作用していることは間違いないようである。

この「日本人であること」ということに関連して、松本健一は、九五年の「文藝」春号に、七一年長谷川義記にさそわれ、右翼の長老たちに新宿の料理屋に招かれた席で、五十代のひとがいった「—ま、いろいろな考えがあろうが、いずれにしても同じ日本人なのだから」との一言にふれて、「ちがうなあ」と思い、「濡れ雑巾で顔をぬぐわれたような、イヤな感じだった」と記している。松本は、この席で、「何か物がいえる雰囲気ではない」として、「柔らかな集団の圧力をおぼえた」と語っている。

この時のイヤな感じというのは、いったい何に起因していたのだろうか。若かったとはいえ、論理的思考力を十分に備え、たとえ劣勢だったとしても、反駁するだけの気概の持ち主であろう松本にしても、はっきりとした抗弁ができなかったのはどうしてだろうか。

松本は、それを、右翼の圧力というよりも、「母のあたたかさの無言の重み」としているのだが、「同じ日本人だから」というのは、全ての問題点・論点あるいは対立点を解消してしまうような、いわば殺し文句であるとともに、何とも曖昧な日本人の心性を代表している言葉ではないだろうか。

それは、健全なナショナリズムの発露という観点からも遠く、ナショナルな心情を仮装したある種の曖昧性に囚われていないだろうか。その曖昧性とは、「一木一草まで天皇制[24]」(竹内好)という天皇制がもつ日本的「自然」にも繋がっているように思うのだ。

また、岸田秀の分析にしたがうならば、幕末のペリー・ショック以来、自己統一性を失った近代日本の、「外的自己」(開国)と「内的自己[25]」(攘夷)の分裂として説明でき、「日本人だから」という発想は、まさに「内的自己」そのものということになるだろう。

しかし、橋川はこの「曖昧性」をそのまま放置したり無視することなく、つまり分裂を分裂のままにすることなく、何とか統一しようと模索した。

その試みの一つが、戦後になって日本ロマン派が、異常で、一時的な現象だったとして、無視し、採り上げることすらタブー視される時に、あえて正面から日本ロマン派の問題に取り組んだことである。

橋川個人にとっては、避けて通れぬ、自分自身の思想の問題であったのだが、日本ロマン派が、当時の若き知識層にとって、決して特殊ではなく、「正統的な思想的問題の一つ」として、充分検討に値するものとして、ある種の勇気を持って世に送り出したのが、他ならぬ『日本浪曼派批判序説』であった。

このように、問題を、ある特定のごく一部の日本人の問題にすぎなかったとして、正面から検討して剔出すること無く、無視し切り捨てていく、日本の悪しき思想的伝統にくさびを打ち込み、警鐘を鳴らしたのが橋川であり、この方法をもって、その後の思想的課題にも取り組んでいくことになる。

「つまり、私はあの凄まじい超国家主義時代の経験をたんなる錯誤としてではなく、また、特殊日本的な迷妄としてではなく、まさしくある一般的な人間の事実としてとらえなおすことによって、かえって明朗にこれに対決する思想形成が可能であるという風に考えた。この考え方は、私がかつて日本浪曼派の問題を取り扱った場合と同じである。一般にそれらを理解を絶した異常現象として切捨てるやり方が、戦前のある思想的な転換期において、いかに無力であったかということは、私の戦争体験に刻みこまれた根本認識の一つである。[26]」

（『近代日本政治思想の諸相』傍点原文）

3

橋川は先の八月十五日に触れた「敗戦前後」の中で、「死んだ仲間たちと生きている私との関係はこれからどうなるのだろうかという、いまも解きがたい思い」の前に、「（戦争が――引用者）終ったとき、ながいながい病床にあった老人の死を見守るときのように、いわれのない涙が流れた。」と心事を記している。涙が流れたというのは、その質はともかくとしても、多くの日本人に共通した感慨であっただろう。

しかし、「ながいながい病床にあった老人の死を見守るときのように、いわれのない涙」というのは、必ずしも一般的であったとは言いがたく、橋川固有の比喩的捉え方に起因していると思われる。

桶谷秀昭は、『近代の奈落』の中で、いわゆる戦中派の八・一五体験の共通項として、次の三つを挙げている。

一、徹底抗戦の思想　二、死による永遠の理法への参入　三、敗戦のおとずれが「突然」であったこと。[27]

実際に、八月十五日についての本が幾つも出ているが、それらの本を読んでみても、戦中派のほとんどが、この三つに収斂できるほど、的確な指摘である。

これに従うならば、橋川の体験は、「今夜から、私の部屋の灯をともすことができるのか」ということを思うくらいだから、一つ目の「徹底抗戦の思想」は全くというほど感じられない。

二番目の「死による永遠の理法への参入」についても、死んだ仲間たちとの関係を思うことはあっても、自らの死という発想は、ほとんど見てとることはできない。

また、三番目の敗戦のおとずれの「突然」性についても、「ながいながい病床にあった老人の死」

に譬えているところからすれば、十分見越していたと言ってもいいだろう。実際に、敗戦を予測していたかどうかは、ともかくとしても、決して多くの戦中派のように敗戦を「突然」とは思わなかった。それどころか、「ながい病床の老人」というからには、何時「死」が来たとしても、心の準備ができていたことになる。

橋川は、「戦争と私」というエッセイで、学徒動員により、貴族院事務局へ配属され、そこで垣間見た戦争指導者たちへの幻滅と、「皇軍」のイメージをくつがえすような「虐殺・強姦」のウワサを聞いたことが、自分自身に、「戦争の疑わしさ」をはじめて教えた[28]、と回顧している。

また、「ロマン派へ接近の頃」の中で、大学に入った頃には、「保田への直接の陶酔感が遠のいていた時期[29]」としているから、昭和十四年から十七年にかけての日本ロマン派に心酔していた頃からすれば、昭和二十年の敗戦時には、もはや気持ちは離れていたことになる。

そのため、戦争の成り行きに対して、それ以前の高揚期に比べると冷静に見ることができたのかも知れない。

橋川の場合は、日本ロマン派に「いかれた」体験を持ち、またそれが、橋川の戦争に対する決定的ともいえる態度となったのだが、当時の時代背景を考慮に入れるとすれば、それは決して特殊なケースとは言えなかった。

「すなわち彼は、戦争というものを否応なしに所与の現実として受容しなければならない世代に属していたのであり、「死」を不可避の宿命として合理化せざるをえない運命を、はじめから背負わされていたのである。」[30]

（磯田光一「殉教の美学」）

これは、橋川についてではなく、磯田が三島由紀夫について語ったものの中の一節である。が、この言葉をそのまま橋川に当てはめても、何ら違和感はない。

橋川だけに限らず、日本ロマン派にいかれた多くの人々は、その前の世代の人々とは違い、戦争がすでに「所与の現実」としてあったはずである。それは、少年期あるいは精神形成期に、例えば、橋川の論争相手となった白井や宗が、おそらくマルクス主義の洗礼を受ける、ないしは自由に文献を読める世代であったということと無関係ではない。このほんの数年、いや一年の違いというのは、私たちが想像する以上に、絶対的な差異があり、時代は大きく様変わりし、思想形成に決定的な影響を与えたようである。これほど世代による違いがある時代は、他にはあまり見られないだろう。

また、時代の変化も急速であった。橋川ら戦中派にとって、驚くほど大きな変化と見えたのは戦争前と戦争後であった。この移り変わりの激しさについては、多くの戦中派の指摘するところだが、「一身にして二生を経るが如く、一人にして両身あるが如し」[31]（福沢諭吉）という譬えや、丸山眞男のいう「第三の開国」[32]ということになるだろう。

ある日突然に、戦争が終わり、それまでは、「「死」を不可避の宿命として合理化」して生きてきた若者が、その不可避の宿命を解除されたときの衝撃と混迷を、三島由紀夫は、「絶望と幻滅」[33]と呼んだ。

そして、この箇所でこそ、橋川と三島の二人が出会い、同病であることを認めあい、本当の意味で、理解しあい、黙契をかわし、そして、その後の生き方を、互いに刮目することになる、いわば接点となるものであった。

これは、磯田が、優れた三島論である「殉教の美学」の中で規定した、「恩寵としての戦争[34]」ということとも繋がるのだが、ここでは橋川の次のような発言を引くにとどめる。

「（略）その前半生は、これまでに見たように、戦争と死とを自明としてうけいれ、それ以外の現実を想像することはない存在であった。（略）

そういう地点からどのようにしてか私たちは引きかえしてきた。それは三島由紀夫などがさいごまで不可解とした事態であり、それ以来、私などはその生還がなぜそのようなものでありえたかを納得するための作業を後半生の目的とした[35]。」

（「私的回想断片」）

橋川が日本ロマン派に心酔したことの、自戒とでもいうべきものは、『日本浪曼派批判序説』で、一応は決着をつけたものの、後々まで、橋川の後半生を規定し、苦しめることになる。

戦争期の反省の一番大きな点は、自分には、世界認識が全くできておらず、日本の侵略戦争的なイデオロギーを含め、戦争を結果的に援護するような思想に対して、ほとんど無防備であったとする点である。つまり、グローバルな視野を獲得することができなかったという自省である。これは、マルクスやレーニンなど、いわゆるマルクス主義関係の書物を読むことができなかった世代であったという、当時の不幸な読書傾向からして、いくぶん仕方のないことでもあるのだが、そうした点を差し引いても、認識不足から、日本の先行きを見通すことができなかったことによって起きた悲劇に対する、強い自戒の念が橋川自身を責め苛んでいた。

それは、「死んだ仲間たち」との関係は、このあとどうなるのだろうかという、敗戦日当日、心事に去来した思いと繋がり、こうした問題をなおざりにしたままでは、もはや、戦後を生きえないところまで、橋川を追い詰めていたのである。
「死んだ仲間たち」への拘りは、「わだつみ会」への関わり方にも見てとることができる。全共闘運動盛んなりし頃、立命館大学で「わだつみの像」が、全共闘系の学生によって破壊されるという事件が起きたり、寺山修司が、「わだつみ会」は、解散すべきだと発言したりで[36]、「わだつみ会」の存在意義が問われ、その形骸化が指摘されたが、橋川は、会の問題点を自覚しつつも、「わだつみ会」に拘った。

この拘泥を、具体的に橋川は、「要するに、死に損いの半存在による死んだ半存在の供養である。それ以外に、社会運動にしろ、思想運動にしろ、意味があるわけはない。（略）もっと俗にいえば、「わだつみ」の精神は死におくれた者たちの精神である[37]」と「幻視の中の「わだつみ会」」の中で述べている。

戦後三十五年たった後にも、橋川は、次のような文章を書いている。

「……結局はあの戦争はあったことはあったが、なかったといっても少しもかわりないことになる。（略）私たちの世代のもっとも美しかったものが消滅してゆくのをただ見守るのではない。私がたとえばあの戦争の死者に対する態度は、簡単にいえば西郷隆盛や木戸孝允が維新時の死者に涙した境遇と同じものである。あるいは古代ペルシアのクセルクセスが、ヘルポントで涙を流したペルシア戦争の状況と同じものであるが、ただもう三十五年という一世代がすぎている[38]。」
（「戦中派とその「時間」」）

「あの戦争があったのか、なかったのか」という問いが、戦後三十五年を経過した後になってなお、否、だからこそなのか、出てきている。敗戦の日について書いた、「死んだ仲間たちと生きている私との関係はこれからどうなるのだろうか」という思いは、橋川の内部で潜在化し、三十五年の間ずっと引きずっていたことは間違いない。その関係を西郷や木戸、クセルクセスになぞらえている。中でも、西郷は、『西郷隆盛紀行』を著すくらい気にかけていた。気にしていた人の中には、「乃木伝説の思想」で採り上げたように、橋川のある種の拘りが感じられる乃木希典もいた。自分自身の戦争体験から彼らに共通項を見いだし、自らの生き方を模索していたともいえる。三十五年という一世代が過ぎても、橋川の内部では、何ら変わっていなかったようでもある。

それでは、橋川は、いっけん古色蒼然とした想念を、後生大事に胸中深く抱きつづけた朴念仁に過ぎなかったのだろうか。

だが、しかし、戦後五十年を経た一九九五年、戦後世代の中から、太平洋戦争に敗れたことが、結果的に、戦後日本に様々な「ねじれ」をもたらしたとして、戦後日本の閉塞性を検証している加藤典洋は、『敗戦後論』の中で、次のように書いている。

「悪い戦争にかりだされて死んだ死者を、無意味のまま、深く哀悼するとはどういうことか。

そしてその自国の死者への深い哀悼が、たとえばわたし達を二千万のアジアの死者の前に立たせる。

そのようなあり方がはたして可能なのか。

ここではっきりしていることは、ここでも、この死者とわたし達の間の「ねじれ」の関係を生ききることがわたし達に不可能なら、あの、敗戦者としてのわたし達の人格分裂は最終的に克服されないということだ。[39]」

毀誉褒貶相半ばする観のある加藤の秀作『敗戦後論』は、「戦争を知らない」世代からの、「戦後日本」を本格的に論じたもので、詳しく触れる余裕は無いのだが、注目すべきは、「無意味な戦争」で死んでいった者たちについて思いを馳せ、哀悼するという発想が論理だてて提出されていることである。

橋川が、敗戦時に抱いた個人的ともいえる「死んだ仲間たちと生きている私との関係はこれからどうなるのだろうか」という感慨や、死におくれた者の精神は、ここで加藤が語る戦死者を深く哀悼するという課題の中に吻合できるとみていいだろう。全く戦争体験がなく、歴史としてしか学ぶことのできない世代から提出されてきたことは、実は、この問題が決して色褪せてなく、極めて今日的な課題として、依然未解決のまま、残されていることを物語っているのではないだろうか。

4

前記の橋川の日記には、こんな箇所が出てくる。

「十二月八日（木）

僕は小説がかきたいと思う。かけると思う。（略）

八月二十七日（日）

（略）詩を書いてみたい気になる。[40]

（その後に、橋川の詩作品がメモのように続いている―引用者）」

これを書いたのは、戦後四、五年の一九四九年から五〇年にかけてで、橋川が二十七から二十八歳にかけてのことである。橋川が正直な感情の流露であることが察せられる。日記という虚飾のない表現特質や、読む人を意識していないことから、詩をメモのように日記の中に書きしるしていたことから、詩や小説という文章表現への志向を抱き、詩をメモのように日記の中に書きしるしていたことから、詩や小説に対する執着を歴然と見ることができる。

橋川は、旧制の中学や高校時代に、詩や小説・エッセイを書いており、それらを読むと、有り余る文学的な才能の豊かさを、如何なく発揮しており、綺羅星の如く輝いている。文才については、橋川が一高当時在部した文芸部の先輩たちであるマチネ・ポエティックの面々や、同輩、後輩からの様々な証言からも推察することができる。

「赤坂 （前略） 彼は小説家としても、例えば、ヴァレリーの「テスト氏」を読むとすぐその影響をうけて、「Z君のこと」という作品を書いている（『護国会雑誌』第一号、昭和十六年六月、一高文芸班）。（略） 判らないけれども面白い。そのとき小島信夫さんが、凄いのが出たねとかげで先輩のなかで褒めていたという話を聞いた。[41]」

（「座談会・若き日の橋川文三」神島二郎・赤坂長義・小林俊夫「思想の科学」）

後年、詩や小説は書かなかったとはいえ、エッセイのようなものの中から、例えば、「対馬幻想行[42]」のような作品を読むと、その見事な風景描写、追体験の臨場的な迫真力、文体の立派さなどから、橋川が、如何に小説家としても恵まれた才能を保持していたかを、推し量ることができる。「対馬幻想行」は、橋川の生まれたところである対馬を、後年訪れるときの、謂わば紀行文である。

が、読者をして、まるで実際に対馬にいるような錯覚におちいらせそうな情景の描き方といい、誰にでもある幼年期の、あの懐かしい思い出に耽る場面といい、さらには、歴史家らしく、対馬の歴史をさりげなく織りこんでいる点や、詩的メタファーの使い方などを含め、何処をとっても、見事に計算され、素晴らしい名文に仕上がっている。

若い頃を除き、どちらかといえば、堅い論文タイプの文章に固執した橋川にしては、めずらしく、自由奔放に筆が動いているようである。この「対馬幻想行」は、後にある慧眼な編集者により、教科書に採用されたというが、頷けることである。

しかし、エッセイの類は少なくないものの、こうした紀行文のような文章を探すことは、そんなに容易なことではない。どうも、橋川は、気ままなエッセイなどを書くことに対して、禁欲的な態度を貫いていたふしがある。[43]

鶴見俊輔は、「彼は詩人でありすぎた。彼には、まちがって政治学者になったというところがあった[44]」と、「思想の科学・橋川文三研究」（臨時増刊号）に書いている。しかし、まちがったのは、橋川ではなく、生きた時代がまちがっていたという言い方も可能なのかもしれない。政治学者というのは、実際の職業として政治学科の大学教授だったところから来ていると思うのだが、橋川自身は、「言え、お前は何者であるか?」という自問に対して、G・ソレルの言を引用して、「私は、私自身の教育のために役立ったノートを、若干の人々に提示する一人のautodidacte（独学者――引用者）である[45]」と、答えている。

鶴見の言は、橋川の資質や才能から判断してのもので、至極至当だと思うのだが、わたしには、鶴見が「まちがった」という以上に、単なる選択の問題を超えた、橋川の思想性が表れた問題のように思うのである。それは、分かれ道に遭遇して、どっちの道に行こうかというような単純な選択でもなく、どちらの女性が好きかというような嗜好の問題でもなく、また、才能や適性から職業を決めたということでもない、もっと重要な、言ってみれば、思想性を問うような問題としてあったような気がするのである。

詩人あるいは小説家としての才能を充分に備え、もし書いたならば、一流の書き手になったであろうにもかかわらず、また自身そうした欲求も確かにあった橋川が、結果的にその両者ともを選ばずに、自ら、「autodidacte」と自己規定し、歴史に執着したのは、何故だろうか。

そして、思想性を問うような選択とは、いったいどのようなものだったのだろうか。

これに対する橋川の直截な解答は、ある対談の中に見ることができる。

「何で詩をやめたかといわれて、詩はとってもしんどいし、そのしんどさが何か自分の志向している世界認識みたいなものとどこで結びついてくれるのかわからなくなって、詩らしい詩をつくろうとするとたいへんしんどいという気持だけ強くて、結局、詩ではなくて散文に、散文も小説というのではなくて、哲学でも歴史でも、とにかく詩の形をとらない、しかし自分の認識をずっと展開させてくれる、そういう文章のほうに傾いていったんだという……（略）結局、日本の詩に、簡単にいえば戦争の激化ということがあると思いますが、その情況の重みに耐えうるその戦争の全重量に拮抗する認識力をひっぱり出してくれる、そういう詩はどうもないという感じで自然にわかれちゃったみたいなんですね。」[46]

（鮎川信夫との対談「体験・思想・ナショナリズム」『歴史と精神』）

これは橋川自身が語った、いわば「歌のわかれ」である。文章の中では、ほとんど見ることができないが、対談ということで、またその相手が、聞き上手で、同じ戦中派に属し、自分の仲間でもある鮎川信夫ということもあって、本音の部分が出てきたというところであろうか。

詩ないし、小説に充分な意欲があった橋川が、詩や小説を書くことを断念して、歴史に拘泥した理由は、この発言から判断すると、「戦争」によってと言ってもよいであろう。あるいは、「戦争体験」による自己の反省からきているとも言えるだろう。おそらく、「しんどい」とは言いながらも、詩なり小説を書くことは、不可能なことではなかっただろう。前述したように、かつて、学生の頃に書いて発表したものから推測しても、かなりレベルの高いものを書けたはずである。にもかかわらず、それをしなかったのは、橋川の選択であり、禁欲であり、また屈託と言ってもいいだろう。橋川は、明確な世界認識を常に引き出すことができるように、また戦争で「死んだ仲間たち」のために、さらには「死におくれた精神」の持ち主として、詩や小説を書くことを断念し、歴史に拘泥したとも言えるのである。

橋川と同世代で、同じように、戦中から戦後にかけての価値の崩壊の中から、かつての自己を否定的媒介として、思想的に対決することで、立ち上がってきた吉本隆明も、同様な趣旨のことを語っている。

「（略）戦後、僕らが反省したことは、文学的発想というのはだめだということなんです。これは、いくら自分たちが内面性を拡大していこうとどうしようと、外側からくる強制力、規制力といいましょうか、批判力に絶対やられてしまう。[47]」
（座談会「半世紀後の憲法」、「思想の科学」一九九五年七月号）

吉本の場合は、橋川と違い、詩を完全に捨てたわけではなく、そのこと自体は、本質的な問題ではないのだが、かなり多量の詩作もしていた。

吉本の戦争体験を通しての反省は、本人が語っているように、戦前は「内面的な実感にかなえばいいんだ[48]」ということでやってきたが、それでは駄目で、戦後に教訓として得たことは、「自分に論理というものをもっていないと間違える[49]」というものであった。

これは、先の橋川の思想的選択と、表現の違いはあるものの、その言わんとするところは、見事に一致している。

そして、わたしは、ここに戦中派世代が、戦後の苦闘の中から創出した、最も良質で強靭な思想を見ることができるように思うのである。

何故なら、そこには、戦争責任の問題に対して、思想責任と正面からの対決の姿勢が見られ、そこから提出されてきたのが、前述のような結論だったからである。戦争責任の問題は、戦争体験者にとって、最も重大な思想的課題であったはずであるし、「政治と文学」のアポリアという戦後何回か繰り返し論じられる問題を止揚していると思うからである。

そこには、マックス・ウェーバーが『職業としての政治[50]』で規定した、純粋で愛情溢れる誠実な心情から発しているかどうかを行動の価値基準とした「心情倫理」、それに対し、政治的責任を問うならば、心情的に正しいかどうかという「道徳責任」から切り離し、その政治的結果に対して責任を取ることを第一にしなければならないとする「責任倫理」を重視したのと、共通する問題が論じられている。

戦後日本で、戦争指導者以外の、戦争責任の問題が本格的に登場するのは、戦後十年以上たってからのことである。この段階になってはじめて、政治責任と道徳責任が区別して論じられるようになったともいえる。

それ以前は、「道徳的に立派であることが政治的にも立派」であるとされ、その場合の道徳が、「節操や勇気、誠実な愛情」などの個人的道徳の次元で捉えられ、結果的に、戦争に抵抗できなかった日本共産党の政治責任が問われることはなかった。

かつて、橋川は、「日本近代史における責任の問題[51]」で、それまでに提出された戦争責任の問題を旨く整理しながら、転向論を踏まえて包括的に論じ、政治的責任と道徳的責任をはっきりと分けて考える必要性を説き、最終的には、思想的責任まで論じた。

これに対して花田清輝は、「「慷慨談」の流行[52]」で、橋川を「福沢諭吉の亜流」として槍玉に挙げ、「瘠我慢の説」を書いた福沢もろとも批判し、勝や榎本は常に政治的責任をとってきた人物であるから、道徳的責任から糾弾すべきではないとした。また、橋川が、敗戦後に自決したウルトラ・ナショナリストたちを、思想的責任をとったものの例として挙げたのに対し、花田は、指導者として、自決するのは無責任として批判した。

この論に応えて橋川は、花田が勝を引き合いに出して展開した「マキァベェリ的政治論は、いうなれば日本の支配者層についてあてはまることでこそあれ、日本現代史にあらわれた反体制運動の中から語られるのはおかしくはないのか？」[53]と、正論で応酬した。

しかし、ここで橋川と花田は、極めて重大な問題を論じながら、論点が嚙み合っていたわけではなかったし、花田は練達の論争家らしく、橋川の論の政治的責任の取り方という骨子をうまく借用しながら、言葉尻を捉えて論難しているに過ぎなかった。

橋川は、前記の論文の中で、丸山眞男の、天皇制の「無責任の体系」からはじまり、日本共産党の政治責任について厳しく論詰した優れた成果を引きながら、政治責任を問う時には、道徳責任から切り離して考えるべきで、日本ファシズムとの政治的敗北に関して、結果責任を解除してはならないとする論に賛意を示した。

さらに画期的な転向論として、転向を論ずる人は避けては通れないであろう、吉本の「転向論」を援用しながら、思想責任のあり方を論じている。

吉本の「転向論」は、転向しなかったマルクス主義者たちを、従来の、権力の圧力にも、思想的に屈しなかった忍耐と闘志の人たちという評価を、コペルニクス的転回し、「社会構造の総体のヴィジョンをとらえそこない」、「現実的動向や大衆的動向と無接触にイデオロギーの論理的サイクルをまわしたにすぎなかった」もので、「非転向の転向」[54]として断罪した。反対に、中野重治の「村の家」の主人公のように、転向しながらも、「筆を折れ」という父親に対して、「それでも書いていく」という勉次の姿勢を、「封建的土壌と対峙する」もので、思想責任の取り方のあるべき到達点として、高く評価したのである。

こうして見ると、橋川や吉本が、単純に、同じ思想や主義を一貫して持ち続けることを、必ずしも良しとはしなかったのとパラレルに、花田も勝や榎本を引き合いに出して、政治的立場を変えながらも、政治責任を取った人として評価するという、同じ論理構造になっていることに気が付く。

こうした花田の論から、安部公房の『榎本武揚』[55]や、江藤淳の『海舟余波』が生まれたとする、磯田光一のような積極的な評価も一方に存在するのだが、わたしには、花田の百戦錬磨の論争家としての狡知が見え隠れしてしまうのだ。

ところで、前述したように、橋川個人の取り組むべき著作分野の選択は、思想責任の問題の延長線上にあったと思うのだが、詩や小説はともかくとしても、どうして、いわゆる文芸評論などの批評を含めた文学や哲学ではなく、歴史に拘ったのだろうか。

「（略）いかなる体験も伝達されえないことがその特質であるのに対し、歴史とは、まさに地道な伝達可能性を本質とするからである。（略）体験の本質はその非合理性にあり、歴史の本質はその合理性にある。[56]」（『歴史と体験』）

橋川の言う歴史概念の規定は、このようなものとしてある。これは、橋川が再三引用するサルトルの「知識人最後の信仰[57]」ということに繋がっている。

信ずるものが何もない。詩や小説は、信ずるに足りない。それでは「情況の重みに耐えうる認識力」を引き出すことはなかなか難しい。信じて学ぶことができ、自分の認識力を展開してくれるのは、歴史だけではないだろうか、という領域に達したと思われる。

もう一つは、橋川自身も書いていることであるが、歴史認識の欠如という反省にたってのことであろう。これは、前にも触れたように、橋川が、戦時中に、歴史認識・世界認識の欠如から、戦争に対する総体的な見通しができなかった、という苦い体験があったからである。

直截的には、日本ロマン派にのめりこんだことへの自戒である。戦争当時、正確な世界認識ができていなかったという橋川の自省は、次のような点からも伺うことができる。

一つは、日本の超国家主義の解明作業であり[58]（詳細は略）、もう一つは、大東亜戦争について、優れた見識から、的確に行く末を見通すことができた人々への関心が、それである。

後者の観点から、橋川が関心を寄せ、高い評価を下した人々の中に、中江丑吉や清沢冽などがいた。中江に関しては、『現代知識人の条件』で、「中江の仕事や言行が未だに私たちに異常な感銘をよびおこすのは、彼が凡そ世の常のインテリとはことなって、いかなる戦局の進展の下にも、歴史の総体的ヴィジョンを見失うことが決してなかった[59]」と、知識人のあるべき姿としているし、「抵抗者の政治思想」で好意的に採り上げたり、「生活・思想・学問[60]」と題する講演の中でも、畏敬の念をもって、熱っぽくその「透徹した科学的予見性と人間的な達識」を紹介している。

清沢は、そのリベラルな国際感覚などから、当時の日本の政局や、日本の有り方に厳しい眼を向けて批判し、戦中日記の白眉とされる『暗黒日記[61]』を残しており、橋川はこの復刻版の編集・解説を担当している。

この二人は、共に、優れた世界的な状況分析から、戦争中に、見事に日本の将来を見通していた。日本の敗戦を、はっきりと予測し、断言していた。また、そうした予見ができるだけの確かな世界認識ができていたとして、敬意を払い、どうして、そのようなことが可能だったのかを、問うている。

また、「もっとも早く出て、もっともまとまっていて、そしてもっとも洞察力にすぐれた作品」[62]（鶴見和子）というのが定説とされる、橋川の柳田国男の評伝も、こうした問題意識の延長線上にあったと言ってもいいだろう。

しかし、橋川の思想的遍歴を丹念に辿っていくとすれば、『日本浪曼派批判序説』を書くことで、「日本ロマン派」に、一応の決着をつけたあと、つづいて自身の問題意識の中に残され、本格的に取り組まざるを得なかったのは、「歴史意識」の形成ないしは確立という課題であった。

これは、橋川が、戦争体験から、必死の思いで、紡ぎ出そうとしたものであり、この必須の課題に答えることこそが、何故歴史に拘泥したのかに、本当の意味で答えることになるはずであった。

三島由紀夫と橋川文三◉註

一、三島由紀夫に見る橋川文三の影響　――「英霊の声」以後

1

1　村松剛『三島由紀夫の世界』「「時代」への挑戦」二八二頁、新潮社。村松は、「『鏡子の家』の不評は、三島には痛手だった。それは彼にとって、「第二の人生」への出発の蹉跌を意味したのである。」と述べ、そして、冒頭の引用のように「珍しく彼が愚痴をいうのを、きいたことがある。」として、さらに、その「だれも」のなかには「筆者自身も、むろんはいっていたと思う」と告白している。

2　『橋川文三著作集』第四巻、「若い世代と戦後精神」二九八―三〇四頁、筑摩書房

3　奥野健男『三島由紀夫伝説』「『鏡子の家』の不思議」三六九頁、新潮社。ただし、奥野は「もちろん冗談めかしてではあるが」と断っており、さらに同書を絶賛したのは、「批評家としてぼくひとりであった」とし、「ぼくの書評に続くべき書評は出ず、大分経ってから、余りに人工的と言うような否定の書評があいついだ」と記している。

4　『三島由紀夫全集』第二十九巻、「「鏡子の家」進行中」三四四頁に、正確には「「金閣寺」で個人の小説を書いたから、次は時代の小説を書かうと思ふ。」と記している。また、同全集第二十九巻、「「鏡子の家」そこで私が書いたもの」（広告用リーフレット）三六〇頁には、「「金閣寺」で私は「個人」を描いたので、この「鏡子の家」では「時代」を描かうと思つた」としている。

5　「川端康成／三島由紀夫書簡集」「新潮」平成九年十月号、四七頁

6　『三島由紀夫全集』第二十八巻、「『鏡子の家』――わたしの好きなわたしの小説」（「毎日新聞」昭和四十二年一月三日）一八一頁、新潮社

7 奥野健男『三島由紀夫伝説』「『鏡子の家』の不思議」三六九頁、新潮社

8 猪瀬直樹『ペルソナ　三島由紀夫伝』「時計と日本刀」三〇〇頁、文藝春秋。なお、『鏡子の家』の前後に出版された三島の著の発売部数についても、「『絹と明察』も毎日芸術賞を受賞したもののあまり売れず初版一万五千部、三ヵ月後に三千部増刷してそれっきりだった。（略）『美しい星』が二万部、『午後の曳航』、うまい小説だな、と僕は思うが、五万部しか売れなかった」と取材の結果を報告している。

9 『江藤淳著作集』第二巻、「三島由紀夫の家」一一〇頁、講談社。その前に「しかし、この失敗作は、成功作「宴のあと」よりはるかに豊かな問題を含んでいる。」とある。一一八頁

10 『橋川文三著作集』第四巻、「若い世代と戦後精神」二九九頁

11・12 『橋川文三著作集』第一巻、「夭折者の禁欲」二六六頁。そこで橋川は、「第一次大戦の体験者マックス・ウェーバーの言葉でいえば、そのような陶酔を担保したものこそ、実在する「死の共同体《トーデスゲマインシャフト》」にほかならない。夭折は自明であった。すべては許されていた。」と述べている。

13 同書、二六八頁にこう記している。「戦争のことは、三島や私などのように、その時期に少年ないし青年であったものたちにとっては、あるやましい浄福の感情なしには思いおこせないものである。それは異教的な秘宴《オルギア》の記憶、聖別された犯罪の陶酔感をともなう回想である。」

14 三島由紀夫、橋川文三著『三島由紀夫論集成』「昭和四十一年五月二十九日付の橋川宛書簡」二二八—二二九頁、深夜叢書社。この手紙の中で、三島は「と見かう見」をカギ括弧でくくっている。わたしは、どうしてカギ括弧でくくったのか、ずっと不可解だったのだが、後に、橋川の「日本浪曼派批判序説」に、「私には、『近代文学』の一派は、このような座標の断絶、視座の錯乱の中で、いまだにその傷痕をと見こう見しているように思われる」（傍点原文）と述べており、この箇所を読んだ三島

が、一種のサインを送ったのではないかというのが、わたしの推測である。（『橋川文三著作集』第一巻、一一二頁参照）

15 同書「昭和三十九年六月十五日付の橋川宛書簡」二二六頁。この手紙には、「なほ申し遅れましたが、本日集英社の自選短篇集の見本を入手、改めて御解説を拝読、感謝の念に搏たれました。批評に於て、巨視的な視点と感覚的な視点は合致せねばならぬもので、御解説はそのみごとな合致の例ですが（略）」として、橋川の「夭折者の禁欲」を読んだ印象を述べている。

16 秋山駿『路上の櫂歌』「死後二十年・私的回想」二七五頁、小沢書店

17 武田泰淳は、『文人相軽ンズ』（「三島由紀夫」二五三―二五四頁、構想社）の中で、中央公論社の新人賞、谷崎賞の選考委員として三島と同席し、「深沢七郎の「楢山節考」に、まっ先に目をつけたのはあなただったし、庄司薫（福田章二）の「喪失」が二回目の新人賞でしたね」と述べている。

　秋山駿については、「群像」の新人賞を受賞してのデヴューであることから、後に異論を申し出た人もいたが、秋山自身が『路上の櫂歌』二七三頁で、こう書いている。「もしかすると自分は三島由紀夫に見出された者かもしれない、と、時折り私は人に語った。自分を飾るためではない。かなり本当のことなのだ。」として、昭和三十五年に「小林秀雄」で「群像」新人賞を受けてはいたが、それは出発点とはならず、何年か後に書いたものが三島の目に留まり、昭和三十九年に三島のくちききでかくことになった「時代小説について」が、文学の世界の「真の登場」になったと述べている。

18 佐伯彰一、三島由紀夫著『作家論』「解説」二一七頁、中公文庫。同著には、そうあるが、その後、佐伯は「三島由紀夫没後三十年」臨時増刊号「新潮」（平成十二年十一月刊行、二八四―二八五頁）の中で、「「あなたは、一に劇作家、二に批評家、三に小説家」と、三島に面と向って言い放ったという開高健の一文に驚かされたことが忘れ難い。」「じつはしかと切抜き、保存しておいた筈の開高のこの

エッセイ、わが手元では行方知れずで、改めて確かめようもない。」と、述べているから、事実関係の不一致があり、真相は霧の中である。

19 赤坂憲雄『象徴天皇という物語』「文化概念」一〇八頁、ちくまライブラリー46

20 同書、一〇九―一一三頁。そこには「天皇の本質は権力ではなく、権威であり、したがってそれは国家とは次序を異にするものであって、天皇が象徴するのは、文化共同体としての国民ないし民衆の統一である、と和辻はいう。〝文化概念としての天皇〟について三島が語る際の、基本のラインはほぼ、和辻が戦後間もなく『国民統合の象徴』にしめした天皇制のイメージに沿ったものだ。」とある。

21 加藤は直接引用あるいは明言しているわけではないが、『三島由紀夫全集』第二十八巻、「裸体と衣装」七一頁の次の箇所を指していると思われる。「どこの地獄かのかたはらに、行幸の際の便殿の目的で、地獄の持主の建てた結構な御殿があるが、それは行幸のときたうとう使はれなかつた。宣伝のために、そうはうばうで休息させられるのでは、陛下も、休息疲れで、たまつたものではおありになるまい。」

22 加藤典洋『日本風景論』「一九五九年の結婚」六五一―六六頁、講談社

23 『三島由紀夫全集』第十一巻、「鏡子の家」一〇〇頁

24 猪瀬直樹『ペルソナ　三島由紀夫伝』「時計と日本刀」三二一頁にこうある。「三島はいつから天皇を強く意識したのだろうか。」「これまでは、戦前の二・二六事件に題材を取った「憂国」あたりからではないか、と漠然と考えられてきた。」

25 徳岡孝夫・ドナルド・キーン『棹友紀行』「美作へ吹き抜ける風」中公文庫。そこにはこうある。「二・二六事件について書いてみてはどうか、と言ったことがあるんです。」一四七頁。また、五・一五事件

について書くことを提案すると「いや、書けない」と答え、理由を聞くと「「私は満州を知らないから」ということでした。「もし、いいかげんな知識で満州を書けば、高見順さんなどにばかにされる」。あの人は、そう言って断ったのでした。」一五四頁

26　井出孫六「新潮」昭和六十三年十二月号、「衝撃のブラックユーモア―深沢七郎「風流夢譚」」の中で、こう書いている。「社にもどったら、例の深沢さんの新作とこの「憂国」を並べて載せたらどうかと、編集長に伝えといてください」。また、三島は、「深沢さんのこんどの新作はなかなか扱いがむつかしいと思うけれど、ぼくのこの作品と並べて載せれば、毒が相殺されるはずだよ。」と言ったという。『その時、この人がいた』三八六頁、毎日新聞社

27　『三島由紀夫全集』第三十二巻、「二・二六事件と私」三六一頁で、「（略）たしかに二・二六事件の挫折によって、何か偉大な神が死んだのだつた。当時十一歳の少年であつた私には、それはおぼろげに感じられただけだつたが、二十歳の多感な年齢に敗戦に際会したとき、私はその折の神の死の怖ろしい残酷な実感が、十一歳の少年時代に直感したものと、どこかで密接につながつてゐるらしいのを感じた。それがどうつながつてゐるのか、私には久しくわからなかつたが、「十日の菊」や「憂国」を私に書かせた衝動のうちに、その黒い影はちらりと姿を現はし、又、定かならぬ形のままに消えて行つた。」と書いている。

28　同書、三六五―三六六頁

29　村松剛『三島由紀夫の世界』「叛逆の騎士」四〇二―四〇七頁、新潮社。及び河野司『私の二・二六事件』（河出書房新社）を参照。

30 平岡倭文重「新潮」昭和五十一年十二月号、「暴流のごとく——三島由紀夫七回忌に——」一〇八—一〇九頁

31 『三島由紀夫全集』補巻一、「私の文学を語る」四六七頁。そこで、三島は「「英霊の声」といふ小説は、作品のできは知りませんけれどもね、僕はあれで救はれたのですよ。昭和四十年に「三熊野詣」とか一連の短篇を書いたことがある。あの時は、自分がどうなるかと思ひました。文学がほんたうにいやでした。無力感に責められていやでした。(略)あれはおそらく一つの小さな自己革命だつたのでせう。とてもよかつた。自分に調合した薬だつたと思つたのです。もつとも副作用が非常にひどい薬で飲み続けてゐると非常に気分がいいから、いまにドカンと副作用で。(笑)」と語っている。

32 同書、四六八頁

33 『三島由紀夫全集』第二十九巻、三四八頁、「十八歳と三十四歳の肖像画」のなかで、「「君はsterben(死—引用者)する覚悟はあるかい?」

　といふ死んだ友人の言葉が又ひびいて来る。さうまともにきかれると、覚悟はないと答へる他はないが、死の観念はやはり私の仕事のもつとも甘美な母である。」と記している。

34 『橋川文三著作集』第五巻、「敗戦と自刃」一九七頁

35 加藤典洋『日本風景論』「一九五九年の結婚」五七—五八頁、講談社。加藤は「単行本『英霊の声』はいわば「英霊の声」の本当のメッセージをカモフラージュするための、あるいはその声を聴きとりにくくさせ、選ばれた少数者にのみ聴きとれるようにするための、声封じのパンドラの函にほかならなかった。(略)「英霊の声」は、今の眼から予断なくこれを読めば、きわめて過烈な、深沢の「風流夢譚」にある意味で匹敵する、現(昭和)天皇糾弾の〝反皇室〟小説にほかならないからである。」と書いている。

36 村松剛『三島由紀夫の世界』「「狂気」の翼」四四一頁で、村松は次のように書いている。「『英霊の声』は三島の作品中でももっとも政治的な、「革命」主題の小説だった。天皇批判にたいしては右翼から何通もの抗議文や脅迫状が来たと、当時はいっていた。」

37 『橋川文三著作集』第五巻、「テロリズム信仰の精神史」一九八―二二七頁

38 『橋川文三著作集』第三巻、「失われた怒り」一二一―二五頁

39 中村智子「思想の科学・橋川文三研究」「「テロリズム信仰の精神史」以後」一五六―一五七頁。また、中村は別のところで、こう書いている。「私はとび起きて、午前一時をすぎていたが、橋川氏に電話をかけた」（略）「橋川氏は私の「おそれ」に理解を示して、論文の本筋ではなく、むりに触れなくてもよいことなのでカットしてもよいと、自分で訂正してくれた。」『『風流夢譚』事件以後』田畑書店、五三―五六頁

40 『橋川文三著作集』第五巻、「テロリズム信仰の精神史」二一八頁

41 同書、二一九頁

42 『橋川文三著作集』第八巻、「『序説』増補版あとがき」二七二頁。「私は、私自身の教育のために役立ったノートを、若干の人々に提示する一人のautodidacteである。」とG・ソレルを引用している。

43 『三島由紀夫全集』第十七巻、「英霊の声」五二二頁

44 同書、五六〇頁

45 同書、五四〇頁

46 同書、五五九頁

47 樋口覚『近代日本表出論』「一九四六年の国語問題」二五頁、五柳書院。樋口は、こう書いている。「わたしが知る限り、この新年の詔書を新聞で見たときの衝撃を最も深い次元で追求したのは橋川文

三である（「三島由紀夫論―中間者の眼」）。橋川は、この経験を形而上学的ないしは神学的なものとして把握し、その宣言に内在するものの本質に迫った。」
48 同書、二五頁。「ちなみに橋川の師である丸山真男は、「宣言」が出た五ヶ月後に「超国家主義の論理と心理」を書いたが、ここには天皇制についての切れ味のよい分析はあるが、この詔書の衝撃については一言も触れていない。」
49 橋川文三『政治と文学の辺境』「中間者の眼」二一八頁、冬樹社
50 同書、二一九頁
51 『橋川文三著作集』第一巻、「美の論理と政治の論理」二三九頁
52 加藤典洋対談集『加藤典洋の発言2、戦後を超える思考』二一六―二二三頁、海鳥社
53 以上、橋川文三『政治と文学の辺境』「中間者の眼」二一七頁、二二二―二二三頁
54 『橋川文三著作集』第一巻、「序説・美意識と政治」七六頁
55 同書、七七頁
56 『橋川文三著作集』第五巻、「テロリズム信仰の精神史」二一〇頁
57 三島由紀夫『文化防衛論』二六五頁、「あとがき」のなかで「私はこれらの文章によって行動の決意を固め、固めつつ書き、書くことによっていよいよ固め、行動の端緒に就いてから、その裏付けとして書いて行ったということである。」と記している。
58 林房雄×三島由紀夫『対話・日本人論』一三二頁、番町書房
59 同書、二二五頁
60 『三島由紀夫全集』第三十四巻、「一貫不惑」七五頁
61 松本健一「ユリイカ」三島由紀夫特集、七六年十月号「恋闕者の戦略」一一八頁、青土社

62 同書、一一九頁

63 橋川文三『増補版　歴史と体験』「敗戦と自刃」一四一―一四三頁、春秋社

64 『橋川文三著作集』第一巻、「『葉隠』と『わだつみ』」三一五頁

65 林房雄×三島由紀夫『対話・日本人論』一六五頁、番町書房

66 『橋川文三著作集』第五巻、「テロリズム信仰の精神史」一九九―二〇三頁

67 林房雄×三島由紀夫『対話・日本人論』一五五頁、番町書房

68 猪瀬直樹『ペルソナ　三島由紀夫伝』「時計と日本刀」三一八―三一九頁、文藝春秋より再引用。

69 『橋川文三著作集』第一巻、「序説・イロニイと政治」五四頁

70 『増補版　歴史と体験』「日本ロマン派の諸問題」一一五―一一六頁

71 『橋川文三著作集』第五巻、「テロリズム信仰の精神史」二一八頁

72 久野収・鶴見俊輔『現代日本の思想』「日本の超国家主義―昭和維新の思想」一三二頁、岩波新書

73 富岡幸一郎、三島由紀夫著『英霊の声』「解説・死の「神学」」二二七―二二八頁、河出文庫。そこで富岡はこう記している。「人々は「文化概念の天皇制」という考え方を示した『文化防衛論』をよく話題にするが、今日から見れば「『道義的革命』の論理」のほうがはるかに重要な、興味深い問題を示しているといってよい。」

74 川端康成「新潮」九七年十月号、三島宛書簡、一月十六日朝六時、五八頁。「「文藝」で大文章を拝見して瞠目しました。実にみごとな大文章などと今更言ふのも失礼のやうですが、感歎久しく、呆然とするほどでした。二・二六事件について考への無い私にも、脈々の感動が伝はり、律動が高鳴ります。」

三島由紀夫「新潮」九七年十月号、川端宛書簡、一月二十日付、五八頁。「「文藝」の拙文をお褒めい

ただいて、実に嬉しく「川端さんがほめて下さつた」と家中に見せてまはつた挙句、文藝の杉山君にも喜んでもらはうと、早速電話をかけ、向うがメモをとろうとしたので厳しく禁止し、早口でお手紙をよみ上げて、大いそぎで相手を喜ばせて、電話を切りました。」

75 村松剛『三島由紀夫の世界』「訣別」四八〇頁。「丸山明宏の説によると彼自身には天草四郎の霊が、三島には磯部浅一の霊がついているそうだとか、（略）三島は磯部浅一といわれて驚愕していたという。それを冗談めかして彼はぼくにはなしたのだが、愉快そうな表情ではなかった。」

76 『橋川文三著作集』第五巻、「テロリズム信仰の精神史」二一三頁

77 同書、一九八—二二七頁などを参照。

78 大木英夫「ユリイカ」七六年十月号、「三島由紀夫における神の死の神学」六五頁、青土社

79 富岡幸一郎『仮面の神学』「神さすらひたまふ」、一〇一—一〇七頁、構想社

80・81 『三島由紀夫全集』第三十二巻、「『道義的革命』の論理——磯部一等主計の遺稿に」五三七頁

82 同書、五三九頁

83 同書、五三九—五四〇頁

84・85 同書、五三八頁

86 『橋川文三著作集』第五巻、「テロリズム信仰の精神史」二一六頁

87 同書、二一四頁

88 野口武彦『三島由紀夫の世界』「「白鳥の騎士」の主題」一〇頁、講談社。「「さいきん三島は『林房雄論』によって、ほとんど初めて歴史との対決という姿勢を示した」（「夭折者の禁欲」）と、これは三島氏とほぼ同世代に属する戦中派イデオローグのひとり、橋川文三氏の評言である。」

89 菅孝行『戦後思想の現在』「橋川文三——その持続と変貌の諸相——」二〇九頁、第三文明社

90 鶴見俊輔「思想の科学・橋川文三研究」所収の「橋川文三の出発」に「その語り口は、仙人に似て、読者を自分の見方にひきこむところはあっても、(略)」と、続けている。
91 『橋川文三著作集』第八巻、「「日本浪曼派批判序説」増補版あとがき」二七二頁
92 『橋川文三著作集』第七巻、月報「丸山真男氏に聞く」一二―一四頁でインタヴューに答えている。

二、「文化防衛論」をめぐる応酬 ——三島と橋川の意外な関係

1

1 『橋川文三著作集』第一巻、月報「優しい孤立者」三頁、筑摩書房
2 『三島由紀夫全集』第三十三巻、「橋川文三氏への公開状」四四七―四五一頁、及び「文化防衛論」三六六―四〇二頁を参照。
3 橋川文三対談集『歴史と精神』鶴見俊輔との対談「日本思想の回帰性」七五頁、勁草書房
4 猪瀬直樹『ペルソナ　三島由紀夫伝』「時計と日本刀」三五六頁、文藝春秋
5 橋川文三『三島由紀夫論集成』二二六―二二九頁、九八年十二月十七日刊、深夜叢書社
6 同書、「解題」二三三頁
7 橋川夫人はすい臓がんを患い、闘病生活を送っていたが、九八年夏頃、筆者が、電話にてうかがったもの。橋川夫人は、九九年十一月逝去。
8 奥野健男『三島由紀夫伝説』「肉体的完成と死」四五六―四五七頁、新潮社
9 『橋川文三著作集』第一巻、「詩人の戦争日記」三一〇頁
10 橋川文三対談集『歴史と精神』「同時代としての昭和」一八九頁、勁草書房

11 同書、一八四頁
12 『橋川文三著作集』第一巻、「序説・美意識と政治」八九頁
13・14 柄谷行人『近代日本の批評Ⅱ、昭和篇〔下〕』一一〇頁、福武書店
15 『橋川文三著作集』第五巻、「戦争体験論の意味」二四八頁
16 橋川文三『近代日本政治思想の諸相』「昭和超国家主義の諸相」一九三―一九四頁、未来社
17 同書、一九四頁
18 後藤総一郎『天皇神学の形成と批判』「北一輝ノート」一〇頁、イザラ書房
19 松本健一「思想の科学・橋川文三研究」「橋川文三論」一二頁
20 『橋川文三著作集』第八巻、「冷眼熱腸の人を思う」一八八―一九四頁などを参照。
21 中村雄二郎『橋川文三著作集』第三巻、月報「史談家橋川文三」一頁
22・23・24 蓮實重彦『近代日本の批評Ⅱ、昭和篇〔下〕』一一一頁、福武書店
25 いいだ・もも『三島由紀夫』「文化防衛と文化革命」二〇二頁、都市出版社
26 橋川文三対談集『時代と予見』「三島由紀夫の死」一七五頁、伝統と現代社
27 中村智子「思想の科学・橋川文三研究」、「「テロリズム信仰の精神史」以後」一五七頁
28 佐々木孝次『三熊野幻想』「三島由紀夫と天皇(1)」七二頁、せりか書房
29・30 辻井喬『橋川文三著作集』第一巻、月報「心優しき孤立者」三頁
31 『橋川文三著作集』第四巻、「若い世代と戦後精神」二九九頁などを参照。

2

32 猪瀬直樹『迷路の達人』「橋川文三先生の思い出」五六―五七頁、文藝春秋

33 同書、五八頁
34 『三島由紀夫全集』第三十四巻、「「文化防衛論」あとがき」五四頁
35 『討論・三島由紀夫vs.東大全共闘』一一二頁、新潮社
36 『三島由紀夫全集』第三十三巻、「文化防衛論」三九一―三九三頁。赤坂は、この理念に強い影響を受けていると指摘している。赤坂憲雄『象徴天皇という物語』（ちくまライブラリー）を参照。また、『和辻哲郎全集』第十四巻、三八三頁では、「（略）日本語の国民という言葉は久しくNationやPeopleの同義語と解せられ、その意味で一つの文化共同体を、（一つの国家組織の中味となっている文化共同体を、）さし示している。（略）天皇は日本国民の全体意志の唯一の表現者である。」（傍点原文）と述べている。
37 『橋川文三著作集』第五巻、「テロリズム信仰の精神史」二一三頁
38 『三島由紀夫全集』第三十三巻、「文化防衛論」三九六頁
39 『橋川文三著作集』第一巻、「美の論理と政治の論理」二四四―二四七頁
40 『三島由紀夫全集』第三十三巻、「文化防衛論」三九九頁
41 『橋川文三著作集』第一巻、「序説・日本浪曼派の背景」二七頁
42 同書、「序説・美意識と政治」八二―八三頁
43 同書、「美の論理と政治の論理」二五六頁
44 『三島由紀夫全集』第三十巻、「私の遍歴時代」四三六頁
45 『橋川文三著作集』第一巻、「三島由紀夫伝」二九九頁
46 『神西清全集』第六巻、「ナルシシスムの運命」四八四頁、文治堂書店
47 同書、四八七頁

48 『三島由紀夫全集』第三巻、「仮面の告白」一六二頁
49 『三島由紀夫全集』第二十五巻、「美について」二七七頁
50 『橋川文三著作集』第一巻、「序説・美意識と政治」八八―八九頁
51 橋川文三対談集『時代と予見』「三島由紀夫の死」一八一頁、伝統と現代社
52 白川正芳『批評と研究　三島由紀夫』白川正芳編、「デカダンスの論理」一六三頁、芳賀書店
53 『三島由紀夫全集』第三十巻、「私の遍歴時代」四四八頁
54 丸山眞男『日本の思想』「日本の思想」五七頁、岩波新書
55 『三島由紀夫全集』第十巻、「金閣寺」二八頁
56 中村光夫『文芸読本「三島由紀夫」』「『金閣寺』について」三四頁、河出書房新社
57 『三島由紀夫全集』第十巻、「金閣寺」五三頁
58 『小林秀雄全集』第八巻、「当麻」一五頁、新潮社
59 『三島由紀夫全集』第十巻、「金閣寺」二七四頁
60 『橋川文三著作集』第一巻、「序説・美意識と政治」八二頁
61 『三島由紀夫全集』第三十二巻、「二・二六事件と私」三六六頁
62 『橋川文三著作集』第一巻、「美の論理と政治の論理」二四三頁
63 『三島由紀夫全集』第三十三巻、「文化防衛論」三九九頁
64 橋川文三対談集『時代と予見』「三島由紀夫の死」一八四頁、伝統と現代社
65 『三島由紀夫全集』補巻一、古林尚との対談「三島由紀夫　最後の言葉」六八一頁
66 磯田と島田雅彦の対談、「模造文化の時代」「新潮」一九八六年八月号、一三九―一四〇頁。「亡くなる一ヵ月前に、ちょうど三島さんに最後に会ったときに彼はこういうことを言ったのです。本当は宮

中で天皇を殺したい、と言った、(略)現存する天皇を殺すという発想を三島さんは持っていました」と、磯田は述べている。

67 『討論・三島由紀夫vs.東大全共闘』一一〇頁、新潮社
68 同書、一四三頁
69 『三島由紀夫全集』第二十九巻、「十八歳と三十四歳の肖像画」三四五頁
70 中村愿『美の復権』「混沌に生きる」三四九―三七〇頁参照、邑心文庫
71 橋川文三対談集『時代と予見』「三島由紀夫の死」一七七頁、伝統と現代社
72 『保田與重郎全集』第六巻、「日本浪曼派について」二四六頁、講談社
73・74 『橋川文三著作集』第一巻、「序説・イロニイと政治」四八頁
75 桶谷秀昭『近代の奈落』「日本浪曼派の〈回帰〉」一三三頁、国文社
76 橋川文三対談集『時代と予見』、「三島由紀夫の死」一七八頁、伝統と現代社
77 『三島由紀夫全集』第三十三巻、「橋川文三氏への公開状」四四九頁
78 『三島由紀夫全集』第三十二巻、「『三熊野詣』あとがき」四九頁
79 『キルケゴール著作集』第二十一巻、「第二部 イロニイの概念について」二五四頁、白水社
80 野口武彦『三島由紀夫の世界』「失われた時への出発」二二八―二二九頁
81 『橋川文三著作集』第一巻、「美の論理と政治の論理」二四〇頁
82 『三島由紀夫全集』第三十三巻、「橋川文三氏への公開状」四四八頁
83 長崎浩『超国家主義の政治倫理』「三島由紀夫・変革原理としての天皇」二〇七頁、田畑書店
84 『三島由紀夫全集』第三十四巻、「『文化防衛論』あとがき」五九頁
85・86 『三島由紀夫全集』第三十三巻、「橋川文三氏への公開状」四四八頁

87 『橋川文三著作集』、第一巻、「美の論理と政治の論理」二四七―二四八頁
88 『三島由紀夫全集』第三十巻、「林房雄論」五二二頁
89 松本健一『時代の刻印』「恋闕者の戦略」一〇八頁、現代書館。その中で、こう書いている。「極論すれば、近代日本にあっては、左翼だって「純粋に心情の問題」でありえたのである。」
90 『橋川文三著作集』、第一巻、「三島由紀夫伝」三一〇―三一一頁
91 橋川文三『三島由紀夫論集成』「解題」二三三頁、深夜叢書社
92 『討論・三島由紀夫vs.東大全共闘』、一四〇頁、新潮社
93 『三島由紀夫全集』第三十四巻、「「文化防衛論」あとがき」五四頁
94 ヘンリー・スコット・ストークス『三島由紀夫の生と死』「四つの河〔一九五〇―七〇年〕」三〇三頁、清流出版
95 『三島由紀夫全集』補巻一、古林尚との対談「三島由紀夫 最後の言葉」六八〇頁
96 『三島由紀夫全集』第三十二巻、「『道義的革命』の論理――磯部一等主計の遺稿に」五三八頁
97 同書、五四四頁
98 『三島由紀夫全集』第三十四巻、「檄」五三一頁
99 徳岡孝夫『五衰の人』「「四年待つた」とは」七〇―七一頁、文藝春秋
100 『三島由紀夫全集』補巻一、三島と秋山駿との対談「私の文学を語る」四六八頁
101 ヘンリー・スコット・ストークス『三島由紀夫の生と死』「四つの河〔一九五〇―七〇年〕」三三五頁
102 『保田與重郎全集』第十巻、「天の時雨」五一七頁、講談社
103 『三島由紀夫全集』第三十二巻、「『道義的革命』の論理――磯部一等主計の遺稿に」五五六頁
104 同書、「「われら」からの遁走――私の文学」二七二頁

3

105 入江隆則『文学の砂漠のなかで』「三島由紀夫の自裁と天皇論のゆくえ」一三四頁、新潮社
106 中野美代子『スクリブル』「鬼神相貌変　「憂国」および「英霊の声」論」八八頁、筑摩書房
107 絓秀実『複製の廃墟』「死刑囚の不死」二五頁、福武書店
108 「国文学」昭和五十一年十二月号「特集三島由紀夫」「共同討議＝「豊饒の海」の時代」一三三頁
109 板坂剛『真説三島由紀夫』「私の民俗派宣言とフラメンコ」二二五―二二六頁、夏目書房
110 西部邁『ニヒリズムを超えて』「明晰さの欠如」三九頁、日本文芸社
111・112 『橋川文三著作集』第一巻、「美の論理と政治の論理」二三九頁
113・114 『三島由紀夫全集』第三十三巻、「橋川文三氏への公開状」四四七頁
115 辻井喬『橋川文三著作集』第一巻、月報「優しい孤立者」三頁
116・117 『三島由紀夫全集』第三十三巻、「橋川文三氏への公開状」四四七頁
118・119 橋川文三対談集『歴史と精神』野口武彦との対談「同時代としての昭和」一七九頁、勁草書房
120 桶谷秀昭『仮構の冥暗』「戦後近代の文化の意志」二四四頁、冬樹社
121・122 橋川文三対談集『歴史と精神』「同時代としての昭和」一七九頁、勁草書房
123 三島由紀夫『文化防衛論』「学生とのティーチ・イン」二四二―二四三頁、新潮社
124 猪瀬直樹『ペルソナ　三島由紀夫伝』「時計と日本刀」三六〇頁、文藝春秋
125 富岡幸一郎『仮面の神学』「神さすらひたまふ」九六―九七頁、構想社
126・127・128 『橋川文三著作集』第一巻、「美の論理と政治の論理」二四一頁
129 『三島由紀夫全集』第三十三巻、「文化防衛論」三九八頁

130　富岡幸一郎「発言者」九八年九月号、「「敗戦」という思想」五九頁
131　吉本隆明『詩的乾坤』「情況への発言（一九七一年二月）―暫定的メモ―」三四頁、国文社
132　辻井喬『橋川文三著作集』第一巻、月報「優しい孤立者」三頁
133　三島由紀夫、橋川文三著『三島由紀夫論集成』「昭和四十一年五月二十九日付、橋川宛書簡」二二八頁、深夜叢書社
134　橋川文三『三島由紀夫論集成』「狂い死の思想」一三三頁
135　『三島由紀夫全集』第二十六巻、「伊東静雄氏を悼む」二四一頁
136・137・138　『三島由紀夫全集』補巻一、「三島由紀夫氏への質問」七二四頁
139・140　辻井喬『橋川文三著作集』第一巻、月報「優しい孤立者」三頁

三、「秘宴《オルギア》」としての戦争と「死の共同体《トーデスゲマインシャフト》」

1

1　吉田満「ユリイカ」七六年十月号、特集「三島由紀夫」「三島由紀夫の苦悩」六三頁、青土社
2　中村光夫「人と文学」『筑摩現代文学大系』第六十八巻、五一一頁
3　武田泰淳『文人相軽ンズ』「三島由紀夫」（二四八頁、構想社）に「息つくひまなき刻苦勉励の一生が、ここに完結しました」とある。原題は「三島由紀夫の死ののちに」で、追悼文として書かれたもの。
4　吉本隆明『模写と鏡』「丸山真男論」二二一頁、春秋社
5　『磯田光一著作集』第一巻、「日本的「自己否定」の残像―『討論・三島由紀夫vs.東大全共闘』について」一一六頁、小沢書店

6 マックス・ウェーバー、石田雄著『日本の社会科学』東大出版会より再引用、二〇八頁（Fachmenschen ohne Geist）Max Weber, Gesammelte Aufsätze zur Religionssoziologi, Bd. I, Tübingen, Mohr, 1920, S. 204、二八〇頁

7 『三島由紀夫全集』第二十五巻、「重症者の兇器」二二五頁

8 奥野健男『三島由紀夫伝説』「仮面の告白」二二一頁、新潮社

9 吉田満「ユリイカ」七六年十月号、特集「三島由紀夫」「三島由紀夫の苦悩」六四頁、青土社

10 本多秋五『物語戦後文学史　中』「戦後派ならぬ戦後派三島由紀夫」一二七頁、岩波書店、同時代ライブラリー107より再引用。

11 『橋川文三著作集』第一巻、「序説・問題の提起」一一頁

12 丸山眞男『忠誠と反逆』「開国」一九四頁、ちくま学芸文庫。「日本は象徴的にいえば三たび「開国」のチャンスをもった。室町末期から戦国にかけてがその第一であり、幕末維新がその第二であり、今次の敗戦後がその第三である。」

13 丸山眞男『日本の思想』「日本の思想」五九頁、岩波新書。また、笠井潔は、『ミネルヴァの梟は黄昏に飛びたつか？』「黄色い部屋の再建」（一三頁、早川書房）で、こう語っている。「夜行性の鳥だから、一日の終わりである黄昏時に飛びたつのはとうぜんだが、そこにヘーゲルは、もうひとつの意味を重ねている。一連の出来事が完結したときにはじめて、この出来事の意味は、あるいは出来事の真理は可知的となる。」

14 丸山眞男『橋川文三著作集』第七巻、月報、一―二頁の中で、丸山自身がインタヴューに答えている。「いちばんはじめは、すでに卒業生として、ぼくの研究室にいきなり現れてきたんですね。むろんぼくの講義はきいていません」。インタヴューアーは明記されてないが、当時、筑摩書房編集者で、後

に役員をした丸山門下の中島岑夫。

15 荒正人『戦後日本思想大系、1戦後思想の出発』「第二の青春」三四〇―三六〇頁、筑摩書房などを参照。

16 『本多秋五全集』第一巻、「芸術・歴史・人間」二三頁、青柿堂。当時評判となったこの論文には、「八月一五日、戦争が終った。戦争は終るものであった！ これは僕にとって驚愕であった。歴史の一巡の経験は、かくて歴史の渦中をはなれた境地へ僕を誘い、歴史を遠望し、歴史の意味を考えることを教えた」とある。

17 『三島由紀夫全集』補巻一、古林尚との対談「三島由紀夫 最後の言葉」、六七二―六七三頁

18 『橋川文三著作集』第一巻、「序説・日本浪曼派の問題点」一九頁

19 本多秋五『物語戦後文学史 中』「戦後派ならぬ戦後派三島由紀夫」九七頁

20 『三島由紀夫全集』第十巻、「金閣寺」、七五頁

21 『橋川文三著作集』第八巻、「戦争と私」、八三頁

22 吉本隆明『詩的乾坤』「天皇および天皇制について」二三一頁、国文社

23 『三島由紀夫全集』第三十巻、「林房雄論」、五三九頁

24 吉本隆明『詩的乾坤』「天皇および天皇制について」二二五頁、国文社

25 吉本隆明『芸術的抵抗と挫折』「戦後文学は何処へ行ったか」一九八頁、未来社

26 吉本隆明『自立の思想的拠点』二三一―五一頁、徳間書店、などを参照。

27 『橋川文三著作集』第一巻、「三島由紀夫伝」三〇〇頁

28 多田道太郎『変身放火論』「金閣寺」一七六頁、講談社

29 『三島由紀夫全集』第三十巻、「私の遍歴時代」、四三六―四三七頁

30 『橋川文三著作集』第一巻、「三島由紀夫伝」二九五頁
31 『橋川文三著作集』第八巻、「詩について」六六頁
32 『磯田光一著作集』第一巻、「殉教の美学」一三一—五六頁、小沢書店
33 絓秀実『複製の廃墟』「死刑囚の不死」一六頁、福武書店
34 『三島由紀夫全集』第二十九巻、「十八歳と三十四歳の肖像画」三四六頁
35 宗左近『悲しみさえも星となる』「橋川文三くん」二四八頁、東京四季出版
36 『三島由紀夫全集』第二十七巻、「小説家の休暇」九六頁
37 『橋川文三著作集』第一巻、「序説・イロニイと政治」五六頁
38 『三島由紀夫全集』第九巻、「沈める滝」三八六頁
39 『橋川文三著作集』第四巻、「ぼくらのなかの生と死」二八八—二九六頁
40 同書、二九三—二九四頁

2

41 『橋川文三著作集』第一巻、「夭折者の禁欲」二六八—二六九頁
42 三島由紀夫、橋川文三著『三島由紀夫論集成』「昭和三十九年六月十五日付、橋川宛書簡」二二六—二二七頁、深夜叢書社
43 丸山眞男『日本の思想』「日本の思想」五二—六二頁
44 田坂昂『三島由紀夫論』「遍歴時代の作品から」一一三頁、風濤社
45 『三島由紀夫全集』第三十巻、「林房雄論」、五三九頁
46 拙論、第一章「三島由紀夫に見る橋川文三の影響」を参照。

47 『橋川文三著作集』第一巻、「夭折者の禁欲」二七三頁
48 『三島由紀夫全集』第二十六巻「芥川龍之介について」五一一―五一三頁
49 高畠通敏『討論・戦後日本の政治思想』、一二六頁、三一書房
50 以上、橋川文三対談集『歴史と精神』、野口武彦との対談「同時代としての昭和」一七五―一七六頁、
勁草書房
51 岸田秀「ユリイカ」七六年十月号、「特集・三島由紀夫」「三島由紀夫」九二、九四頁
52 『三島由紀夫全集』第三十二巻、「太陽と鉄」一〇九頁
53 『橋川文三著作集』第一巻、「序説・日本浪曼派の背景」二七頁
54 『三島由紀夫全集』第三十巻、「私の遍歴時代」四七六頁
55 『三島由紀夫全集』第三十三巻、「日沼氏と死」四三一―四三二頁
56 『三島由紀夫全集』第三十四巻、「独楽」四八五頁
57 『橋川文三著作集』第一巻、「三島由紀夫伝」二九七頁
58 佐伯彰一、三島由紀夫著『太陽と鉄』「解説」二〇五頁、中公文庫
59 三島由紀夫、橋川文三著『三島由紀夫論集成』「昭和四十一年五月二十九日付、橋川宛書簡」二二八
―二二九頁
60 『橋川文三著作集』第一巻、「三島由紀夫伝」三〇〇―三〇一頁
61 『三島由紀夫全集』第三十二巻、「太陽と鉄」一一一頁
62 『小林秀雄全集』第一巻、「様々なる意匠」一三頁、新潮社
63 『三島由紀夫全集』第三十二巻、「太陽と鉄」一二一―一二二頁
64 『三島由紀夫全集』第三十四巻、「序文（『三島由紀夫文学論集』）」三七一頁

65　佐伯彰一、三島由紀夫著『太陽と鉄』「解説」二〇三頁、中公文庫

3

66　橋川文三『歴史と思想』「三島由紀夫の生と死」二六七―二六八頁、未来社
67　『磯田光一著作集』第一巻、「『日本文学小史』について」二九二頁。高橋睦郎、三島由紀夫著『殉教』「解説」三三四頁、新潮文庫。ほかに澁澤龍彦らの証言もある。
68　林房雄×三島由紀夫『対話・日本人論』一九二頁、番町書房
69　松本徹『奇蹟への回路』「古今和歌集の絆―蓮田善明と三島由紀夫―」一六三―一六四頁、勉誠社
70　『三島由紀夫全集』第三十二巻、「古今集と新古今集」五七三頁
71　橋川文三対談集『時代と予見』「三島由紀夫の死」一七九頁、伝統と現代社
72　『小林秀雄全集』第三巻、「故郷を失った文学」三一頁
73　『三島由紀夫全集』補巻一、古林尚との対談「三島由紀夫　最後の言葉」六七二頁
74　田中美代子、三島由紀夫著『絹と明察』「解説」より再引用、三〇六頁、新潮文庫。初出は「朝日新聞」、昭和三十九年十一月二十七日付。
75　『政治と文学の辺境』「中間者の眼」二一四頁、冬樹社。なお、この言葉は、ギリシャ語をローマ字表記したもので、元々はスイスの学者ヨハネス・ホファーが、一六六八年に医学用語として創出したラテン語の造語。
76　『三島由紀夫全集』補巻一、古林尚との対談「三島由紀夫　最後の言葉」六七三頁
77　『三島由紀夫全集』第三十二巻、「太陽と鉄」一〇二頁
78　同書、一二二頁

79 澁澤龍彦『三島由紀夫おぼえがき』「絶対を垣間見んとして……」七五―八五頁、中公文庫
80 林房雄×三島由紀夫『対話・日本人論』二一六頁、番町書房
81 『三島由紀夫全集』第三十二巻、「太陽と鉄」一二四頁
82 同書、一二四―一二五頁
83 ジョン・ネイスン『新版・三島由紀夫―ある評伝―』「三島由紀夫と《楯の会》」二八八頁、野口武彦訳、新潮社
84 『三島由紀夫全集』第三十四巻、「あとがき「作家論」」五〇三頁
85 井口時男、山崎行太郎著『小説三島由紀夫事件』「書評」「週刊読書人」〇一年一月二十六日号
86 『三島由紀夫全集』第三十二巻、「太陽と鉄」九六頁
87 同書、九五頁
88 『三島由紀夫全集』第三十三巻、「美しい死」四二頁
89 『三島由紀夫全集』第三十二巻、「太陽と鉄」九九頁
90 同書、九五頁
91 車谷長吉「新潮」平成十二年十一月臨時増刊号「三島由紀夫没後三十年」「三島由紀夫の自刃」二二三頁
92 ジョン・ネイスン『新版・三島由紀夫―ある評伝―』「三島由紀夫と《楯の会》」二九二頁、野口武彦訳、新潮社
93 『三島由紀夫全集』第三十四巻、「「楯の会」のこと」二八二頁
94 『三島由紀夫全集』第三十二巻、「太陽と鉄」一二五―一二六頁
95 ヘンリー・スコット＝ストークス『三島由紀夫　生と死』「四つの河（一九五〇―七〇年）」三三五頁、

清流出版

96 ジョン・ネイスン『新版・三島由紀夫―ある評伝―』「三島由紀夫と《楯の会》」二九二頁、新潮社

97 中村彰彦『烈士と呼ばれる男』「惜別の時」一七〇頁、文春文庫

98 富岡幸一郎『仮面の神学』「虐殺されしもの」一三六頁、構想社

99 橋川文三『歴史と思想』「三島由紀夫の生と死」二七〇―二七一頁、未来社

100 『三島由紀夫全集』第三十二巻、「太陽と鉄」一一二頁

101 橋川文三『歴史と思想』「三島由紀夫の生と死」二七一頁、未来社

102 『三島由紀夫全集』第三十三巻、「野口武彦氏への公開状」二一〇頁

103 ジョン・ネイスン『新版・三島由紀夫―ある評伝―』「三島由紀夫と《楯の会》」二九七頁、新潮社

104 マックス・ウェーバー『権力と支配』濱島朗訳、四三頁、有斐閣

105 『三島由紀夫全集』第三十四巻、「「楯の会」のこと」二八四頁

106 松本清張『北一輝論』一九七―二〇八頁、講談社文庫

107 『三島由紀夫全集』第三十四巻、「革命哲学としての陽明学」四四九―四八二頁

108 例えば『保田與重郎全集』第十巻、「天の時雨」（五二一頁、講談社）には「私は三島氏の自刃をきいて、大塩中斎先生の気象行動に類似することを思つた。」とある。

109 伊達宗克『裁判記録「三島由紀夫事件」』七二頁、講談社。同書によれば、十一月二十五日に解散する、としている。

110 ジョン・ネイスン『新版・三島由紀夫―ある評伝―』「三島由紀夫の自決」三三八頁、新潮社

111 林房雄×三島由紀夫『対話・日本人論』二一一頁、番町書房

112 橋川文三『政治と文学の辺境』「中間者の眼」二三二頁、冬樹社

四、「前に進んだ」三島と「引き返した」橋川

1

1 吉本隆明「ちくま」八四年二月号、「告別のことば」二八―二九頁、筑摩書房
2 本多秋五『物語戦後文学史　下』「結びの言葉」二七〇頁、岩波書店、同時代ライブラリー108
3 吉本隆明『模写と鏡』「戦争と世代」三六五頁、春秋社
4 同書、三六六頁
5 塚本康彦『ロマン的断想』「橋川文三論」一〇五頁、武蔵野書房
6 吉本隆明『自立の思想的拠点』「情況とは何かⅥ」一五〇頁
7 『吉本隆明全対談集』第五巻、島尾敏雄との対談「平和の中の主戦場」一二一頁、青土社
8 鶴見俊輔対談集『思想とは何だろうか』「すぎゆく時代の群像」八三―八四頁、晶文社
9 橋川文三「辺境」10号、第三次・季刊終刊号「橋川文三日記1949―1951」一八頁、八九年七月、記録社発行・影書房発売
10 大澤真幸『戦後の思想空間』「戦後思想の現在性」三六頁、ちくま新書
11 竹田青嗣『現代批評の遠近法』「天皇制という禁忌」二二八頁、講談社学術文庫
12 三島由紀夫、橋川文三著『三島由紀夫論集成』「昭和三十九年六月十五日付、橋川宛書簡」二二六頁、深夜叢書社
13 竹田青嗣『現代批評の遠近法』「天皇制という禁忌」二二八頁、講談社学術文庫
14 東久邇首相、一九四五年八月三十日付「朝日新聞」で「全国民総懺悔することがわが国再建の第一歩であり、わが国内団結の第一歩と信ずる」と述べている。

15 吉田裕『日本人の歴史観』「「太平洋戦争史観」の成立」二七頁、岩波書店
16 河上徹太郎、日高六郎編『戦後日本思想大系、1戦後思想の出発』「配給された「自由」」七六—七九頁、筑摩書房
17 丸山眞男『後衛の位置から』「近代日本の知識人」一一四—一一五頁、未来社。丸山は、「戦争直後の知識人に共通して流れていた感情は、それぞれの立場における、またそれぞれの領域における『自己批判』です。一体、知識人としてのこれまでのあり方はあれでよかったのだろうか、何か過去の根本的な反省に立った新らしい出直しが必要なのではないか、という共通の感情が焦土の上にひろがりました」と述べている。
18 石田雄『日本の社会科学』「「悔恨共同体」の中の集団化とその帰趨」一七四—一七八頁、東大出版会
19 佐伯啓思『国家についての考察』「戦後民主主義という擬装」一八九—一九〇頁、飛鳥新社
20 同書、一九〇頁
21 鶴見俊輔、橋川文三著『昭和維新試論』「解説」二六九頁、朝日新聞社
22 『橋川文三著作集』第一巻、「私的回想断片」二二九—二三〇頁
23 『橋川文三著作集』第五巻、「敗戦前後」三二一頁
24 杉浦明平『暗い夜の記念に』「我々はもうだまされない」一〇三頁、風媒社
25 川村二郎「保田與重郎論」「展望」六六年九月号、一三五頁、筑摩書房
26 大岡信『超現実と抒情』「保田与重郎ノート」九三頁、晶文社
27 柄谷行人『終焉をめぐって』「一九七〇年＝昭和四十五年」一四頁、講談社学術文庫
28 柄谷行人「シンポジウムⅡ」『批評空間叢書13』八二頁、太田出版
29 日高六郎編『戦後日本思想大系、1戦後思想の出発』「解説」二二頁、筑摩書房

30 『橋川文三著作集』第一巻、「序説・イロニイと政治」五〇頁
31 廣松渉『〈近代の超克〉論』「絶望と餘焔と浪曼主義的自照」一八五頁、朝日出版社
32 『橋川文三著作集』第一巻、「序説・イロニイと政治」五〇頁
33 『竹内好全集』第七巻、「近代主義と民族の問題」三一頁、筑摩書房
34 『橋川文三著作集』第一巻、「序説・イロニイと政治」五〇—五一頁
35 川村二郎『神の魅惑　旅のレリギオ』「灰の精神」九〇—九一頁、小沢書店
36 井口時男、橋川文三著『日本浪曼派批判序説』「解説」三〇五頁、講談社文芸文庫
37・38 川村二郎『神の魅惑　旅のレリギオ』「灰の精神」九二頁、小沢書店
39 竹内好『魯迅入門』「I伝説」五〇頁、講談社文芸文庫
40 同書、「Ⅳ魯迅精神について」二二三頁
41 『保田與重郎全集』第七巻、「アジアの廃墟」一五一頁
42 『橋川文三著作集』第一巻、「序説・イロニイと政治」三四頁から再引用。また、同じ箇所を、カール・シュミット『政治的ロマン主義』橋川文三訳、八八頁では、「イロニイの中にはすべての限りない可能性の留保が含まれる。」と訳している。
43・44 『橋川文三著作集』第一巻、「序説・イロニイと政治」三三頁
45 『保田與重郎全集』第三十巻、「日本の歌」四一一頁
46 松本健一『滅亡過程の文学』「イロニーから自然へ」二五六頁、冬樹社
47 『橋川文三著作集』第一巻、「序説・イロニイと政治」四七頁
48 竹内好『近代の超克』「近代の超克」三三六頁、冨山房百科文庫
49 『吉本隆明全著作集』第五巻、「前世代の詩人たち」四七頁、勁草書房

50 『保田與重郎全集』第十六巻、「昭和の精神」一一頁
51 『増補版　歴史と体験』「日本ロマン派の諸問題」八八頁、春秋社
52 丸山眞男『現代政治の思想と行動』「軍国支配者の精神構造」一一九頁、未来社
53 竹内好『近代の超克』「近代の超克」三三五頁、冨山房百科文庫
54 『新編　江藤淳文学集成　4文学論集』「神話の告白」一一一―一一三頁、河出書房新社
55 竹内好『近代の超克』「近代の超克」三三六頁、冨山房百科文庫
56 桶谷秀昭『保田與重郎』「文明開化の論理と日本主義」一一三頁、講談社学術文庫
57 『保田與重郎全集』第七巻、「我が最近の文学的立場」一九三頁、講談社
58 菅孝行『戦後思想の現在』「橋川文三―その持続と変貌の諸相」一九五頁、第三文明社
59 長谷川宏「橋川文三の『日本浪曼派批判序説』」一一五―一一六頁、「批評精神」二号、八一年十一月二十五日刊
60 橋爪大三郎、加藤典洋著『「天皇崩御」の図象学』「解説・ミミズは地面に身を横たえて空をあおぐ」三三八頁、平凡社ライブラリー
61 松本健一『私の同時代史』「外在的批判の不毛性」二五一頁、第三文明社
62 井口時男、橋川文三著『日本浪曼派批判序説』「解説」三〇四頁、講談社文芸文庫
63 野口武彦「朝日新聞」八六年三月三十一日号
64・65 『橋川文三著作集』第一巻、「序説・日本浪曼派の背景」二六頁。なお橋川は、ここで意識的に「仮説」ではなく「仮設」を用いている。長原豊は「ユリイカ」二〇〇〇年十一月号「特集　三島由紀夫」の「予感する記憶」の中で、「仮説hypothesis」と「仮設assumption」の違いに触れている。
66 『近代日本政治思想の諸相』「あとがき」三八七頁、未来社

67 柳田邦男『この国の失敗の本質』「この日本をどうすればよいのか」三三五―三三六頁、講談社
68 山口昌男『敗者学のすすめ』七〇―七一頁、平凡社
69 加藤典洋『敗戦後論』「戦後後論」一一四頁、講談社
70 『増補版 歴史と体験』「詩人の戦争日記」一五四頁、春秋社。なお『橋川文三著作集』第一巻、三三一頁では、伊東静雄の引用部分が、全て現代仮名遣いになっている。
71 『橋川文三著作集』第一巻、「日本ロマン派と戦争」一八六頁
72 同書、「序説・美意識と政治」八八頁
73 以上、同書、八八―八九頁
74 『柳田国男・南方熊楠往復書簡集 上』九八頁、平凡社ライブラリー

2

75 『三島由紀夫全集』第二十巻、「卒塔婆小町」三九七頁
76 ドナルド・キーン、三島由紀夫著『近代能楽集』「解説」二三三頁、新潮文庫。そこには「『近代能楽集』の中の傑作であるのみならず、……（略）」とある。
77 三島由紀夫、中村光夫『金閣寺』「解説」より再引用、二六二頁、新潮文庫
78 『三島由紀夫全集』第二十六巻、「卒塔婆小町覚書」一四四頁
79 花田清輝『復興期の精神』「歌―ジョット・ゴッホ・ゴーガン―」五九―六〇頁、講談社文庫
80 『三島由紀夫全集』第三十巻、「私の遍歴時代」四五六頁
81 『三島由紀夫全集』第二十七巻、「小説家の休暇」八四頁
82 同書、八五頁

83 三浦雅士『青春の終焉』「笑う近代」一五六頁、講談社
84 『磯田光一著作集』第一巻、「殉教の美学」二三一―二六頁、小沢書店
85 本多秋五『物語戦後文学史　中』「戦後派ならぬ戦後派三島由紀夫」一三四頁、岩波書店、同時代ライブラリー107
86 同書、一三四頁より再引用
87 『決定版　三島由紀夫全集』第一巻、「盗賊創作ノート」六一三頁、新潮社
88 奥野健男『三島由紀夫伝説』「死への接近『盗賊』」一八七頁、新潮社
89 『三島由紀夫全集』第二巻、「盗賊」一六九頁
90 同書、一一九頁
91 『三島由紀夫全集』第三巻、「仮面の告白」二六三頁
92 同書、三一五頁
93 同書、三二五頁
94 花田清輝『復興期の精神』「ブリダンの驢―スピノザ―」一六四頁、講談社文庫
95 『三島由紀夫全集』第二十七巻、「終末感からの出発」四九頁
96 『三島由紀夫全集』第二十五巻、「重症者の兇器」一二四頁
97 松本徹『奇蹟への回路』「敗戦体験の意味」二〇七頁、勉誠社
98 『三島由紀夫全集』第二十五巻、「重症者の兇器」一二五頁
99 『橋川文三著作集』第一巻、「序説・問題の提起」一三頁
100 同書、「三島由紀夫伝」三〇三頁
101 同書、三〇二頁

102・103　『三島由紀夫全集』第二十七巻、「終末感からの出発」四九頁
104　『三島由紀夫全集』第三十巻、「私の遍歴時代」四二七頁、四三〇頁
105　桶谷秀昭『近代の奈落』「日本浪曼派の〈回帰〉」一三二頁、国文社。桶谷は「戦後、日本浪曼派の美意識を一等純粋に継承しつづけているとみられるのは、周知のように三島由紀夫であるが、三島の場合、「美」は生活の次元から意識的に切断され、ひたすら虚構の次元において純粋培養されている。」と述べている。
106　『三島由紀夫全集』第三十巻、「私の遍歴時代」四五八頁
107　福田恆存、三島由紀夫著『仮面の告白』「解説」二〇七頁、新潮文庫
108　『三島由紀夫全集』第二十五巻、「『仮面の告白』ノート」二五八頁
109　『三島由紀夫全集』第三十巻、「私の遍歴時代」四五八頁
110　同書、四五九頁
111　同書、「林房雄論」五四〇頁、五二〇頁
112　同書、五三九頁
113　同書、五三九―五四〇頁
114　『三島由紀夫全集』第三十四巻、「私の中の二十五年」四二二頁
115　『太宰治全集』第一巻、「晩年・葉」五頁、筑摩書房
116　太宰治『走れメロス』「東京八景」一八〇頁、新潮文庫
117　花田清輝『復興期の精神』「球面三角―ポー―」八六頁、講談社文庫
118　武田泰淳『司馬遷――史記の世界――』二五頁、講談社文庫
119　竹内好『魯迅』「序章―死と生について」一二―一三頁、講談社文芸文庫

120 『川端康成全集』第三十四巻、「島木健作追悼」四四頁、新潮社
121 竹内好、武田泰淳著『司馬遷―史記の世界―』「解説」二三〇頁、講談社文庫
122 武田泰淳『蝮のすえ』五五頁、講談社文芸文庫
123 『三島由紀夫全集』第三十巻、「私の遍歴時代」四五九頁
124 梅崎春生『桜島・日の果て』「桜島」一〇頁、新潮文庫
125 松本健一『日本の失敗』「時代思潮としての「死の哲学」」三一一頁、東洋経済新報社
126 同書、三一〇―三一一頁
127 『橋川文三著作集』第一巻、「序説・イロニイと文体」三六頁
128 松本健一『滅亡過程の文学』「方法としてのイロニー」一五九頁、冬樹社
129 桶谷秀昭『保田與重郎』「絶対平和論」一六五頁、講談社学術文庫
130 『三島由紀夫全集』第三十四巻、「『蓮田善明とその死』序文」三六四頁より再引用。
131 『藤沢周平全集』第二十一巻、『三屋清左衛門残日録』「早春の光」二六一頁、文藝春秋
132 『藤沢周平全集』第二十五巻、「半生の記」九七頁、及び「文藝春秋」〇二年七月号、阿部達児編・文「藤沢周平の手紙と遺書」三四九頁。後者には「郷里の湯田中中学の同僚だった渡辺とし氏宛の手紙によると、」藤沢は、「僕も、何ひとつ知ることが出来ないあの世という別世界に、一人でやるのが可哀想で、一緒に行ってやるべきかということを真剣に考えました。子供がいなかったら、多分僕はそうしたでしょう。（略）僕はすぐそばまで行き、しきりに向うの世界をのぞいていたような気がします。」と、書き送ったとある。

3

133 中里介山『大菩薩峠』第一巻、「甲源一刀流の巻」七頁、「時代小説文庫」富士見書房
134 辻井喬『橋川文三著作集』第一巻、月報「優しい孤立者」三頁
135 大澤真幸『戦後の思想空間』「戦後思想の現在性」三八頁、ちくま新書
136 『三島由紀夫全集』第二十七巻、「終末感からの出発」四九—五〇頁
137 西川長夫『日本の戦後小説』「三島由紀夫」三五八頁、岩波書店
138 橋川文三の発言、高畠通敏『討論・戦後日本の政治思想』「政治思想の戦後」四〇頁、三一書房
139 中村光夫『筑摩現代文学大系』第六十八巻「人と文学」五〇一頁、筑摩書房
140 『三島由紀夫全集』補巻一、古林尚との対談「三島由紀夫 最後の言葉」七〇二頁
141 文芸読本『小林秀雄』「小林秀雄を囲んで」(「近代文学」二号、一九四六・一・一二)五九頁、河出書房新社
142 『吉本隆明全著作集』第七巻、「小林秀雄の方法」二五三頁、勁草書房
143 『小林秀雄全集』第三巻、「故郷を失った文学」三七頁、新潮社
144 『吉本隆明全著作集』第七巻、「小林秀雄の方法」二五五—二五六頁、勁草書房
145 『橋川文三著作集』第四巻、「世代論の背景」二六七頁
146 桶谷秀昭『保田與重郎』「保田與重郎私話——あとがきに代えて」二二四頁、講談社学術文庫
147 日本美術院院歌で、岡倉天心の作とされている。
148 『保田與重郎全集』第三十巻、「日本の歌」四〇八—四一一頁、講談社
149 桶谷秀昭『保田與重郎』「敗戦期」一三六頁、講談社学術文庫

150 『三島由紀夫全集』第三十巻、「林房雄論」五四〇頁
151 柄谷行人『終焉をめぐって』「同一性の円環」一五六頁、講談社学術文庫
152 猪瀬直樹『ペルソナ　三島由紀夫伝』「時計と日本刀」三八九頁、文藝春秋
153 『三島由紀夫全集』第三十二巻、「太陽と鉄」一一六頁
154 吉本隆明『新・書物の解体学』「『三島由紀夫評論全集』」二一一頁、メタローグ
155 『磯田光一著作集』第一巻、「失われた饗宴を求めて」二二三頁、小沢書店
156 『三島由紀夫全集』第三十二巻、「太陽と鉄」一三九―一四〇頁
157 『橋川文三著作集』第一巻、「夭折者の禁欲」二六九―二七〇頁
158 奥野健男『太宰治論』「生涯と作品」六二頁、新潮文庫
159 『三島由紀夫全集』第十四巻、「美しい星」四九頁
160 高橋義孝、三島由紀夫著『美しい星』新潮文庫、奥野健男の「解説」より再引用、二九八頁
161 『三島由紀夫全集』第十四巻、「美しい星」四八頁
162 同書、三三五頁
163 『三島由紀夫全集』第十四巻、「午後の曳航」四四六頁。「いいかい。読むから、よく聴くんだぜ。／刑法第四十一條、十四歳ニ満タザル者ノ行為ハ之ヲ罰セズ」(略)「今までのところ、何しろ僕たちは、可愛い、かよわい、罪を知らない児童なんだからね。」とある。
164 K・ヤスパース、橋本文夫訳『戦争の罪を問う』「罪の問題」一八七頁、平凡社ライブラリー
165 『三島由紀夫全集』第三十巻、「私の遍歴時代」四五四頁
166 『三島由紀夫全集』補巻一、武田泰淳との対談「文学は空虚か」六四二頁
167 『三島由紀夫全集』第三十四巻、「私の中の二十五年」四二三頁

168 K・ヤスパース、橋本文夫訳『戦争の罪を問う』「罪の問題」九八頁、平凡社ライブラリー
169 村上一郎『現代の発見』第一巻、「戦中派の条理と不条理」六三頁、春秋社
170 村上一郎『草莽論』「吉田松陰」一五二頁、大和書房
171 桶谷秀昭『仮構の冥暗』「戦後近代の文化の意志」二四三頁、「近代日本の反逆者」三一九頁を参照、冬樹社
172 辻井喬『橋川文三著作集』第一巻、月報「優しい孤立者」三頁
173 古田大次郎『死の懺悔』三一四頁、春秋社。「テロリストの行く道も、隠遁者の行く道も畢竟同じものである。同じ方向に平行して走っている道である。そして二つながらに困難な淋しい道である。僕から見れば、隠遁者の道はテロリストの道よりもいっそう険しくいっそう淋しいものである。僕はそのいずれの道へも行きえない哀れな人間であった」。死刑後に出版された同著は一九二六年のベストセラーとなる。

補論一、辿《たど》りついた戦後の虚妄 ――「葉隠」をめぐって

1

1 『三島由紀夫全集』第三十四巻、「美しい殺人者のための聖書」二九七頁
2 『三島由紀夫全集』第三十三巻、「葉隠入門」五八頁
3 同書、一一〇頁
4 『磯田光一著作集』第一巻、「三島由紀夫の古典主義美学」二五六頁

5 松本健一『時代の刻印』「恋闕者の戦略」一一一頁、現代書館
6 『三島由紀夫全集』第三十三巻、「葉隠入門」五六頁
7 同書、一一五頁
8 『日本の思想』9、『甲陽軍艦・五輪書・葉隠』の付録、相良亨との対談「『葉隠』の魅力」七頁、筑摩書房
9 『三島由紀夫全集』第三十三巻、「葉隠入門」七三頁
10・11 山本博文『『葉隠』の武士道』六頁、PHP新書
12 鹿野政直『近代日本思想案内』「日記・自伝・随想・書簡」三一八頁、岩波文庫別冊14
13 『三島由紀夫全集』第三十四巻、「日本文学小史」一一四頁
14 小坂部元秀「三島由紀夫と「葉隠」」三五四―三六四頁、『批評と研究　三島由紀夫』白川正芳編、芳賀書店
15 『三島由紀夫全集』第二十七巻、「小説家の休暇」一七七―一八一頁
16 和辻哲郎・古川哲史校訂『葉隠』上「八五」一二〇頁、岩波文庫
17 『三島由紀夫全集』第三十三巻、「葉隠入門」五四―五五頁
18 『三島由紀夫全集』第三十二巻、「勇気ある言葉」四四一頁
19 『三島由紀夫全集』第三十三巻、「葉隠入門」七四頁
20 『三島由紀夫全集』補巻一、「アンケート」七二四頁
21 『三島由紀夫全集』第二十五巻、「禁色は廿代の総決算」四九四頁。なお岩波文庫版『葉隠』二一六頁には「定家卿伝授に、歌道の至極は身養生に極り候由。」とある。
22・23 『三島由紀夫全集』第三十三巻、「葉隠入門」一〇九頁

24 同書、五二一―五三三頁
25 同書、「わたしのただ一冊の本「葉隠」」一一六頁
26 同書、「葉隠入門」五三三―五四頁

2

27 同書、「わたしのただ一冊の本「葉隠」」一一六頁
28 花田清輝『もう一つの修羅』「モラリストとはなにか」二一五頁、講談社文芸文庫
29 本多秋五『物語戦後文学史　中』「戦後派ならぬ戦後派三島由紀夫」一三二頁
30 『三島由紀夫全集』第三十四巻、「美しい殺人者のための聖書」二九七頁
31 『橋川文三著作集』第一巻、「『葉隠』と『わだつみ』」三一一―三一九頁
32 三島由紀夫、橋川文三著『三島由紀夫論集成』「昭和三十九年六月十五日付、橋川文三宛書簡」二二七頁、深夜叢書社
33 『三島由紀夫全集』第三十三巻、「葉隠入門」六二二頁
34 丸山眞男『日本の思想』「Ⅱ近代日本の思想と文学」一二二頁、岩波新書
35 『橋川文三著作集』第一巻、「夭折者の禁欲」二七二頁
36 『三島由紀夫全集』第三十三巻、「葉隠入門」一〇二頁
37 同書、八一頁
38 『三島由紀夫全集』第二十八巻、「裸体と衣装――日記」一八〇―一八一頁
39 『三島由紀夫全集』第三十巻、「存在しないものの美学――「新古今集」珍解」八七頁
40 『三島由紀夫全集』第三十二巻、「太陽と鉄」九五頁

41 『三島由紀夫全集』第三十三巻、「小説とは何か」二一九―二二〇頁

42 堂本正樹『三島由紀夫の演劇』「幕切れの思想」一四頁、劇書房

43 『三島由紀夫全集』第十九巻、「豊饒の海・天人五衰」六四六―六四七頁

44 『三島由紀夫全集』第三十三巻、「葉隠入門」一〇三頁

45 野坂昭如『感傷的男性論』「三島由紀夫の筋肉」一七九頁、悠飛社

46 桶谷秀昭『凝視と彷徨（上）』「三島由紀夫」一六四頁、冬樹社

47 『三島由紀夫全集』第三十四巻、「『蓮田善明とその死』序文」三六四頁

48 橋川文三対談集『歴史と精神』野口武彦との対談「同時代としての昭和」一八七―一八八頁、勁草書房

49 『三島由紀夫全集』第三十二巻、「太陽と鉄」九五頁

50 小島千加子『三島由紀夫と檀一雄』「最後の電話」九頁、「ある晴れた日に」四二頁、構想社

補論二、橋川文三と戦後――「橋川文三日記」を手がかりに

1

1 鮎川信夫『歴史におけるイロニー』「歴史におけるイロニー」九頁、筑摩書房

2 橋川文三「辺境」10号、第三次・季刊終刊号、「橋川文三日記」四頁、一八頁、五七頁、七六頁、記録社発行、影書房発売

3 松本健一『戦後の精神』「言葉が人を殺すと謂うこと」一〇―二八頁、作品社。橋川は、一九八三年十二月十七日逝去。

4 同書、二二二頁

5 桶谷秀昭が直接松本に対して発言したのではなく、桶谷の著『保田與重郎』「保田與重郎私誌——あとがきに代へて」二二九頁のなかで、「橋川文三の『日本浪曼派批判序説』に底流する雰囲気を感じとることのできるおそらく最後の世代に属してゐた」と書いている部分を指している。

6 『橋川文三著作集』第八巻、「『日本浪曼派批判序説』初版あとがき」二六六頁

7 松本健一『戦後の精神』「言葉が人を殺すと謂うこと」一九頁、作品社

8 『橋川文三著作集』第五巻、「「戦争体験」論の意味」二三一頁。橋川は、ここで、「かれ（石原—引用者）のいうのを私流にいいなおせば、戦争体験論というのは結局懐古趣味であり、（略）」と述べている。

9 神島二郎「ちくま」一九八四年二月号、「淡然と逝いた友へ」二六頁、筑摩書房

10 松本健一『青春の断端』「格子なき牢獄」七一頁（白地社刊）の中で、「憑かれた人々の群——近代日本文学とドストエフスキー」をバリケードの中で書いたと記している。

11 松本健一『北一輝論』二九七頁、現代評論社。「「昨年一月の安田講堂封鎖解除の際であった。私は、安田講堂占拠を二・二六事件の青年将校の蹶起と重ね想ってしまっていた。その事実は、幸徳秋水の思想を高く評価しながら、北一輝の三つの著作の裏に秘められた革命の観念の眩惑的な引力に魅かれるという私の二重構造を、改めて私の思考の上にのぼせた。そして二重構造の狭間に安住することの意味を反問せよという警鐘となって、私の耳許で鳴り響いたのであった。」これを書いてから、ほぼ二年の日数が過ぎた。いまこれを訂正する必要をほとんど感じていない。もちろん、二・二六事件の青年将校と全共闘の学生を思想的に重ね合せることはできないが、しかし、ある時代的状況のなかで

思想形成をした若者たちの、時代に対する叛逆の行為としての等質性で、それはあったろう。」

12 松本健一『戦後の精神』「〈歴史〉を見つめる人」四五頁、作品社。松本は次のように述べている。「七〇年代半ばのある夜、わたしが対象の論理をなぞって、それを対象の喉元につきつけてやれば敵は自爆する、その爆弾の運び手つまり思想のテロリストでありたいといったのに対して、橋川さんはそれもまたエリート主義ではないのか、と意外なことをいったのだった。わたしが意外とおもったのは、橋川文三こそ思想のテロリズムを敢行した先駆者とそれまで考えていたからだった。」ここには、橋川と松本との決定的なスタンスの違いが表れている、とわたしは思う。松本が、自身を「思想のテロリスト」と、規定しているのに比し、橋川が、「autodidacte（独学者—引用者）」と自己規定しているのを対置すれば、その落差には愕然とするものがあり、それを橋川は「エリート主義」と呼んだのだと、わたしは思う。

13 吉本隆明『わが転向』「またけむ人は」一七四頁、文藝春秋。歌の全体を示す文章は「わたしはすぐに『古事記』歌謡三十二巻の歌を連想した。「命の　またけむ人は　たたみこも　平群《へぐり》の山の　熊樫《くまかし》が葉を髻華《うず》に挿せ　そのこ」」

14 『橋川文三著作集』第八巻、「『日本浪曼派批判序説』初版あとがき」二六五頁にこうある。「私の体験に限っていえば、それは、「命の、全けむ人は、畳菰、平群の山の　隠白檮が葉を、髻華《うず》に挿せ、その子」というパセティクな感情の追憶にほかならない。」

2

15 鮎川信夫『歴史におけるイロニー』「歴史におけるイロニー」一〇頁、筑摩書房

16 橋川文三対談集『歴史と精神』、鮎川信夫との対談「体験・思想・ナショナリズム」一一二頁、勁草書房

17 「思想の科学・橋川文三研究」、座談会「若き日の橋川文三」七七―七八頁で、出席者の赤坂長義は、こう語っている。「赤坂　昭和二十三年ごろ彼は下谷の病院に入っていた。ぼくが軍隊から帰って初めて見舞にいったのがあそこだから。そのころやつは何かこつこつ書いていた。『日本浪曼派批判序説』のもとになるものなんだ。あとになって時々話して聞かせられたんだが、保田さんのものをああいう読み方ができるということを知って、ただただ驚異でしたね。これは当然、歴史に残る文献になると思った。あの論文の序説のもっとイントロダクションみたいなのを『中央公論』へ出そうとしたんですよ。ところが中公で、文章が晦渋であるということで没になってしまった。『中央公論』というのはくだらん雑誌だなあと思ったよ。だが、彼はそこで変に取り上げられないでよかった。橋川は十年近く病院を出たり入ったり転々としている間に想を錬っていたんだろう。『同時代』という一高の卒業生たちがやってた雑誌にそれを発表したのが昭和三十二年三月だ。そこに四号か五号連載したあと補筆したのがあの『日本浪曼派批判序説』だ。」

18 例えば吉本隆明は『芸術的抵抗と挫折』「戦後文学は何処へ行ったか」（一九八頁、未来社、一九五七年）で、「戦後文学は、わたし流のことば遣いで、ひとくちに云ってしまえば、転向者または戦争傍観者の文学である」として、批判している。

19 『橋川文三著作集』第五巻、「敗戦前後」三一一頁

20・21 島尾敏雄と吉田満の対談『特攻体験と戦後』、島尾敏雄の「解説」一四八頁、中公文庫

22 白井健三郎『橋川文三著作集』第五巻、月報「橋川文三のパトス」三頁。白井はそのなかで、「橋川と激しく衝突した事件は、いまでもなまなましい。現在の詩人宗左近の応召を送る友人たちの会で、私は戦争の愚劣さを説き、宗左近に対して生きて帰ってくるように願った。橋川は突如私の胸ぐらをつかまえ、「お前はそれでも日本人か、日本人ならこの戦争に参加すべきだ」という意味のことを

言って私をはげしくなじった。私はそういう橋川を冷笑し、「日本人である前に人間だ、人間であることからこの戦争は許せない」と応じたが、橋川は昂奮して私をなぐりにかかったのである。」としている。

これより以前、『知と権力』二五九頁（三一書房刊、一九八一年）でも、白井は、「徴兵忌避者」と題する短文で、具体的な人名は一切出していないが、「（略）すると、或る友人がたちまちぼくにおそいかかり、「貴様は日本人か」と怒号して、なぐりにかかった。「日本人の前に人間だ」とぼくは答えたが、この論理は通じなかった。」とある。

23 宗左近も、『現代詩文庫・宗左近詩集』の「自伝　わだつみの一滴」（一二六―一四〇頁）で、「三月三十一日、わたしの家で歓送会が行われた。酒をあおった。酔えなかった。突然、酒席で激しい口論が起った。「おれたちは、まず日本人なんだ、それから人間なんだ」。「違う、まず人間だよ。それから、いやいやながら日本人なのさ」。「そうじゃない。第一与件として日本人だ、次に属性として人間だ」。「馬鹿をいえ、人間がさきだ、日本人があとだ」。「けしからん、そんな日本人なら、叩っ斬ってやる。表にでろ」。「なにをいう、ファッショ。斬れるなら斬ってみな」。「馬鹿たれ、斬る！」。まず日本人説は、東大法学部三年橋川文三とその友人Pであった。まず人間説は、東大フランス文学科卒業後海軍軍司令部勤務の白井健三郎であった。」と回顧している。

24 『橋川文三著作集』第一巻、「わが愛するうた」二三五頁。「昭和十九年だったか、同じ仲間の詩人宗左近の応召を送る十数人ばかりの会でのこと、この戦争を醜悪と見る白健や宗左近と、むしろ美しいとする私たちロマン派の徒との間に激論が生じたことがある。」

『竹内好全集』第七巻、「権力と芸術」一七〇頁、筑摩書房。竹内はそこで、こう述べている。「「トルソに全ギリシアがある」ように、一木一草に天皇制がある。われわれの皮膚感覚に天皇制がある。芸術だけがそれから免れてあるはずがない。トルソばかりでなく、全芸術が天皇制に滲透されている。」

25 岸田秀『ものぐさ精神分析』「日本近代を精神分析する―精神分裂病としての日本の近代」一〇―三〇頁、中公文庫

26 橋川文三『近代日本政治思想の諸相』「あとがき」三八七頁、未来社

3

27 桶谷秀昭『近代の奈落』「戦争体験と戦後思想」二一九頁、国文社。そこには、「山田宗睦の回想には、いわゆる戦中派の八・一五体験の共通項が、すべて出揃っている。すなわち……」とある。

28 『橋川文三著作集』第八巻、「戦争と私」八二頁。「政治というものが、私などの空想していたように崇高な明断可決の行動ではなく、何か曖昧で、奇妙な因襲のメカニズムに従うものであるらしいということを私はばくぜんと感じとった。それとともに、要するに、私たちとは別の人びとが、何か別の考え方でこの戦争を指導しているらしいということも感じないではいられなかった。」「ともかく「皇軍」が暴行・掠奪はおろか、虐殺・強姦さえ行うものであるとは、夢にも考えたことがなかった。あとから思うと、それは南京虐殺のおくればせなウワサだったように思われるが、とにかくその衝撃は大きかった。」

29 『橋川文三著作集』第一巻、「ロマン派へ接近の頃」二二一頁。「私の日本ロマン派の思い出といえば、昭和十四年から七年にかけての、高校生活と結びついている。年齢的には十七歳から二十歳のことだから、ティーンエイジャー末期の思い出ということにもなる。」二一五頁。（略）「それはかなりもう保田への直接の陶酔感が遠のいていた時期の会話であったという印象とともに、記憶に残っている。学徒出陣も迫ろうとしていたころで、ある意味では日本ロマン派心酔どころではなく、私たち自身が

じつは、何か奇妙にロマン的な存在に化していたからかもしれない。」二三一頁

30 『磯田光一著作集』第一巻、「殉教の美学」一七頁

31 福沢諭吉『文明論之概略』一二頁、岩波文庫。その緒言に、こうある。「恰も一身にして二生を経るが如く一人にして両身あるが如し。二生相比し両身相較し、其前生前身に得たるものを以て之を今生今身に得たる西洋の文明に照らして、其形影の互に反射するを見ば果して何の観を為す可きや。」

32 丸山眞男『忠誠と反逆』「開国」一九四頁、ちくま学芸文庫。丸山はその中で、こう記している。「日本は象徴的にいえば三たび「開国」のチャンスをもった。室町末期から戦国にかけてがその第一であり、幕末維新がその第二であり、今次の敗戦後がその第三である。」

33 『三島由紀夫全集』第二十七巻、「小説家の休暇」九六頁。七月二日に、三島は、こう記している。「私は恩寵を信じてゐて、むやみと二十歳で死ぬやうに思ひ込んでゐた。二十歳をすぎてからも、この考へがしばらく糸を引いた。しかし今では、恩寵も奇蹟も一切信じなくなつたので、死の観念が私から遠のいた。いよいよ生きなければならぬと決心したときの私の絶望と幻滅は、二十四歳の青年の、誰もが味はふやうなものであつた。」

34 『磯田光一著作集』第一巻、「殉教の美学」一八頁で「神西清がかつて、戦争は三島に「直接の被害」を与えたと言ったのに対して、江藤淳は、むしろ「直接の恩寵」と言い直すべきだと主張したことがあるが、生来、詩人の宿命を負わされていたこの孤独な精神。三島にとって、「美しい夭折」の可能性を与えてくれた戦争は、加害者というよりはやはり「恩寵」と呼ぶにふさわしいものであった。」と述べている。

35 『橋川文三著作集』第一巻、「私的回想断片」二二八―二二九頁。これは、そもそも、一九七四年「ユリイカ」十月号の「小林秀雄特集」の一篇として執筆されたもの。

36 寺山修司『新・書を捨てよ、町へ出よう』「グループ探訪」二五五―二六六頁、河出文庫。この中の「わだつみ会」で、寺山は、次のように書いている。「橋川　「結局、すべての思想団体、革命団体がそうであったように、わだつみ会も一つの側面、部分的な継承によってしか歴史とかかわることができなかったことに問題があると思われる。戦争体験の全体的継承がなされなかったことは、たとえば、なぜ戦没学生でなければならなかったのか、という疑問としてはね返ってくるわけです」（橋川文三は、さらにこの問題を天皇制体験、天皇制批判との関連において、美化されすぎたわだつみへの自己批判をした。戦没学生は犠牲者であると共に、戦争の加害者でもあったという視点が、会の出発時から見過ごされてきた、と語る）（略）

ぼくは「わだつみ会」は解散すべきである、と思う。

それは、この会が今や気息エンエンとしているからでもあり、「意味の創造」をなまけているからであり、同時に「わだつみの像の破壊をめぐって」丸一日シンポジウムをしながら、だれ一人として「もう一度わだつみの像を再建しよう」と提案もしないような会だからである。」

37 『橋川文三著作集』第五巻、「幻視の中の「わだつみ会」」三一九頁。この文が書かれたのは、一九六〇年のことだが、橋川の「わだつみ会」に関わる姿勢は、ここに書いていることで首尾一貫している。

38 同書、「戦中派とその「時間」」三六二頁

39 加藤典洋『敗戦後論』七五頁、一〇四頁、二三三―二三四頁、講談社

4

40 橋川文三「辺境」10号、第三次・季刊終刊号、「橋川文三日記」一七頁、記録社発行、影書房発売

41 「思想の科学・橋川文三研究」座談会「若き日の橋川文三」七一頁。出席者は神島二郎・立教大学教授

（肩書きは明記されていないが、当時のもの、以下同）、赤坂長義・多摩美術大学教授、小林俊夫・神戸製鋼元専務（子息の小説家小林恭二は、父親である俊夫について一九九九年「新潮」四月号に「父」を執筆、同年七月三十日、新潮社から単行本『父』を上梓しており、その中に橋川も登場している。）

42 『橋川文三著作集』第八巻、三頁。一九六七年の「中央公論」十月号に掲載された。

43 「対馬幻想行」所収の『政治と文学の辺境』の「あとがき」三三一頁、冬樹社に、橋川は「（略）こうした雑纂めいたものでも本になることは私としては幸運というべきだろう。とくに「対馬幻想行」など、幼稚読むに耐えないところがあるが、これなどは編集者高橋徹君の寛大さによるものというべく、幾分恥ずかしい気持で感謝したいところである」としているから、こうした文章を書くことに、羞恥を覚えていたようである。

44 鶴見俊輔「思想の科学・橋川文三研究」「編集後記」一九二頁

45 『橋川文三著作集』第八巻、「『増補版、序説』あとがき」二七二頁。初出は『日本浪曼派批判序説』の増補版のあとがきとして書かれたもの。「それはつづめていえば「言え、お前は何者であるか？」という、倫理ないしスタイルも関連した問いである。学者か、思想家か、それとも何か？という処世上の質疑をも含んだ問いである。甚だ煩わしい問いであるが、そうした好事の人々の安心のために、著者はG・ソレルの大変明快な答えを、そのまま本著における著者自身の立場として、提示できると思う。」

46 橋川文三対談集『歴史と精神』鮎川信夫との対談「体験・思想・ナショナリズム」一一頁、勁草書房

47・48・49 吉本隆明「思想の科学」一九九五年七月号、「半世紀後の憲法」（吉本隆明×加藤典洋×竹田青嗣×橋爪大三郎）五〇頁

50 マックス・ウェーバー、西島芳二訳『職業としての政治』「心情倫理と責任倫理」八六頁、角川文庫

51 『現代の発見』第三巻「戦争責任」に発表されたもの。

52 『橋川文三著作集』第四巻、「日本近代史における責任の問題」一一七頁。一九六〇年、一一月、『現代の発見』第三巻「戦争責任」に発表されたもの。

花田清輝『もう一つの修羅』、「「慷慨談」の流行」一八頁、講談社文芸文庫。そこで、花田は、橋川の前掲書から以下の箇所を引用している。「かんたんにいえば、尊攘イデオロギーから開国和親への急転換が、維新指導者によって痛烈な責任の意識をよびおこしたという事例はあまり認められない。また、この転換の激烈な展開過程において発生した同志・同胞の相互殺戮について、徹底的な倫理的自己批判の意識がみられたという例も乏しいと思われる。いわば、幕末＝維新の急転回の渦中において、行動の基準とすべき規範的イデオロギーはすべて無効であったといえるし、行動者は不断に転向と無責任を強いられたといえるのである。この状況は、政治が政治自体の論理を展開したという意味で、まさしくマキャヴェリ的状況ともいえるものであった。そこでは、封建的規範倫理はまったく無効であり、最高の行動方針は徹底的な機会主義以外のものではなかった。維新前の尊攘論を維新後にも貫徹すること、旧藩主への忠誠を維新後にも維持すること、等々が責任ある態度であるとするならば維新指導者は一人の例外もなく無慙な無責任の化身というほかはない。そのことを、福沢諭吉は『志士の一転身』という語で暗に皮肉っているが、他方また、その『瘦我慢の説』に見られるように、勝、榎本ら旧幕臣のオポチュニズムにおいても、同様の『無責任』がみられたといえよう。」

これに対し花田は「勝海舟の「機」にたいするたえざる関心こそ、かれが、機会主義者であり、日和見主義者であり、御都合主義者であり――要するに、無責任だったことのなによりの証拠のようにみえるであろう。」として、さらに「(略)しかるに、現在「慷慨談」にふけっている橋川文三や吉本隆明のような連中には、ただ、ナショナリズムの観点があるだけであって、福沢諭吉ほどにも、心情のモラルと責任のモラルとを区別するセンスがない。」と批判している。

53 橋川文三『増補版　歴史と体験』「抵抗責任者の責任意識」三九頁、春秋社
54 吉本隆明『芸術的抵抗と挫折』「転向論」一八四頁、未来社
55 磯田光一『戦後史の空間』「転向の帰趨」一一〇頁、新潮社。「(略)『慷慨談』の流行』の登場の意味は、戦中派世代への風刺にあったというよりは、むしろ政治における責任倫理を積極的に評価し、心情倫理が政治的には無責任なものにすぎないことを明かにしたことにある。(略)安部公房氏の『榎本武揚』と江藤淳氏の『海舟余波』とを『慷慨談』の流行』の生んだ二本の枝とみる私は、両者の差異よりも両者の共通項のほうをはるかに重くみるのである。」
56 『橋川文三著作集』第八巻、「『歴史と体験』後書的断片」二七三―二七四頁
57 同書二七四頁、及び『歴史と人間』「あとがき」二八三頁などを参照。
58 橋川文三『近代日本政治思想の諸相』未来社などを参照。
59 『橋川文三著作集』第六巻、「現代知識人の条件」一二八頁
60 同書、一〇四頁。「(略)高見順、永井荷風、徳川夢声、伊東静雄、等々の知識人のどの戦中日記をひもどいてみてもよい。彼らの世界認識をそれ自体として見れば、ほとんど全く民衆的水準をこえるものでなかったことがわかるはずである。わずかにその例外ともなる一人が清沢洌かもしれないが、(略)」
61 清沢洌『暗黒日記』理論社
62 鶴見和子『橋川文三著作集』第二巻、月報「橋川さんの柳田国男論」一―三頁。そこで鶴見は、「出版後すでに二十年を経た今でも、柳田国男を論じる者は、この作品を避けて通ることはできない。わたしも、この作品から教えられたひとりである。」と記している。

あとがき

没後三十五年にして、最新版である『決定版　三島由紀夫全集』が二〇〇五年に完結する三島由紀夫に対し、橋川文三の知名度は、圧倒的に低い。しかしながら、戦後の生き方を含め、この二人は特異でかつ象徴的であり、この二人にスポットを当てることで、個別文学にとどまらず、日本の思想史の一側面を見事に照射し、なおかつ橋川の業績の一端を鮮明にできると、わたしには思われた。

言うまでも無く、三島についての著は汗牛充棟の如くあるが、橋川については幾つかの小論があるものの、まとまった著作は没後二十年以上を経過しても、管見の限りでは皆無である。書いて欲しい人、書くのに適している人はいると思うのだが、しかし、「まず隗より始めよ」で、書き始めたのがこの著である。

この著の、既出のものは全て同人誌「隣人」に掲載されたものである。間違いを直した程度で、殆ど手を加えていない。ただし、紙面の都合で、初出では全く掲載しなかった「註」を入れることにした。

「隣人」の母体である「草志会」の皆さんとは、かれこれ三十年近いお付き合いとなるが、お世話になり、また大いに励まされもしている。

以前は研究合宿などもしたが、今は、「隣人」が発行された折など、年に数回集って酒を酌み交わすだけなのだが、しかし、皆、長い付き合いで気心も知れた人たちだけに、「朋遠方より来たる有り、また楽しからずや」という心境で、お互いが信頼関係で結ばれている。

とりわけ、代表で今は専修大学非常勤講師の桜沢一昭氏には「草志会」に誘っていただき、また、「隣人」に書く機会を与えてもらい、公私にわたり筆舌に尽くし難いほどの恩恵を受けている。同じ「草志会」の中心メンバーの新井勝紘氏は、国立歴史民俗博物館の助教授から、現在は専修大学の教授として、教鞭の傍ら何冊もの編著を上梓するなど、執筆、講演にと多忙な日々を送っているし、同じメンバーの松本三喜男氏は、柳田国男研究者として、近著『柳田国男と海上の道』など柳田論を中心に、すでに五冊の著作を物にしている。「隣人」編集長の菅井憲一氏には原稿枚数超過や、ゲラを丹念に読んで間違いを見つけてもらったりで、多大な面倒をおかけしている。やはり同人で元出版社勤務の杉山弘氏には、この著を出版するまでの過程で、相談相手になってもらい、様々な点において良きアドヴァイスを戴いた。

橋川ゼミの先輩で、卒業後の一時期、ゼミの卒業生で組織した研究会でご一緒した、メンバー中最年長だった山岸紘一氏は、九八年、急逝したが、友人たちにより『幕末国体論の行方』が纏められた。その仲間で、「季刊柳田国男研究」、『歴史地名辞典』（平凡社）の編集後、独学で中国語をマスター、柳田研究書の英訳書もある岡田陽一氏は、近年、『中国芸能史』を翻訳する一方で、中国・朝鮮の古代史研究にと活躍している。その岡田氏が、いつも口にするのは、「独学の精神」ということだが、あるいは橋川先生に教わった一番大事なことは、この「独学の精神」ということだったのかもしれない。

一方で、二十年程前になるが、松本健一氏が中心となって行っていた研究会に、桜沢氏に誘われて、文字通り末席を汚し、大塩平八郎の『洗心洞箚記』や、松本氏が長岡市から直接購入してきてくれた小林虎三郎の『米百俵』などを読んだりした（その後、松本氏は小林虎三郎論『われに万古の心あり』を纏めた）。先輩として在籍した川本三郎氏、加藤仁氏、赤藤了勇氏、佐々木幹郎氏らは既に見かけず、僅かに、筑摩書房の間宮幹彦氏が顔を出していた。わたしが同席したのは、今は筑摩書房で学芸文庫の編集をしている伊藤正明氏、竹内好さんの弟子で、『岡倉天心全集』の編集をした後、天心論『美の復権』を上梓した中村愿氏らで、サブゼミとして、東洋文庫の『慊堂日暦』などを輪読したが、研究会の後、延々と飲み歩いたことが懐かしい。

さらに、二十代の若かりし頃、新宿で酒と酒の日々を送っていた頃の酒飲み仲間で、一時期、居候させて貰い、「季刊音楽全書」の編集でもご一緒した府川充男氏は、装丁家、タイポグラファー、印刷史研究家として『本と活字の歴史事典』などの著作を上梓している。当時の酒飲み仲間で、府川氏の親友高橋順一氏は、いつの間にやら早稲田大学の教授として、思想史を中心に旺盛な執筆活動もこなしている。

現在、仕事でもお世話になっている元「ユリイカ」編集長の翻訳家・森夏樹氏、やはり翻訳家で詩人のくぼたのぞみ氏、詩人の山本かずこ氏、宮内喜美子氏らが自分の志したことと仕事とを見事に両立させている姿は大変参考にもなり、大きな刺激にもなった。英訳書、仏訳書もある森さんは、ギリシャ語、ラテン語にも造詣が深く、外国語に疎いわたしが、執筆途中これは、いったい何語だろうと考えあぐねていたところに天啓の如く教示してもらい、またこの著の出版に関してもよき助言を戴いた。

こうした友人・知人の近年の活躍を垣間見るにつけ、ただただ無為徒食の生活を送っていたわたしは、内心忸怩たるものを禁じえなかった。しかしながら、そうしたわが身を顧みて己の身の上の不幸や不甲斐なさを嘆いていても詮無いことである。

そこで、およそ十年くらい前から、平日は、身すぎ世すぎの仕事のため、時間はあまりないので、休日に皆がゴルフ・テニスなどのスポーツ、旅行・登山・釣り、さらに競馬やパチンコなどに費やすであろう時間の一部を専ら執筆の時間に当てることにした。

以前から、メモやノートのようなものは取っていたのだが、進捗状況は、遅々たるもので、年間に短篇一本ほどの論文を仕上げるという、ていたらくで、一冊に纏めるまでには亀のような歩みであった。

物理学の秀作『磁力と重力の発見』で、二〇〇四年の大佛次郎賞を受賞した山本義隆氏は、受賞の挨拶の中で、賞をどうして受けることにしたかについて「私と同様に大学やアカデミズムの外で勉強し、研究している人にとってなにがしかの励みになればと思って賞をいただくことにしました」(「みすず」三月号)と述べているが、やはり在野にあるわたしには、この発言が大きな励みとなった。山本氏のように立派な仕事をしている人を引き合いに出すのは気が引けるが、山本氏の「在野で研究を続けるということはやはり困難なことですが、それは常識的に考えて物理的・経済的にいろいろ困難がつきまとうというほかに、最大の困難は何かというと自己満足に陥りやすいということ」で、そうならないためには、「プロの研究者の批判に耐えるという要素が非常に重要で、なおかつだれが読んでも面白くなくてはいけない」（同）との言説に、わたしも少なくともその志においては、「かくありたい」と願って書いたつもりだが、どこまで実現したかは読者諸兄の判断に委ねるしかないだろう。

拙論を掲載した「隣人」を、引用させてもらった人などに献呈したところ、鶴見俊輔氏、加藤典洋氏、石田雄氏、佐伯彰一氏、塚本康彦氏、中村智子氏などから丁重な返信を戴き、また、いいだもも氏からは著書を恵贈してもらったことも、大きな励みになったし、誠に有り難いことだと感じ入っている。

その後、加藤典洋氏が贈ってくれた『戦後的思考』の注のなかに、わたしが「橋川文三研究家」と記《しる》されていたが、自らは一度もそう名乗ったことがなかっただけに、当初は意外でもあり、些か心外でもあったのだが、しばらくすると、そう呼ばれたことは、むしろ光栄とすべきではないかと思うに至った。

しかしながら、「お前はいったい何ものか」と問われたら、わたしは、師橋川の顰《ひそみ》にならい、G・ソレルの「私は、私自身の教育のために役立ったノートを、若干の人々に提示する一人のautodidacte（独学者―引用者）である」としたスタンスを、また踏襲したいと思う。

この間、「もっとお金になるものを書いたら」との進言もあったが、大層なことを言うつもりは毛頭ないのだが、わたしの胸中には、「俺たちは、きよらかな光の発見に心ざす身ではないのか

――。季節の上に死滅する人々からは遠く離れて。」（ランボー）の一節があった。
わたしの身辺に不審なことが続いたり、あらぬいやがらせが眼前に立ちはだかることもあるが、いつも胸中にあったのは「内に省みて恥ずるところなければ、千万人といえども我ゆかん」（孟子）という気概であった。

二十年程前のことであったろうか、記録作家の上野英信氏と知遇のある友人と一緒に、当時、北九州は鞍手の「筑豊文庫」に居住していた氏を訪ねたことがあった。すでに氏の友人たちと酒盛りが始っていたが、わたしが当時、個人誌「無名通信」を発行していた評論家の河野信子氏に以前原稿を依頼したことがあり、現在も「無名通信」を定期購読している、と話すと、谷川雁を中心に結束した「サークル村」の仲間だっただけに、上野氏は、「明日、長崎に取材に行く予定だから、その前に博多で会おう」と言い、すぐさま河野氏に電話、翌日、博多駅前の喫茶店で待ち合わせが決った。その日は、上野氏宅に泊めてもらい、翌日、喫茶店で待ち合わせの後、上野氏の知人の放送ディレクターを誘って、近くで早速酒席が設けられたが、前日からの宿酔で調子が悪くなったわたしは、酒を飲んでいれば二、三日眠らなくても平気だという元炭鉱夫の頑健な肉体の持ち主の上野氏を前に、あえなくダウンしてしまった苦い思い出がある。その席か上野氏のお宅だったかで、たまたま葦書房のことが話題に上り、その頃まだ縁の無かった上野氏は、「何かお手伝いできることがあったら協力したいと思っているんだ」と話していたが、その後、立派な筑豊の写真全集が葦書房から刊行されたのは周知のことである。

その葦書房にいた三原浩良氏たちが始められた弦書房から本が出せることは奇しき縁かもしれない。わたしの畏敬する渡辺京二氏の本をはじめ、石牟礼道子氏、島尾ミホ氏、以前愛読した佐木隆三氏、さらに友人が美学校時代師事し後にアシスタントをした天才的画家菊畑茂久馬氏など錚々たるメンバーの本を出版している弦書房から本を出せたのは望外の幸せであり、出版に至るまでに、三原氏には、丁寧にゲラを読んで頂き、誤りを指摘してもらったりで、お世話になり感謝している。

橋川ゼミの大先輩で、『橋川文三著作集』の実質的な編者の一人として、解題を執筆、年譜、著作目録もまとめた元朝日新聞社出版局編集委員の赤藤了勇氏と最初にお会いしたのは、わたしが、まだ二十代の半ばだったから、三十年近い付き合いになる。この間、公私にわたり殆ど一方的にお世話になってきており、いつか恩返しをしたいと思っているのだが、今回も、発行元の弦書房を紹介してもらうことになり、記して謝意を表したい。

その他、ここに記した人、特に名を記さなかったが、今までお世話になってきた人々に、口下手で、まともな挨拶、お礼の一つも出来ないわたしは、この場を借りて、心からお礼を申し上げたいと思う。どうも有り難うございました。

二〇〇四年十二月　　　　宮嶋　繁明

新装版あとがき

本書初版が刊行されたのは、六年前の二〇〇五年一月三十日のことであった。このたび版を改めることになったのは、弦書房の小野静男氏の好意によるものである。初版掲載の文章について、誤植や字句、引用の誤りなどを訂正しただけで、殆ど手を加えていない。六年経過しても内容的に修正する必要を感じなかったからである。

昨二〇一〇年は、三島由紀夫没後四十年で、多くの出版物が刊行された。四十年たっても、なお、多くの人々を魅了する力は衰えていないようである。新資料を網羅した『決定版全集』が完結後にも、資料の収集は委細に渡り、近年でも新たな資料が発見され新聞紙上を賑わすことがある。学者、評論家、作家等、熱心な研究者が多く、その成果は継続して発表されている。このように、三島研究は、かなりの深度にまで進んでいる。

一方、橋川文三研究は、未だに緒に就いたとは言えない状態にある。その後も、橋川について個別で論じる人は、管見の限りでは皆無である。だからというわけではないが、現在、橋川の評伝に取り組んでいる。橋川に関する資料は、子供がいなかったこともあり、殆どが慶應義塾福澤研究センターに納められた。しかしながら、スペースがない、利用者がいないということで、今は、近くの貸し倉庫に段ボール箱に入れられ、預けられたままである。

橋川の師である丸山眞男の場合、寄贈を受けた東京女子大学が丸山眞男記念比較思想研究センターを設立、丸山の教え子が「丸山眞男文庫」協力の会を組織、大学職員と十数年かけて資料を整理しデータベース化を成し遂げ、二〇一〇年には殆ど全ての蔵書、草稿の閲覧が可能になっている。

これに比べ、橋川のケースは、憂うべき事態だが、一人の力は微力ではあれ、重要と思われる資料をコピーして調査し、それを橋川研究のひとつの帰結である評伝に、少しでも生かせられればと思って、遅々とした作業を進めているところである。

二〇一一年三月

著者　誌

初出一覧

一、三島由紀夫に見る橋川文三の影響（原題「三島由紀夫と橋川文三　上」）……「隣人」第十四号（一九九九年七月一日刊行）

二、「文化防衛論」をめぐる応酬（原題「三島由紀夫と橋川文三　中」）……「隣人」第十五号（二〇〇〇年十一月一日刊行）

三、「秘宴《オルギア》」としての戦争と「死の共同体《トーデスゲマインシャフト》」（原題「三島由紀夫と橋川文三　下、前篇」）……「隣人」第十六号（二〇〇二年三月三十一日刊行）

四、「前に進んだ」三島と「引き返した」橋川（原題「三島由紀夫と橋川文三　下、後篇」）……「隣人」第十七号（二〇〇三年五月二十日刊行）

補論一、辿《たど》りついた戦後の虚妄……「隣人」第十八号（二〇〇四年六月三十日刊行）

補論二、橋川文三と戦後……「隣人」第十三号（一九九八年八月一日刊行）

三島由紀夫と橋川文三・註……書きおろし

宮嶋繁明（みやじま・しげあき）
一九五〇年、長野県生まれ。
松本深志高校、明治大学政経学部政治学科卒業。
学生時代、橋川文三に師事。近代日本政治思想
史専攻。卒業後、フリーエディターなどを経て、
現在、編集プロダクション代表。

三島由紀夫《みしまゆきお》と橋川文三《はしかわぶんそう》

二〇一一年四月二五日新装版発行

著　者　宮嶋《みやじま》　繁明《しげあき》
発行者　小野　静男
発行所　弦　書　房
〒810-0041
福岡市中央区大名二-二-四三-三〇一
電　話　〇九二・七二六・九八八五
ＦＡＸ　〇九二・七二六・九八八六

印刷・製本　大同印刷株式会社

落丁・乱丁の本はお取り替えします。

ISBN978-4-86329-058-7　C0095